風雲時代

新大明王朝

8 戰國無雙

淡墨青杉◎著

三大帝王

人物介紹

漢帝 張偉：最得意的帝王

來自未來，憑遠超幾百年的經驗改變歷史創立大漢王朝。爲人行事果斷、狠辣、穩重，平生從不做沒把握的事，政治作風強硬，一掃數千年儒家治世的傳統，大力改革，使國富民強，復興漢唐盛世在世界各國心中的上國地位。

明帝 崇禎：最愚蠢的帝王

滿懷中興大明的熱情，卻使明朝更陷深淵，直至亡國。其人生性多疑，好大喜功，喜怒無常。其蠢至空留幾千萬金銀給亡其國的異族，卻不願分出一兩銀子振軍救民，以至民反軍散，獨留孤家寡人於煤山上吊而死！

清帝 皇太極：最鬱悶的帝王

雄才偉略，勇悍無比，天下本屬於他，歷史本也是由他帶領八旗建立大清王朝。但卻因漢帝張偉的橫空出世，改變了歷史，而使本屬於他的一切化爲烏有，他也因此鬱鬱而死！

武將榜

人物介紹

施琅

大漢水師大帥，與漢帝張偉相交於微時，一起創業打江山，其人極具將才，兵法謀略極佳，水戰未有一敗，後被封世襲伯爵之位。

張瑞

大漢飛騎軍大將軍，對張偉忠心不貳，為人勇悍多謀，為漢帝轉戰天下，戰功超卓，後被封世襲伯爵之位。

張鼐

大漢金吾衛大將軍，對張偉忠心不貳，為人凶猛好戰，曾為漢帝親衛大將軍，勇猛有餘，謀略不足，卻也無大過，戰功無數，眾敵深懼其人，後被封伯爵。

契力何必

高山族勇士，為張偉所收服，其箭術無雙，為大漢萬騎大將軍，領三萬高山戰士為大漢征戰天下，無往不利。

武將榜

人物介紹

黑齒常之

契力何必之弟，大漢萬騎大將軍，與其兄一起為大漢征戰天下，勇猛無比，立下戰功無數！

劉國軒

大漢龍驤衛主帥，漢王起家時的家臣，為人冷靜多智，穩重，極具帥才，張偉的左右手，大漢的開國功臣，後被封為世襲伯爵。

周全斌

大漢第一勇將，智勇雙全，極善機變，張偉最信任的大臣之一，與劉國軒為五虎上將，位列伯爵。

孔有德

龍武衛大將軍，治軍有方，勇力過人，本為前明大將，後依附張偉，成後漢開國之大將！

武將榜

人物介紹

左良玉

爲人深沉，本爲遼東大將，卻爲張偉所救，極具帥才，跟隨張偉，後被委以獨當一面的重任！先駐守倭國，爲倭國總督，後爲統兵大帥，爲大漢江南攻略的南面統兵元帥！

曹變蛟

神策衛大將軍，勇猛無比，而智謀不深。打仗身先士卒，常赤膊上陣，敵人畏之如猛虎，曾以大刀力殺荷蘭戰士數十人，被西方人視爲屠夫魔鬼！

賀人龍

與曹變蛟一起並稱漢軍雙虎，猛悍無比，身負重傷數十處依然不下戰場，幾被視爲鐵人！

林興珠

智勇雙全，善攻城戰和襲擊戰。

武將榜

人物介紹

尚可喜
前明大將，後跟隨耿精忠、孔有德一起依附張偉，立下極大戰功，爲大漢開國功臣。

耿精忠
前明大將，後隨尚可喜、孔有德一起依附張偉，立下極大戰功，爲大漢開國功臣。

祖大壽
遼東大將，對大明極其忠心，一生只追隨袁崇煥鎮守遼東，後爲保全袁崇煥名節，戰敗自殺而亡！

趙率教
遼東大將，袁崇煥部下最精銳將領，爲人多智，錦州失守，詐降滿清，卻心繫大漢，後成大漢明將！

武將榜

人物介紹

吳三桂

遼東大將，年輕有爲，其人多智，深謀遠慮。

多爾袞

滿清睿親王，皇太極之弟，其人勇猛多智，心機深沉，是皇太極之下最爲有名的滿人名將！

李侔

李岩之弟，漢軍軍中猛將，領五百勇士力戰大破開封城，一戰成名，爲人多智，擅馬球。

豪格

皇太極之子，爲人豪勇無比，卻智謀不深，不甚得皇太極所喜，狂傲自大，目中無人！

文臣榜

人物介紹

何斌

大漢財政大權負責人，大漢興國第一功臣。與漢帝相交於微識，共同創業，以其經商理財的天賦爲張偉累積下了統一天下的資本！被封伯爵，更被公認文臣第一，尊爲太子太傅。

吳遂仲

爲人多智，身爲儒人，頗具治理天下之才，大漢開國之功臣，位爲六部之首，後封伯爵，但因陷入黨爭而被貶離京城！

袁崇煥

明朝第一名將，薊遼總督，以文臣身分統領遼東大軍，鎭守遼東數十年，讓滿清鐵騎未能踏足中原。

熊文燦

明朝大臣，福建巡撫及兩廣總督而掛兵部尙書銜，總督九省軍務，其人甚貪，頗有些才能，後爲張偉狡計所害。

文臣榜

人物介紹

江文瑨

其人極具才華謀略，是以張偉放心讓其獨當一面，繼左良玉之後經營倭國。

陳永華

大漢第一賢臣，有治國之大才，與漢帝張偉相識於微識，更是漢帝身邊最得力的謀臣，雖未在朝中爲官，卻爲大漢培養出極多的人才！極受張偉所敬重。

鄭煊

前明降臣中最受漢帝張偉器重的文臣，極具治國安邦之才，大漢六部尚書之一，更被封侯爵。

洪承疇

前明三邊總督，明末著名文臣，以文臣之身統帥三軍，智計極深，謀略權術過人，最終卻敗於漢帝張偉之手！

文臣榜

人物介紹

孫偉庭

前明陝西總督，爲人行事狠辣，以文臣之身卻敢在打仗時身先士卒，可算是大明文臣中極少有的狠辣角色！後敗於張偉之手！

黃尊素

東林大儒，大漢興國文臣，官至兵部尙書，掌軍國大事，思想守舊，儒家思想難改，在漢帝張偉大力改革的過程中常提反對意見，但仍被封爵！

呂唯風

爲人才智過人，有治國安邦之能，支持改革，忠於張偉，極有主見和謀略，極得張偉器重，委以治理呂宋的重任。與江文瑨等人各自獨當一面，後在黨爭之時接替吳遂仲六部之首的位置，位及伯爵！

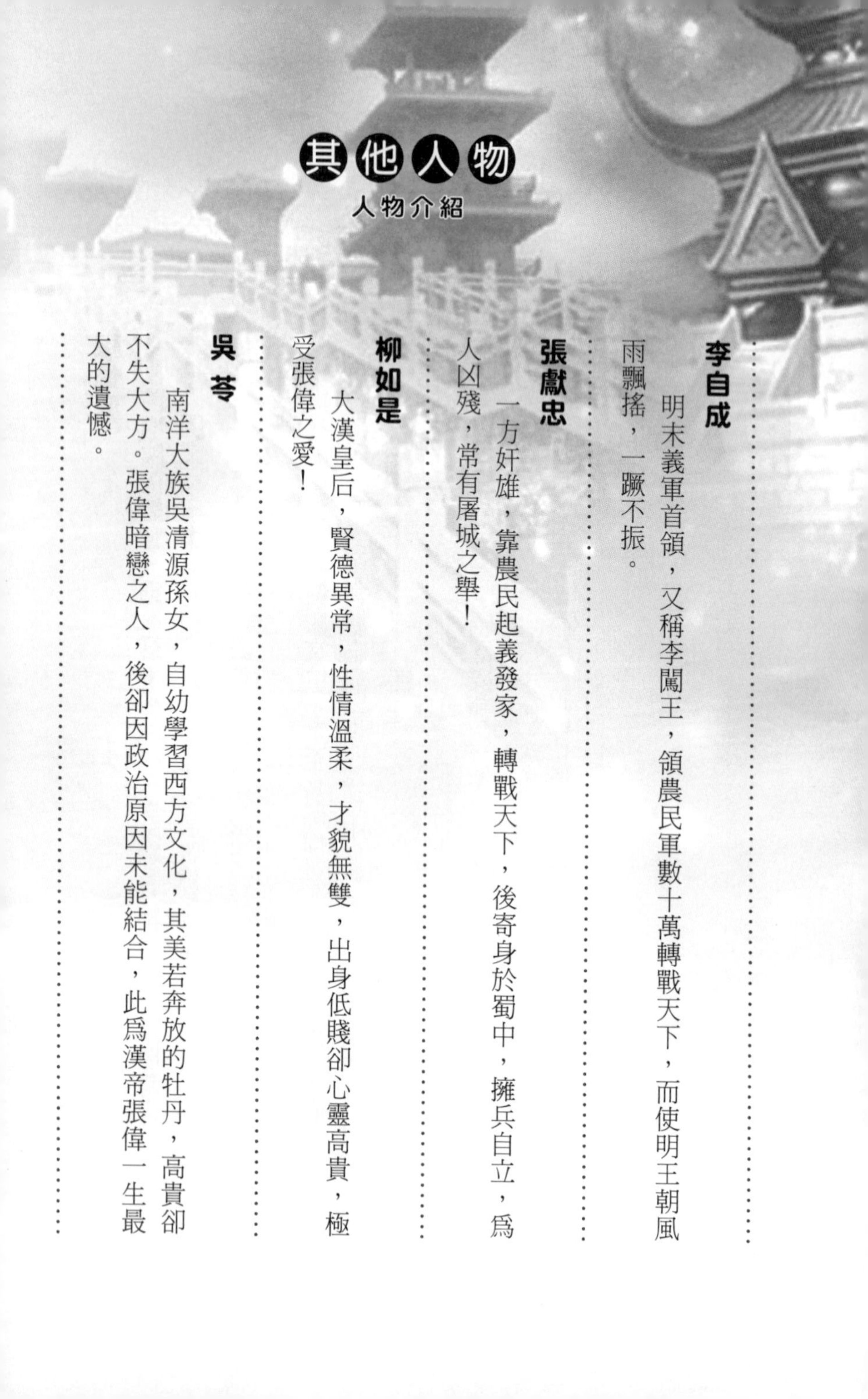

其他人物

人物介紹

李自成

明末義軍首領，又稱李闖王，領農民軍數十萬轉戰天下，而使明王朝風雨飄搖，一蹶不振。

張獻忠

一方奸雄，靠農民起義發家，轉戰天下，後寄身於蜀中，擁兵自立，爲人凶殘，常有屠城之舉！

柳如是

大漢皇后，賢德異常，性情溫柔，才貌無雙，出身低賤卻心靈高貴，極受張偉之愛！

吳　芩

南洋大族吳清源孫女，自幼學習西方文化，其美若奔放的牡丹，高貴卻不失大方。張偉暗戀之人，後卻因政治原因未能結合，此爲漢帝張偉一生最大的遺憾。

其他人物

人物介紹

馮錫範

大漢軍法部最高負責人，鐵面無私，從不徇私，甚得張偉器重！

孫元化

爲人不好官場，一心只專於火器，乃是明末著名火器專家，也是大漢火器局總負責人，其人不修邊幅，不喜言語，狂放不羈，極得漢帝張偉寵信！位列伯爵，大漢開國功臣之一！

徐光啟

明代著名的科學家，孫元化的老師，奉天主教，其人學貫中西，力倡改革，助辦太學，力挺張偉！

李岩

年輕有爲，智深如海，卻含而不露，不張揚，不喜官場，文武雙全，漢軍北伐中表現極爲出色，以戰功而得侯爵之位！

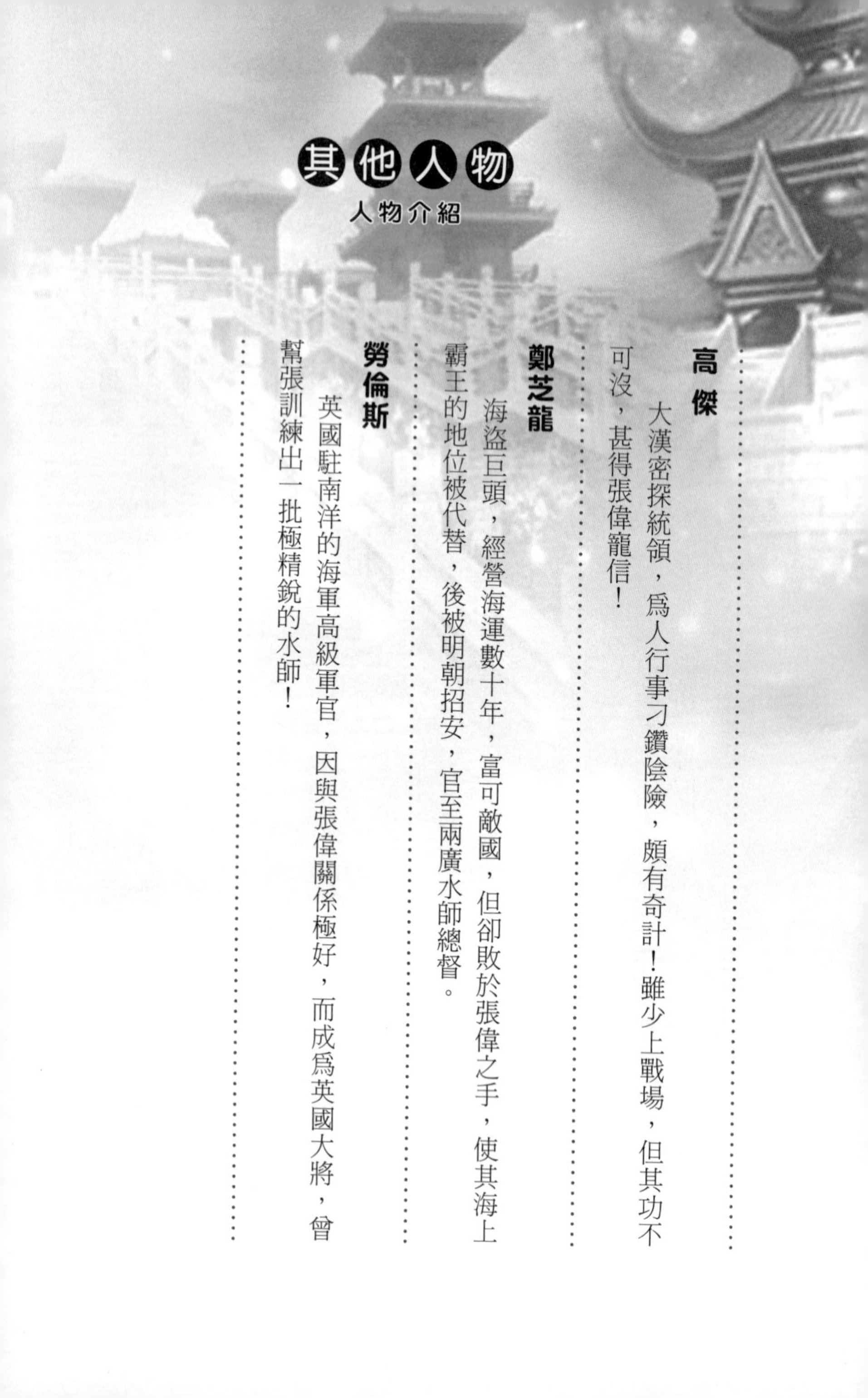

其他人物

人物介紹

高傑

大漢密探統領，爲人行事刁鑽陰險，頗有奇計！雖少上戰場，但其功不可沒，甚得張偉寵信！

鄭芝龍

海盜巨頭，經營海運數十年，富可敵國，但卻敗於張偉之手，使其海上霸王的地位被代替，後被明朝招安，官至兩廣水師總督。

勞倫斯

英國駐南洋的海軍高級軍官，因與張偉關係極好，而成爲英國大將，曾幫張訓練出一批極精銳的水師！

目　錄

目　錄

140—第七章　定鼎中原—

自明朝京師一下，張偉便下令改京師為北京，並沒有遷都的打算。北京當時仍無自足能力，若是定都北方，每年仍如明清，至少四萬石的糧食由漕運北上。這麼賠本不當的事，張偉可完全沒有這種打算。明朝之所以定都北京，一者是朱棣當初立藩於此多年，很有感情；二者他好大喜功，以為可以憑一己之力，平定邊患。

161—第八章　英國來使—

待英國使團將國書遞上，張偉雙手接過，因見使團上下做出如臨大賓、正式談判的模樣，張偉因失笑道：「我來此地，原是因許久不在南京，來尋太師閒話家常。爾等不必如此，通商一事，我自然是准的。至於細節，自有內閣政府負責，我們只管閒談就是。」

180—第九章　大封功臣—

張偉亦知其意，知道他害怕分封一事引發後世紛亂，如西晉八王之亂，使國家立國不足百年，就頹然傾倒。其實中國歷史，權臣篡國之事筆不勝書，然則得國久些，便是聖君，得國短的，舉朝無好人。

200—第十章　打擊黨爭—

待湯若望辭出之後，張偉見陳貞慧仍在發呆，便向他笑道：「年紀輕輕，切莫效老夫子！朕此次決意以過百艘寶船軍艦，載商人、儒、釋道及貨物軍士，共三萬人，往歐羅巴洲出使，宣揚大漢國威！而你，便是使團正使，李侔為將軍，統領隨行漢軍。」

221—第十一章　無雙艦隊—

不消一會兒工夫，先是懷遠艦上當先開炮，繼而又是所有的漢軍軍艦及裝有大炮的寶船，三百餘艘艦船上的千多門火炮一同開火。沒有裝上彈丸的火炮在聲勢上卻仍然是驚天震地，一股股白煙自火炮炮口噴射出來，遮天蔽日，隆隆的炮響震動大地，離船隻稍近一些的人家，只覺得家中的桌椅板凳都在晃動，連房頂上細魚鱗似的青瓦都在一起晃動，一股股積年的灰塵自房上飄落下來。

240—第十二章　南洋攻略—

說到這裏，他冷笑道：「我決意赴呂宋前，曾用心打探過南洋諸國情形。那馬打藍和萬丹，甚至是什麼馬來國、柔佛，都曾經是麻喏巴歇帝國治下。兩百年前，這帝國內亂，他們才分裂開來。現下各國中除了亞齊一國強盛，曾經挫敗葡人入侵，甚至曾遠征麻六甲，欲與葡人決一死戰之外……」

312—尾 聲—

張偉觀察片刻，心中激動。在回到明朝二十年間，他就是偶爾抬頭仰望天空，也只是為了戰事擔心天氣。此時由這碩大的望遠鏡裏看到了夜空中遙遠的星空，倒令他立時想起未來時的時光。

第一章　血戰天津

一股清兵以棉被覆蓋在身上，拚命將衝車推進城門之後，不住地撞擊城門，連撞了十幾下之後，厚重的城門抵擋不住如斯強大的衝力，終於砰然而裂，眾清兵一聲歡呼，加大力度，又連續撞上數下，終將南門城門撞開！

豪格遠遠看到城頭下的障礙物已經被全數掃開，有一段幾百米長的空隙已經可以奔至城下，他知道此時已經可以攻城，望著城頭上不住吶喊射箭，並且用少數火槍開火的明軍，冷笑道：「最多一個時辰，就可以登城打開城門。」

碩塞點頭道：「我看也是！城頭上雖然發箭開炮，不過火力並不強，人數也很稀疏，並不像是有四五萬人。依我看，可能是守城將領把精兵埋伏在城下，等會兒可能會有步騎開城門出戰，毀掉我們的鐵頭車。」

豪格傲然道：「怕什麼，咱們等著他們！只不過，我看他們未必有膽子敢出城來。」

又揮手道：「這裏的明軍不足爲患！一則士卒是驚弓之鳥，就是袁蠻子親來，也穩不住軍心。二來，此時冬季水涸，沒有護城河，咱們可以奔攻到城下，他們缺衣少糧，沒有援兵，這樣的城池是守不住的。咱們需速戰速決，打下天津後往德州一帶游擊，野戰時和漢軍交一交手。探明了虛實後，不可戀戰，不可攻城，只需把敵人虛實探聽清楚，就是大功一樁。」

碩塞靜靜聽完，只覺佩服非常，向他道：「我還怕你有輕敵之意，漢軍與明軍不同，火器精良許多，咱們若是貪功，只怕會多損士卒，既然你如此想，我就放心多了。」

「嘿，女真人是勇士，不過並不是蠢夫。若是不看出城內虛弱，將無戰心，我連這裏都不會攻打。」

他兩人均是得意非常，自覺算無遺策，已在盤算著破城之後，要拚著父皇責罰，也要想辦法下令親兵搶掠一些金銀珠寶，做爲私產。

一萬多滿人騎兵此時已在城下一里多處下馬，將雲梯、鐵頭車、衝車及可以向城上平射的大型推車準備妥當，就在衝殺在前的騎兵們的掩護下，開始緩慢地往城門方向前進。

與此同時，清兵後陣中隨行南下的二十多門仿造的紅衣大炮亦已開始發炮，不一時就將城上明軍的炮火壓制住，一顆顆炮彈砸在城頭上下，使得原本就已有些不穩的明軍軍心更加驚慌。

「砰！」

一顆炮彈正巧砸在南門正中的城樓之上，將城樓大樑砸斷，七八米高的城樓發出吱呀吱呀的巨響之後，頹然傾倒。一時間煙塵漫天飛揚，整個城門附近都被城樓坍倒後的煙塵和碎瓦籠罩。

吳三桂距離城樓不過十餘米距離，虧得有親兵將他按倒護住，這才沒有受傷。待煙塵稍稍散去，他狼狽起身，頭盔已不見蹤影，身上的亮銀甲冑亦是佈滿灰塵，心慌意亂之後，發現敵軍赫然已攻到城下。

他又急又氣，知道憑這裏的一萬多本部兵馬很難擋住兇狠的八旗兵攻擊，忙向身邊的親兵道：「快去知會幾位總兵，由其餘各門抽調人馬過來援助！」

然後又向屬下各將令道：「擂鼓，敵人就要登城，爾等各自帶領下屬，務必死戰，不可以讓韃子入城！」

各將心中皆是忐忑不安，雖然軍紀經過整頓，本部又在關寧與辮子軍爭戰多年，並不如內地明軍那麼畏敵如虎，但是經年以來，對八旗兵從無勝績，錦州那樣的堅固要城都被攻下，天津雖強，只怕也很難擋住敵軍。

隨著清兵越發逼近，已經有如同小型城堡一樣的大型推車推到射程之內，每一個推車上都有幾十名清兵強弓射手，或是利用地勢高過城頭，居高臨下往城上射箭，或是利用木車的高度，與城頭平射。在這些射手和騎兵們仰射的掩護下，第一波登城的士兵開始架起雲梯，準備登城。十幾輛車腹藏人的鐵頭車和邊翼有防護的衝車已衝到城下，開始往凹入城腹的城門洞推入。

「傳令，用滾油澆推車的滿兵！」

吳三桂雖然心慌，到底是將門之後，看起來還是神色如常，只鐵青著臉看著敵人越發深入，已經靠近城下，便向屬下各將喝道：「擂木、條石、滾油、鐵釘，都給我往下扔！」

城牒間的明軍早有準備，聽得命令，就將堆積如山的各種器械不住地往下扔去，將城頭下準備攀城的八旗兵砸得死傷一片。

一時間，整個戰場都可聽到石塊和硬木砸在人身上的噗噗聲，傷兵的慘叫聲，雲梯被砸斷後的劈啪斷裂聲不絕於耳，雙方的火炮已停住，所有的明軍健壯士卒都已登城，準備與登上城頭的敵兵肉搏。

一桶桶燒得滾熱的熱油被潑了下去，車下的士卒雖然箭矢並不能傷，卻不能抵抗住這無孔不入的熱油，不住有士兵被燙得慘叫起來，由車上竄出，狂奔呼喊，痛苦不已。他們身邊的士兵眼看這些人太過痛苦，無奈之下只得張弓搭箭，將他們射死，以減少痛苦。不一時，所有近城的衝車之下已是再無一人，癱瘓城下，不再動彈。

陸續搭在城頭的雲梯亦多半被推倒，常常是整個雲梯被推倒，爬在高處的滿兵或死或傷，就在城頭下哀號慘叫。偶爾有一些士兵爬上城頭，也迅即被早有準備的明軍以長矛或大刀刺戳、斬殺，很難立足。

在陣前指揮的正是一等總兵官譚泰，他乃是正黃旗下的大將，歷次八旗攻克堅城的大戰，都有參加。他知道此刻死傷雖重，一會兒明軍的擂木和條石用完，就是破城之時。所以他根本不管部下的死傷

很是慘重，除了下令繼續進攻外，又加派人手，在城下射箭，雖然效果不佳，卻也能給城頭的明軍加重壓力。

事實果真如同他料想的一般無二，在清兵潮水般不曾間斷的攻擊下，城頭的輔助器械越用越少，打擊的強度和力度越來越弱，已經有越來越多的清兵可以登上城頭，與城上的明軍肉搏。

這一戰自早晨打到現在，已經是近午時分，與驍勇的八旗兵將相反，明軍越打越疲，膽子越打越寒。其餘各門雖然也同時受到攻擊，不過比之南門的程度輕上許多，各總兵早已將大部的明軍調過來，可是仍然不能阻擋武力和膽量遠在明軍之上的八旗悍卒。若不是知道主力就在城外不遠處往八旗陣後迂迴包抄，隨時可能出現，又因前番被周全斌以軍法立威，銀錢邀心而士氣大漲，這些明軍早就潰敗下來，不能支持了。

「砰……」

一股清兵以棉被覆蓋在身上，拚命將衝車推進城門之後，不住地撞擊城門，連撞了十幾下之後，厚重的城門抵擋不住如斯強大的衝力，終於砰然而裂，眾清兵一聲歡呼，加大力度，又連續撞上數下，終將南門城門撞開！

隨著城門的破開，城外所有進攻中的清兵都是一聲歡呼，知道城破在即。遠處的譚泰和更遠處的豪格、碩塞等八旗王公都是齊聲一笑，各人都道：「南蠻子雖然發了瘋，拚命地在打，到底不能擋住八旗精兵！」

城頭上的明軍聽得城外清兵的歡呼聲響，各人都是臉色慘白，知道大事不妙。吳三桂與趕來協同助戰的唐通及劉澤清等人都是汗流浹背，神色慌張。

劉澤清最怕戰事失利，他原本就是待罪之人，仗打得不好，別人也罷了，只怕他是第一個被處斬的總兵官，便拉住吳三桂臂膀，急聲問道：「城下還有多少人，能擋得住敵人的進擊麼？」

吳三桂緩緩搖頭道：「城下除了一些搬運物什上城的老兵，再無守卒。強兵勁卒，盡數在城上了。」

唐通急道：「那還不快派些兵士下城，務要堵住城門！」

吳三桂氣急敗壞道：「怎麼調！城頭上現下已快吃不住勁，軍心已是不穩，要是這會兒突然調人下城，立刻就是一潰千里，兵敗如山倒！」

又氣道：「又把咱們的兵調走，又不准失城，這他娘的叫什麼事！要是在以前，老子早就開城跑他娘的了！」

幾人對視一眼，均是點頭會意，知道對方眼中含意。周全斌的漢軍足以對付城外清軍，之所以調走近半明軍，又下嚴令不准失城，不准逃走，卻又不讓人將城門堵死，就是等著這幾個將軍動作，看他們究竟如何。

他們既然想通這一點，均是暴跳起來。那唐通由關外一路逃到此處，論起逃跑最是擅長，便向吳三桂等人道：「依我看，不如跑了算了。漢軍既然不能容人，咱們去投奔袁督師，或是乾脆投了韃子，

反正手裏有兵，不失富貴。」

他見吳三桂與劉澤清猶豫，又急道：「速斷，遲則不及！一會兒滿兵大股入城，就玉石俱焚了！」

劉澤清慘然搖頭，淒然笑道：「劉某既然已降，不想再剃髮以事蠻夷了。聽說漢軍撫恤恩典都是不薄，與其將來給韃子賣命被人唾罵，不如圖個事後恩典也好。」

吳三桂思忖一番，亦道：「本鎮亦是與劉總鎮一樣看法，城頭不保，還可巷戰，若是投降，則萬事休矣。」

說罷，兩人將身上腰刀抽出，帶著親兵親自向前，堵住蜂擁而上的清兵。在兩人感召之下，城頭明軍士氣爲之一振，清兵本欲大股衝上，一時間竟不能成功。

只是城門已破，城下的滿兵已在調集，放下手中的弓箭，準備好盾牌和各式武器，準備衝入城內，再往城上攻擊。城頭上的明軍將校看了，卻是苦於無法撥出援兵，其餘各門雖未被破，卻也很有壓力，無法再調來援兵。

眼看著數百名清兵一擁而入，先將堵住路道的衝車移開，然後發一聲喊，持刀弄槍地往城內突去，明軍將校都是面無人色，一時間魂飛魄散，卻又不知道如何是好。

正慌亂間，聽得衝入城門的清兵紛紛怒喝大叫，再回頭看時，卻見城門內火勢大起，竄起的火苗直衝到城牆上方，熱氣逼人，連城上守備的明軍亦能感覺。

眼見衝進去的清兵又灰頭土臉退出，指著城門內呼喝叫罵，城上明軍都是鬆一口氣，知道終於挺過了這一關。

吳三桂令人訊問，才知道是城下的老軍們拚著身死，先行擋住城門，後又以準備搬上城的木料引火燃燒，這才擋住了敵人，而之前進入門洞阻敵的老軍，或是被敵人斬死，或是被大火燒死，當真是慘不堪言。

吳三桂心神激蕩，只覺一股熱氣直衝入眼，一時間忍不住眼淚長流。他知道這是因爲打的是韃子，那些老軍一來有了銀兩安家，二來這些年來與韃子有著刻骨之仇，是以願意如此犧牲，不但沒有在敵人入城時逃走，反而拚命向前，保住了城池不失。

想到此時，他不免對自己身爲統兵大將，卻從來不以國仇爲重，只想著吳家富貴而慚愧。又羞又愧之下，吳三桂暴叫一聲，衝至前方，向一個剛剛在城堞處冒頭的清兵一刀劈下，待那清兵一頭栽倒摔下城去，他不顧滿身的鮮血，振臂喝道：

「生死存亡，在此一舉，兄弟們一定要死守，漢軍一會兒就可以反擊救咱們了！」

這裏多半是吳氏家兵，此時見了家主總兵如此模樣，當真是威風凜凜，狀若天神，從未見過他如此慷慨激昂模樣，各兵將都是士氣大振，將手中刀舞得如雪花一般，將適才成功登城的清兵又逼下城去。

就是連傷兵亦掙扎起身，拚命向前，手腳並用，或咬或抓，與敵人做殊死的爭鬥。若是那傷重的

明軍，寧願抱著敵人一起墮城立死，亦不願留在城頭多活片刻。明軍自瀋陽一役戰後，從未有過如此拚命的打法，攻城的清兵雖是不懼，卻也是驚詫莫名。

豪格等人適才原以爲必將破城，卻不料眼見城門處火光大起，一時間進攻受挫，八旗兵受創甚重，攻城部隊如同螻蟻般不住地往城上攀爬，一刻也沒有停過攻擊，半天下來，已有近半人或傷或死，雖然旗兵們悍勇如故，不斷地開炮發箭，仍然在冒死進攻，威勢卻已不如適才，一時半會兒是斷然無法破城了。

各人皆被這慘烈之極的攻防戰驚得呆住，記憶中，除了當年瀋陽一戰，明軍全數戰死的那一戰以來，遼東戰事再無如此的激鬥。縱是寧遠一戰，其實清兵死傷不過兩千餘人，還是因爲努爾哈赤偶被大炮彈丸擊中受傷，不得已方才退兵。此後攻大凌河，攻錦州，清兵都是無往而不勝，明軍仗著堅城和人數的優勢，輔以大量的火器，才能勉強支持得住。只是無論士氣和勇毅，都遠遠不及今日城頭上下的明軍。

豪格等人眼見城頭上的明軍仍是拚死作戰，有不少傷兵抱著攀城的清兵一起滾下，當真是驚駭莫名，他忍不住向身邊的各親將問道：「這股明軍是怎麼了？難道害怕咱們屠城麼？就是害怕屠城，也可以打開其餘的城門逃跑的啊！」

「是啊！這些漢人是發了瘋麼？」

「肅親王，這樣打下去，死傷可真是不得了！皇上知道了，一定不高興。不如命人稍退，咱們把城圍住，諒他一個小小衛城能有多少糧食，最多一兩個月，城內必定無糧而降。」

「這話說得很是，咱們的勇士不必無謂死在這個小城的城頭，不如留下一半人手圍城，咱們繼續往南，也不怕這些漢人能衝出來。」

豪格擺手命這些大將不要再說，他抿著嘴，向遠方的城頭眺望一番，然後方道：「他們不過是憑著一時的血氣之勇，可一而不可再！雖然拚死，不過力氣已竭，很難擋得住咱們的生力軍攻擊了。薩木什喀、索海，伊遜、葉克舍，你們各帶一千五百人，把譚泰換下來，然後由你們攻城，務必一戰而下！」

聽得他的命令，四將都是努爾哈赤和皇太極手裏用出來的老將，均覺得很是有理。四人在馬上躬身一禮，各帶著手下精兵向前，準備替換譚泰攻城。

城頭上的明軍們見了，自然知道敵人的用意，眼見數千名養精蓄銳了半天的清軍強兵殺氣騰騰過來，眾人雖然還靠著一股血氣支撐，卻知道再也無法擋住這一股敵人的進攻了。

吳三桂砍殺了半日，到底是少年得志，並不是上陣搏殺的武人，拚殺了這些時間，已是體力極限，他用佩刀支持著身體，就在倒塌的城樓邊上休息遠望，心中又急又怒，眼見敵人的生力軍又將壓上，卻不知道漢軍大軍爲何還不出現。他心中暗道：「難不成是非要我們死，以翦除異己麼？」

正沮喪間，卻聽得身邊親兵們大喊道：「大人，快看！」

他急忙抬起頭來，往城池四周一看，並沒有漢軍身影，直待眾親兵提醒，這才往清兵陣後遠眺，只見得遠方的地平線處隱約出現大股黑衣軍隊的身影，正是周全斌所領的漢軍主力大陣。他只覺得渾身一陣痠軟，再也支持不住，猛一下癱倒在地上，向各人笑道：「這可終於守得住了！」

城上的明軍發現漢軍在清軍陣後出現，豪格等人亦同時發覺。他卻不驚慌，只是立刻命人將攻城的近兩萬大軍調回來，護住後陣的兩翼。聽得城頭明軍的高呼叫罵聲，豪格心中雖然憤恨，卻知道此時並不是與這些明軍計較的時候，只在心中暗下決心，待打敗這股援軍，一定要在城破後屠盡全城。

他策馬向前，就近觀察了敵軍動靜之後，方向己方的將領笑道：「我原說明朝軍隊也不會如此敢戰，原來是有援兵來助。看對面這支軍隊的扮相，想必就是上次屠盡瀋陽，挖出我阿瑪屍體的漢軍了！」

清兵左翼的主將譚泰當日曾追擊漢軍，雖然不曾與漢軍主力交手，卻曾經有過小規模的接戰。他騎馬自城下返回，一路觀察後方的敵軍，已肯定這支軍隊就是當年漢軍的裝扮。此時聽得豪格說話，便點頭道：

「沒錯，就是他們！聽說漢軍以黑色爲軍袍，乃是取他們歷史上秦朝人勇武善戰，其色尚黑的緣故。」

豪格輕輕點頭，格格一笑道：「勇武善戰？綿羊就是綿羊，再兇狠的綿羊也不會變成獅子！今日之事，想來就是這些漢軍將軍們搞出的花樣，以堅城耗我軍心士氣，然後繞行至我後方，想使我腹背受敵?」

他又輕蔑一笑，狠狠地吐了一口唾沫，方道：「漢人就喜歡玩這些沒用的東西！城裏的明軍還能打麼?當面和我們八旗將士野戰，這些漢軍又能強到哪裡去了?」

碩塞知道此時士氣稍挫，亦隨之開口道：「女真滿萬不可敵!當年阿瑪以六萬大軍擊攻明軍四路四十七萬，這幾萬漢軍又能算得了什麼!」

聽了兩位王爺這番話語，所有八旗將校均是感奮，各人呼喝咆哮，將有些散亂的戰線瞬息間收攏整齊，除了留下小股騎兵防備著城內明軍殺出，大半都已面向漢軍成陣，準備與這傳說中戰無不勝的漢人軍隊交手決戰。

周全斌此時位於漢軍大陣中間，此戰是他首次指揮大軍與八旗精兵野戰。雖有遼東之役，到底是偷襲攻城，並不足以打破滿人中所謂女真滿萬不可敵的傳言，是以張偉很是看重，要他首戰務勝，他雖然亦是很有信心，此時卻也不免惴惴不安。

眼見敵人迅即收攏佈防，由橫陣轉爲凸型的標準步騎突擊戰陣，周全斌心中暗讚，知道眼前這支軍隊確實是從伍這些年來沒有見識過的強敵。敵人強橫如此，他反倒起了爭強鬥勝之心，開始時的不自信一掃而空，只想著要擊敗這支強軍，立下萬世傳頌的功勳。

他面露微笑，眼見敵方陣腳前壓，數萬精騎在佈滿枯黃野草的平原上慢慢前移，雖然沒有萬馬奔

騰時的聲勢浩大，卻向當面的漢軍施加著只有久歷戰陣、殺人無算的強軍方能擁有的殺氣。在這股氣勢面前，縱然是精銳強橫之極的漢軍亦有些抵受不住，陣腳最前的漢軍士卒眼看著敵人不慌不忙地逼近，如同一座大山一般慢慢壓將過來，感受到這股壓力的漢軍士卒，竟覺得呼吸不暢，很難定神。

「來人，命炮隊開炮！」

周全斌知道必須先將敵人的氣勢打壓下去，眼前這支漢軍雖然打過幾仗，卻都是敵人一戰就潰，或是不戰而降的戰鬥。只有少數的老兵和軍官打過襲遼之戰那樣的血戰，才能在氣勢上不輸給對方。而那些沒有經歷過的新兵，卻非得靠著己方優於敵人的炮火來提升士氣。

漢軍一衛五萬餘人，配有各式口徑的野戰火炮四百餘門。當時的明軍和清兵火炮基本上都是一根長型的重鐵管，攜帶很是不便；而漢軍有炮架車輪，最重的六千斤二十四磅火炮亦只是配有十六匹馬即可。最小的六磅小炮，不過四匹馬和十二個炮手及輔助人員，就可敷用。

待周全斌一聲令下，後陣炮隊立時點火發炮。此番炮擊的威勢遠遠大過適才明軍的轟擊，漢軍四百門制式火炮一起開火，方圓十數里的土地都被強大的反震力所震動，不但當事的漢軍被晃得東倒西歪，便是城頭的明軍亦能感覺到這炮擊的威力，只覺得城頭上的磚石都在微微晃動，各兵腳下不穩，臉上變色，各人都道：「莫不要把城牆震塌了才好！」

漢軍火炮震動的威力如此之大，首當其衝的八旗大陣卻是被如雨點一般降落的炮彈擊中，瞬息間，無數顆炮彈以八旗兵從未見識過的威力在他們的身邊爆炸，無數顆碎裂開來的彈片四處橫飛，如同勾魂的使者，將這些橫行遼東、只會拉弓射箭的粗豪漢子一個個當場炸死，若是正巧被重達二十四磅的超大炮彈擊中，便立時連人帶馬被砸得血肉模糊，不成人形。

豪格等人在炮聲初起時還曾大笑，言道這些南蠻子別無長技，只會開槍放炮，不敢當面拚殺，待炮聲一起，清兵連綿近十里的陣列中盡皆被炮彈擊中，每一顆炮彈落下，便是數十過百人的死傷。就是大將索海，皇太極的庶弟塔拜等人，亦被炮彈炸中，當場身死。

豪格等人只覺得炮聲隆隆，渾似在耳邊不停地敲響，眼見無數人就在眼前被彈片剖腹挖心，血肉橫飛，令人覺得天地間一片血色，耳中再無別的聲響，只有不停地炮擊聲，還有八旗戰馬的慘嘶聲，受傷的清兵慘叫聲充斥於耳，幾欲令人瘋狂。

雖然在見識到了漢軍火炮威力之後，清兵開始四散躲避，傷亡開始變小。只是這種鐵與火的壓力當真是無與倫比，雖然旗兵多半是槍林箭雨中廝殺出來，亦曾見識過明軍火炮，又哪裡能承受得住？

豪格稍待片刻，聽得漢軍火炮聲響並沒有停止，略聽一會兒，反而覺得越發地緊急快速。他心裏詫異，不知道漢軍火炮鑄法精良，又有冷卻之法，不似明軍與清兵的火炮，連開五炮以上，就得防止炸膛。

他又忍耐片刻，覺得再也難以承受下去，已經有旗兵忍耐不住壓力，開始瘋狂大叫，往漢軍陣中衝去。

豪格原本打算調動兵力，先行試探攻擊，然後再以大軍攻入敵人薄弱之處，此時卻委實受不住這

麼強大的炮擊，於是立時下令，命令各旗將士立刻全數衝擊，待奔行到敵人本陣前，再分開繞擊，分別攻擊敵人兩翼。清兵各將亦早已忍受不住，只等豪格下令，此時接了將命，如蒙大赦，立時督促部下打馬狂奔，不再愛惜馬力以做衝擊之用。

清兵原本緩慢而行，以給敵人造成壓力，待到三里開外時，方才提升馬力以衝刺敵陣。此時因爲害怕炮擊，各人都是拚命打馬，與漢軍距離不過五六里路，不過一刻工夫，就已奔到。

待衝到漢軍主陣之前里許，當先的卻是碩塞率領的鑲黃旗下的萬餘騎兵。此時因距離過近，漢軍的火炮已是無法發炮，步卒已經由開始的不安轉爲信心大增。看了適才被炸得灰頭土臉的敵人奔來，竟已是渾然不放在眼裏。各軍依照平時訓練的步兵操演變陣迎敵，竟讓奔襲而來的清兵不敢再進半步。

碩塞眼見陣前的漢軍以刺蝟一般的槍矛陣勢迎敵，他忖度一番，知道若是強迫衝擊，只怕自己的部下根本衝不動敵人的陣勢，勢必將一個個被那些長達五六米的長矛戳在矛尖。他打馬繞行，在漢軍主陣四周觀察片刻，心中已然有了定計，便微微冷笑，向與他齊至的譚泰道：

「他們以爲用這些長矛就能阻得了八旗鐵騎？需知咱們女真人重騎兵原本就不多，本就不是以衝刺見長。咱們以騎射起家，就讓這些只知道用火器的南蠻子見識一下咱們女真人的射術！」

說罷，立刻令全軍變陣，轉爲一字型，然後往漢軍陣前逼將過去。

雖然在到了距離五百米以內之後，漢軍開始扔手榴彈，開槍射擊，給清兵帶來不小的傷亡，然而清兵的強弓亦到了可以發箭的距離，急紅了眼的清兵開始使用他們最擅長的戰技，一個個拉弓引箭，將一支支箭矢開始向漢軍陣中射去。

因爲要用長矛擋阻敵人衝擊，前陣的漢軍無法配備盾牌，陣後的漢軍雖然身著軟甲，手持火槍，卻不如龍武衛那般有盾牌和重甲防護，於是當又急又準、勁力十足的箭雨襲來，一時間漢軍死傷亦是很大，其中又以首當其衝的持矛手傷亡最重。

清軍雖然在火槍和手榴彈的打擊下死傷很重，碩塞與譚泰等人卻因見到在箭雨攻擊下的漢軍陣腳亦開始鬆動，而信心大增，一眾八旗將領殺紅了眼，只待漢軍前陣有了空隙，便要指揮著大軍前衝，以騎兵的衝擊力將敵人的陣形徹底衝亂。

兩軍如此對射了一刻時間之後，正如碩塞等人所願，漢軍陣腳鬆動，各個方陣散開隊形，除了正前方的矛手仍然不動，後面的槍兵已然停止射擊，開始散開。碩塞等人大喜，立命下屬拚命射箭，等矛手們散開之後，便可以衝刺入陣。

碩塞心神激動，心中突地想起當年在薩爾滸一戰時，他的父親皇太極與明將杜松部三萬人激戰，明軍以車陣拒敵，發射火器，清兵不顧死傷，發箭對射，等明軍火器用光，皇太極一馬當先，破陣而入，三萬明軍被殺得一個不剩。

他想到此處，只覺得渾身發燙，父祖的英名和光輝令他沉醉其中，滿人自窮山惡水中鍛鍊出來的武勇精神在他胸中激蕩。他喘著粗氣望向漢軍陣中，只等著過一會兒看到敵人崩潰，他就要不顧多羅郡王的身分，親自帶隊前衝，將眼前的這些漢人全數殺光。

當碩塞兩眼血紅，渴望衝陣肉搏之際，漢軍陣中卻悄然騷動，一隊隊手持著樣式與大部分漢軍截然不同火槍的槍手到得陣前，各人將一顆顆紙質子彈填入槍枝後膛，與普通漢軍將火藥倒入前膛截然不同。這些漢軍使用的便是射程和威力，遠遠大過前膛火槍的後膛紙質撞針槍，因爲有了紙質子彈和膛線，再加上使用改良火藥，這些火藥的有效射程已經超過五百米，遠遠超過了普通前膛槍不到兩百米的有效射程。但因爲沒有車床，並不能量產，每年出產的這種火槍不到百支，只是少量裝備，由射術最精良的射手持有。

「砰……」

一顆子彈準確的穿過多羅郡王碩塞的胸膛，正在幻想著超越父祖功勛的郡王，以不可思議的眼神看向自己胸前，只見先是一縷鮮血溢將出來，穿過碎裂的甲冑，將他的外袍染濕。

他並沒有覺得痛楚，只覺得不可思議，自己身處漢軍打不到的後方，身上穿的又是盛京匠戶打造的精良鐵甲，卻不知道如何被敵人穿透，當真是希奇古怪，不可理解。

皇太極的兒子中，除了豪格，便是以碩塞最爲勇武，甚得他的喜愛，此時，這個英武年輕的郡王就以滿臉的不可思議，再加上滿腔的遺憾，頹然落馬，戰死當場。

碩塞一死，他的親兵知道自己亦必將被處死，各人大急之下，悍勇之氣大增，立時將上衣一脫，光著身子手持大刀鐵錘，口中喝喊大罵，激勵著所有在場的將士往前，要與漢軍拚死一戰。

若是他們此時能突到漢軍陣前，想來也會造成很大的麻煩。只是殘餘的五六千清兵剛剛前衝，原本散開的漢軍陣中突然響起了嗤嗤的藥線點燃的聲息，一朵朵小火花四射噴濺，不一會兒工夫，各清兵只見得眼前火光大盛，一支支如同長矛一般的東西由漢軍陣中飛射出來，就在清軍奔馳的馬隊中起火爆炸。

這些便是漢軍特爲與滿人決戰而設計準備的火箭，除了有少量火藥爆炸傷人外，箭身上縛空笛鳴哨，一經發射，嗖嗖之聲大作，飛入清軍馬隊中仍是響聲不止，再加上爆炸後的火花響起，一時間清軍戰馬大驚，再也不受騎兵的控制。

周全斌眼見各處的清軍同時大亂，知道因火箭發射，清兵不能掌握馬匹。他知道破敵就在此時，於是立命曹變蛟等大將親自領兵出戰，務要將敵人在陣前打垮。各部漢軍聽得命令，立將口中長槍斜握，各人同聲吶喊，戰鼓轟隆，一起向狼狽之極的清軍進攻。

碩塞的部下因爲主將死亡，譚泰等大將的戰馬受驚，根本沒有人下令，於是混亂中匆忙迎敵，被漢軍的火槍兵節節進逼，不能抵擋。各軍苦戰片刻，已是再也不能支持，只有兩千人的殘部突出戰場，尋了一個縫隙，遠遠逃了。

左翼與中陣打得順手，右翼的清兵雖然也只是一萬五千人，卻因爲是豪格親領，最是精銳。待碩塞身死，其部下星散之時，豪格卻已命剩下的萬餘清兵下馬，決意以步兵射箭突前，攻破漢軍右翼之後，或是迂迴主陣，或是趁著有時間安撫戰馬，再行逃走。

「薩木什喀，你帶著集中起來的擺牙喇兵往前，一定要衝破敵人的陣線！」

見薩木什喀領命，準備帶領著集中起來的上三旗所有的千多名擺牙喇精兵和兩千餘鐵頭兵衝陣。豪格雖覺得這些精兵必定會死傷慘重，卻也相信由最精銳的擺牙喇兵和鐵頭兵合力作戰，一定能突破敵人的防線。於是，他一邊看著這些精兵在幾個大將的帶領下集中向前，一邊下令快些安撫戰馬，避開敵人的正面火箭攻擊，待過一會兒戰馬安定後，就以剩下的兵力投入戰場，加重打擊。

女真人自努爾哈赤編旗之後，已經成爲一個平時爲民，戰時爲兵的全民性的軍事組織。每遇作戰，由每牛錄抽人入伍，戰後回旗，而所謂的擺牙喇精兵，乃是由各旗抽出的戰士中精選而出，都是勇猛和箭術、格鬥術遠遠超過常人的旗丁方有機會入選。他們與普通的旗丁不同，不論是後方還是作戰，都護衛在各親王貝勒和固山額真身邊，保護他們的安全。

擺牙喇是各王公貝勒的精銳禁衛，當年皇太極在徵調莽古爾泰的擺牙喇親兵時，莽古爾泰竟然憤怒到拔刀與大汗理論的地步，其精銳程度自然不言而明。而鐵頭兵亦是八旗中的精銳勇武之士方能擔當，他們全身包著五六十斤重的鐵甲，全身除了眼睛之外，都以鐵甲包裹，可以充做重騎兵衝擊，又可以爲重步兵執堅披銳，與敵肉搏血戰，亦是八旗作戰的殺手鐧。

待擺牙喇兵們與鐵頭兵盡數集結完畢，近四千人的隊伍卻散發出適才三萬餘八旗兵方有的戰意與壓力。所有的清兵手忙腳亂，應付敵人的攻擊之時，也忍不住向這些人大叫道：「巴圖魯，巴圖魯！」

豪格的戰馬此時已然安穩，不再帶著他東竄西走，他看著自己手下最精銳的勇士開始往前方突去，當先的鐵頭軍舉著牛皮大盾，漢軍的火槍槍子無法打透，況且他們身上有著厚重的鐵甲，漢軍的火槍在這麼遠的距離完全不能穿透。槍子打在光滑發亮的鐵甲上，雖然是哐哐作響，卻不能稍稍阻止這些滿含殺意，一心復仇的八旗精銳的腳步。

在滿人的擺牙喇精兵與鐵頭軍做孤注一擲衝擊之時，整個戰場上的八旗兵能戰者，加起來已不足兩萬，其餘或死或傷，或是落荒而逃。漢軍左翼已經肅清正面之敵，開始往右翼迂迴包抄。因八旗逼近而沉寂一段時間的炮聲亦再次響起，調準焦距後的炮隊開始向著步步進逼的擺牙喇兵與鐵頭軍陣中開火。只是因爲距離太近，重炮並不好調整，亦害怕誤傷漢軍自身，是以只用一些中小口徑的火炮發射霰彈和開花彈，用以殺傷敵兵。

負責指揮漢軍右翼的，正是神策衛右上將軍左良玉，他原在南疆鎮守，因此次對滿人之戰關係重大，也比打同是漢人的明軍更讓這些將軍們心動。在他再三請戰之後，張偉終於將他調回，由海路一直送到天津參戰。此時眼見敵人棄馬步戰，幾千名步兵雖然殺氣騰騰，又有過半是全身鐵甲，只露出雙眼的鐵人兵，左良玉細觀片刻，忍不住失笑道：

「滿人之勇竟致如此乎？以步卒衝我火槍大陣，當真好笑！」

他微一沉吟，立時令道：「傳令炮隊，所有的輕炮不要再轟擊敵騎，給我對準了這股步兵狠炸！」

後陣炮隊得了他令，立時調準炮口，向著那些滿人精兵開火。只是距離太近，百多門火炮不過命中一兩發炮彈，敵兵便已衝到漢軍步兵第一道防線之前百米之內。漢軍步陣早已變陣，由開始的橫陣轉

為斜陣縱深，以手中的燧發槍不住分段射擊。

明軍的火繩槍百米內不過能有效射擊兩三發，漢軍以制式裝備，迅即開火發射，以百人為列，每列開火後即刻後退，後隊繼續發射，前隊裝藥。開初時因距離過遠，漢軍火力並沒有對敵人造成很大傷害，待距離進入百米之內，雖然那些擺牙喇兵亦是邊走邊射，不過漢軍陣式變化，距離又在弓箭瞄準射程之外，雖然滿人的強弓大箭可以射到陣中，卻也是綿弱無力，無法造成很大的傷害。

待這些兵士推到五十米內，漢軍的火槍射個不停，已有近半滿人中最驕傲的擺牙喇勇士未能見到敵人的面便已撲倒在途中。而鐵頭軍身負著過六十斤的厚重鐵甲，將全身要害遮擋得嚴嚴實實，又有牛皮大盾護身，是以死傷並不嚴重，只有三四百人在半途或是死於炮火，或是傷於火槍，無力行走，撲倒在途中。

豪格一邊安撫著仍在不住驚慌暴衝的戰馬，一面死死盯著行進中的鐵頭軍大陣。在他看來，若是能突破敵陣，造成混亂，他至少可以帶領剩下的騎兵，在漢軍包抄過來之前，以強悍的突擊能力和快速的移動，將敵人炮隊斬殺摧毀，然後命全軍逃跑，這樣亦可勉強向父皇交代；若是不然，縱是此時能逃得性命，亦是無法抬頭做人。

起初他看到鐵頭軍與擺牙喇兵一路向前，漢軍的火炮殺傷並不是很大，原本已經絕望的心裏立時升騰起希望，於是立刻下令身邊的親兵大將們加緊收攏人馬，又命薩木喀什領著兩千餘整頓好的騎兵往左方策動，盡力阻擋住漢軍前進的腳步。至於這些人是死是活，能拖住幾時，他卻是顧不得了。

待看到離得漢軍越近，敵人火力越發猛烈，受傷身死的旗兵越來越多，原本聲勢駭人殺氣騰騰的步軍方陣越發稀疏，他痛苦地閉上眼睛，知道此事再無希望。無論這些精兵如何勇武能戰，當面的漢軍足有兩萬餘人，還有其餘漢軍正在趕來，以漢軍的戰力和勇武，根本不可能出現打破一個陣腳便全師潰敗的情形，縱是小有損失，亦無法扭轉整個戰局。

他左思右想，終覺此間戰事已然無望得勝，縱使能多殺幾個敵人，或是急逃也無法擺脫全師覆滅的結局。

「來人，傳回薩木喀什，不必再與敵人交手，全師往南而撤！」

「肅親王，這樣將放棄那些衝往敵陣的勇士，你怎麼可以這樣！」

豪格扭頭一看，原來是自己的庶叔巴布泰。他與塔拜一樣，都是努爾哈赤的小福晉所生，年紀與豪格相差無多，並不受皇太極的信重與愛護，現下不過受封饒餘貝勒，地位與豪格相差萬里。若是往常，巴布泰敢這樣與豪格說話，必定會被他斥責，只是仗打成現下這個模樣，豪格心中痛苦異常，哪有閒暇計較這麼多，因扭頭向巴布泰道：

「我亦不想如此。不過此時撤退，還能保住幾千人馬，若是死戰不退，只怕全師盡折於此。我滿人原本就是不多，哪能在這城下損失如此之多的勇士！」

第二章　清軍大敗

約莫五千人的滿人騎兵終於聚攏在一處，被漢軍火箭驚嚇的戰馬經過安撫，終於亦安靜下來。各騎看著不遠處衝到漢軍陣前，頭頂上紛紛落下手榴彈，被炸得血肉橫飛的鐵頭兵勇士，均是心酸之極。各人聽得豪格一聲令下，立刻調轉馬頭，繞過天津城池，往南方狂奔而去。

他說到此處，已是哽咽難言，兩行淚水自眼中直流而下，在滿是黑灰土塵的臉上流出兩道水痕。上三旗的滿兵乃是豪格父子保住權位的最重砝碼，此次一戰折損大半，就連各親王貝勒的擺牙喇精兵和鐵頭兵亦盡陷於此，教豪格如何不心疼。再有這半天沒有碩塞的訊息，想來是被適才突如其來的槍擊打死。失去這個勇武善戰的弟弟，他並不心疼，卻想著皇太極必定會狠狠責備於他，心中又愧又氣，已是再也忍耐不住。

巴布泰等人見他如此痛苦，均是神色黯然。知道豪格身爲主帥，爭勝不能，自然以保有軍隊實力為首要之事。只是看著族人勇士戰死當場，自己卻打馬逃走，實在不是女真人的習慣。巴布泰只覺得又是憤恨，又是慚愧，他拔出刀來，向各人大叫道：

「我自隨同父汗起兵，就沒有遇敵而逃的時候，一向只有漢人被咱們打得潰不成軍，哪有女真人逃跑的時候！你們不必管我，隨肅親王逃走，將來復仇就是！」

說罷，揮刀打馬，拚命向漢軍右軍衝去。

他的親兵已被調走衝陣，只是單人獨騎拚命向前，漢軍炮火竟不能傷，豪格等人睜大雙眼，待看到他衝到步卒近前，各人都是一聲歡呼。只是叫聲未止，卻看到漢軍陣中接連有白煙冒起，巴布泰在馬上搖上幾搖，手中的弓箭尚未射出一箭，整個人卻從馬上猛地栽倒下來，在地上掙扎幾下，已是不能動了。

豪格痛苦地閉上雙眼，揮手令道：「快撤，不能往北，敵人必有伏兵。先往南，爾後往西！」

約莫五千人的滿人騎兵終於聚攏在一處，被漢軍火箭驚嚇的戰馬經過安撫，終於亦安靜下來。各騎看著不遠處衝到漢軍陣前，頭頂上紛紛落下手榴彈，被炸得血肉橫飛的鐵頭兵勇士，均是心酸之極。各人聽得豪格一聲令下，立刻調轉馬頭，繞過天津城池，往南方狂奔而去。

隨著大隊騎兵的蹄聲響起，死傷慘重的鐵頭軍終於衝入漢軍陣中。雖然被漢軍變陣包圍，以長矛擋住他們的突進，眾軍士又聽得真切，知道大隊主力已經撤走。他們棄馬而來，必定無法倖免。各人心中又悲又憤，卻沒有投降敵人的打算，手中或持大刀，或是長槍，間或有人手持鐵鏈大錘，四處揮舞。

只是漢軍隊列整齊，以方陣迎敵，前排是長槍或長矛擋住敵人猛攻，後排仍是不斷發槍射擊，再有飛蝗一般的手榴彈不住落在清兵陣中，人數又是他們數倍。清兵初時尚憑著一股血氣之勇和肉搏戰鬥的實力拚死向前，能與漢軍交一交手，待時間一長，沉重的鐵甲與兵器將所有鐵頭軍的力氣耗盡，各兵只覺得手中的武器越發沉重，移動的腳步也越發艱難，很難再追上不斷後撤、穿插的漢軍，只覺得這些手持亮閃閃長槍的黑衣軍人越打越多，攻擊的火力越來越猛。身上的鐵甲雖然厚實，能擋得住射來的箭矢，卻無法在如此之近的距離內擋住火槍的攻擊，不住有槍子穿透鐵甲，將甲冑內的戰士射死射傷。

雖然這些女真人在受傷或身死時發出野獸一般的嚎叫，拚命將手中武器拋向漢軍，亦只不過給漢軍造成一些小小的麻煩而已。

此時戰場上的炮聲漸漸沉寂下來，清兵騎兵越跑越遠，極目望去，不過是地平線上的一個個小小黑點。而左翼和中陣的漢軍已經迂迴過來，將剩下不到兩千人的清兵團團圍住。因爲左良玉所部的漢軍占據了完全的優勢，這些漢軍只是持槍旁觀，看著戰友們對這些手持冷兵器的勇士做著幾近單方面的屠殺。

城內的明軍並沒有出城參戰，以防清兵騎兵突然殺回。吳三桂與唐通、劉澤清等人卻帶了一群親衛騎馬出城，先是參拜了周全斌，而後便隨著中軍大營移動觀戰。

明軍諸將都曾經是鎮邊總兵大將，哪曾見過滿人如此情況？一面隨著漢軍移動，一邊看著遍佈整個戰場的清兵屍體，心中均道：「若是今天頂不住壓力，或降或逃，只怕不久之後，我亦是躺在地上的屍體了。」

待他們隨之趕到右翼戰場，只見戰陣內的滿兵越打越少，多是渾身鮮血，卻仍然徒勞拚鬥，浴血而戰。

吳三桂見周全斌不動聲色，只冷眼旁觀。他想起今日之事，忍不住道：「周將軍，末將有一言，請將軍鑒納。」

「請說。」

「大軍既然得勝，何苦無謂殺傷，以干天和？不如令漢軍後退，這些鐵人兵力氣早已用盡，想必立即頹然倒地，不需多費槍彈就可捕獲。」

周全斌細思片刻，展顏一笑道：「吳總兵雖然年少，畢竟是將門虎子，所言甚是有理。」說罷，立刻傳來一名中軍牙將，向他吩咐幾句，命他立刻到左良玉軍中傳令。

不過一刻工夫，左良玉軍中亦是情勢大變，所有的漢軍急步後退，不再與清兵接觸。雖然還在開槍，慢慢退遠之後，槍聲亦是慢慢稀疏。被圍的清兵陣中，輕裝的擺牙喇精兵早已多半戰死，此時只剩下千多名全身鐵甲的鐵頭兵仍然兀立。待漢軍稍退，雖然相隔不過百步，給這些鐵頭兵的壓力卻是大減。原本靠著一股悍勇之氣強撐的眾清兵立時覺得渾身酥軟，再也無力站立，開始只是一人將手中武器拋下，哐噹一聲傾倒在地，其餘的清兵聽到響動，心中一鬆，雖然知道此處乃是戰場，卻實在抵抗不了從身體到靈魂深處的疲乏，眾人都是將手一鬆，扔下手中武器，就地頹然而倒，仰面朝天，靜候敵人的

處置。

周全斌見狀大喜，向吳三桂嘉許道：「不錯，吳總兵一言，可挽回不少漢軍士兵的生命，此是大功一件，我必定會向陛下稟明！」

吳三桂此時功利心思雖不如往日那般強烈，然而富貴誰不想得，亦不免喜上眉梢，向周全斌笑道：「末將不敢居功，此亦是大將軍調度指揮之勞苦，才有現下的結果。」

周全斌和他點頭一笑，不再與他多說，只向曹變蛟與趕來的左良玉令道：「兩位再辛苦一遭，帶著部下清理戰場，再立營歇息。」

見兩人領命去了，周全斌正要轉身，那唐通因之前的投降一語，此時又見吳三桂得意，心中醋意大生，又想邀功，忙上前道：「這十幾里方圓戰場，算來總能抓到四五千的活口滿兵，關在城外殊爲不便，不如全數押到城內，擇地關押爲好。」

「很是。我適才已命兩位將軍去清理，命懂得滿語的通事挨個問話，願降者關押入城，將來再做安置；不願降者，立刻全數誅殺。雖然滿人願降者不多，還是做一下準備的好。唐將軍深謀遠慮，見識卓越，我很歡喜。」

唐通心中大喜，又笑道：「滿兵已是驚弓之鳥，雖然逃走的有幾千人，屬下不才，願意率本部三千精騎追擊，必定斬下虜首首級，以報大帥恩遇。」

唐通既然如此賣力，周全斌思忖一番，便向他笑道：「城裏打了半天，士卒疲敝。唐將軍雖然請戰，卻不必帶三千人，只需挑選千多健壯兵士，跟隨在滿人身後，敵跑你追，敵停你停，敵駐你擾。如此這般，不損士卒，能將敵人拖得精疲力竭，便算是大功一件。」

如此的便宜差使，唐通自然可以辦得下來，當下高興得滿臉放光，向周全斌抱拳一諾，立時返回挑選人馬，準備即刻追擊敵騎。

見他如此，其餘劉澤清、楊坤等明朝降將亦紛紛請戰，或是帶數百人，或是數十人，隨同唐通一同前去，不過半個時辰左右，由天津城內赫赫揚揚奔出近兩千騎的明軍，馬蹄得得，塵土飛揚，往清兵逃走的方向直追而去。

周全斌見吳三桂並未請戰，仍然面帶恭謹緊隨身後，便向他笑道：「吳鎮為何不隨同諸總兵同去？守城有功，獻策有功，若是再能追擊斬殺一些敵人的首級，吳鎮此戰乃是戰功第一人，何其榮耀！」

吳三桂先是搖頭不語，後見周全斌面帶微笑，不似往常那般嚴肅，他心中一動，便亦笑道：「此皆是芥蘚之功，不足令吳某心動。」

「喔？那何等戰功，方能令吳鎮心動？」

「三桂年少，若有狂言，尚乞大將軍莫要怪罪。」

此時已是入暮時分，兩人一前一後，騎馬四處巡視。連綿十餘里的戰場上盡是滿人死屍、軍旗、散落一地的武器及被殷紅鮮血染紅的枯草；大半的漢軍將士並沒有理會那些死屍，而是四處追趕那些失

去主人的戰馬。只有少數漢軍在長官的指揮下，以刺刀撥弄那些看起來完整，甚至在稍稍蠕動的清兵，遇著活口便是紛紛以刀刺戳下，直待那些人再也不動，方才嘻嘻哈哈離去。

吳三桂隨行看到此處，惻隱之心油然而起。待看到漢軍士卒向前，將那些適才勇不可擋、奮力苦戰的鐵頭兵們紛紛刺喉嚨殺死，偶爾有起身下跪求饒的，亦是同時被泛著寒光的刺刀戳中，迅即倒地而死。

大半的八旗戰士都已放棄抵抗，閉目受死，還有小半拚死掙扎反抗，亦不過死得快些而已。他看得張目結舌，心道：「這些漢軍當真是殘忍之極，哪有半分仁德之師的模樣？適才這周大將軍下令，降者不殺，現下如此這般直接殺人，當真是可惡之極。」

「大將軍……」

吳三桂正欲說話爲這些清兵求情，卻見周全斌面色似笑非笑，他身後有一漢軍將軍亦衝他輕輕搖頭，吳三桂立時醒悟，忙改口道：「大將軍，依末將看，此戰過後，東虜實力損傷很大，勢必有戰守退三事。」

周全斌眼中似乎並未看到那些一直殺戮的漢軍士兵，只向吳三桂展顏一笑，頗感興趣的問道：

「長白兄，請爲全斌細細道來。」

吳三桂斂住心神，不再關心那些被屠戮的滿人，只向周全斌沉聲道：

「天津一戰乃是八旗的試探之舉，以皇太極的打算，想必是要讓這一股旗兵往南，與漢軍稍加接觸，能戰則戰，不能戰則退。奈何清兵主帥豪格不明敵情，驕狂輕敵，被大將軍圍而殲之，此役過後，上三旗精銳盡失，皇太極實力大損。依末將看，虜朝僞帝雄才大略，父子兩代經營遼東多年，每時每刻不以入關得大明天下爲念。除他之外，其子豪格等人亦是如此。天津一戰過後，皇太極等主張南下的一派必定實力大損，此事與當年盛京被吾皇攻破一事尚有不同，當日皇太極實力未損，是以輕易扭轉局勢，而此時他手中無兵，再也難以壓制其餘的諸旗王公了。」

「那依將軍之見，東虜是斷然不再南下了？」

吳三桂斷然答道：「正是！除非早前有別支南下軍隊，不然，清兵很難再有南下之兵。皇太極縱是有心，奈何手中除了一些漢軍軍隊還能供他指揮，其餘滿蒙軍隊能聽他的麼？其兄代善素無野心，只盼著能長保富貴即可，連大汗和皇帝都不要做，他要咱們漢人的江山做什麼？他的兒子岳托和薩哈廉雖然與皇太極交好，二兒子碩托卻一向不服其叔。代善本人亦無決斷，是以正紅和鑲紅兩旗決然不會出兵。多爾袞兄弟一向不服皇太極搶了他們一系的汗位，此時只怕逼宮的心都有，又怎會分兵南下，爲皇太極賣命？」

周全斌聽得他這一番剖析，幾與張偉在手書中囑咐他的一般相同，他用極欣賞的眼光瞥一眼這位侃侃而言的原舊明大將，卻是不露聲色，只淡淡一笑，向他虛讚一聲：「將軍所見甚爲高妙，未知守和退兩策又做何解？」

吳三桂這些天來費盡心力思索，方悟得這些入骨三分的分析見解，誰料眼前這位漢軍大將軍竟恍

似渾不在意，不禁令他沮喪。只是此人生性堅韌，眼前的小小挫折並不能打擊到他。當下也不在意，又向周全斌道：

「先說退出關外。以末將看來，滿人在遼東橫行數十年，不會以一戰而喪氣，雖心驚漢軍實力強橫，卻也並未到嚇退他們的地步，最多會互相攻訐，指斥豪格等主將無能。他們攻打寧錦諸城多年，此番又是因職部等總兵內遷方能順利入關，見得北京城內的花花世界，正如餓狼見了鮮肉，哪有輕易撤嘴的道理？所以漢軍如不連續攻戰，打得他們各旗都傷了根本，很難讓這些莽夫下定退回的決心。」

說到此處，他以極堅定的口吻向周全斌總結道：「所以依末將之微見，東虜必定不會繼續南下作戰，也不會輕易退回關內；多半是想以騎兵優勢，在京師附近平原等咱們往攻，集結大軍備戰。而後以漢軍實力虛實來和咱們談和；或是以山海關爲界，要求金銀貢納，或是以畿輔等邊地割讓，仿石敬瑭的燕雲十六州故事。」

「那以你之見，咱們該當如何？」

「末將今日見了漢軍火器之威，士卒訓練之精，作戰之勇，諸位將軍指揮之能，還能有什麼話說？只需集結大軍，直搗京師，足以將這些韃虜逐出關外！至於那白山黑水的苦寒之地，只需派遣一上將，領十萬兵而掃蕩之，便足以敉平這些受創嚴重的蠻夷醜輩，使其再也不能威脅中國！」

周全斌終於忍不住擊掌稱讚，向他大笑道：「長白吾兄，真不愧是將門世家！所見近情入理，高妙過人，全斌聽君一席話，未來之事原本是浮雲遮目，今日被此勁風一掃而空矣！」

吳三桂聽了，頗覺慚愧，當下漲紅了臉，向周全斌道：

「大將軍這般稱讚，末將怎生敢當。末將原本江北高郵人氏，自曾祖時便爲鎮遼大將。父親更是司職舊明的都指揮使，位高爵重，朝廷信重。然則咱們吳家只以家族富貴爲念，侵呑軍餉，不修城池，不撫士卒，致使蠻夷橫行，漢人流離失所，備受苦難。今大明已亡，末將既然歸降漢朝，自然當以漢朝國事爲重。其實今日之前，尙有不少私心，末將私下自省，當真是愧悔莫及。適才所思，不過是微愚末見，不足爲大將軍一笑耳。大將軍身爲統軍上將，對日後戰事自然是胸有成竹，哪需末將來多嘴。」

「不然。我雖然知道，不過將軍今番說將出來，卻又是別有一番作用，我兄亦不必過謙。況且今日事，我兄有大功在前，獻妙策於後，我必定會表章奏功，陛下對將軍亦必定會有恩賞。」

說到此時，天色已然黑透，整個戰場亦已掃除乾淨，早有漢軍各級將軍上前，向周全斌請示諸般軍務。吳三桂騎馬恭候一旁，只覺得漢軍行伍規制與明軍截然不同，其軍、旅、營、果、什之分，比之明軍混亂之極的編制易於指揮，各級將軍、衛尉、都尉等軍官都有方便易識的鐵牌辨別，敵人不易看出，而自己人一目瞭然，指揮起來更是得心應手。再看到士兵經歷一天激戰，仍是精神健旺，行動迅速，絲毫沒有明軍戰後搶掠財物、私割首級等弊，他不禁在心中暗自讚嘆：此真是漢唐以來從未有之的強兵，比之八旗精兵亦是超過許多。

待周全斌將眼前各事一一料理完畢，命漢軍監督，令城內眾百姓將俘獲的戰馬及武器一一搬運入城，並將滿人戰死者的屍體歸攏在一處，慢慢壘高，其間每層以黃土覆蓋，終於堆成一個數十米高的大

型屍堆。

吳三桂心中明白，此即謂「京觀」，乃是中國自古以來擊敗敵人後常有之事。自明朝開國以來，雖然亦有南征北討，殺伐誅戮，卻從未有過如此之事。他心中暗嘆道：「雖然這位周將軍很能禮賢下士，辦事亦是公道，卻未免失之殘苛，將來史筆如鉤，只怕是要留下惡名的。」

他正在腹誹，見周全斌將手中馬鞭一揚，向那黑暗中仍隱約可見的高大屍堆一指，對吳三桂笑道：「你在想，太過殘忍了，是麼？」

吳三桂嚇了一跳，忙道：「末將不敢！只有如此行事，才能讓這些蠻夷知道，敢犯強漢天威者，必受誅戮。」

周全斌噗嗤一笑，指著他道：「這話又是虛言偽飾，不見誠心！」

「是，末將適才是想，這樣做法，有些過殘，只怕將來於大將軍的清名有累。」

雖然看不清周全斌的神情，吳三桂卻突然覺得這個年紀看起來並不很大，可能只與他的長兄吳三鳳同年的大將軍神情沉鬱之極。

他期期道：「這或許是我太過苛責，行軍作戰，哪有不死人的。打敗了，自然就接受後果，這原也是很常有的事。末將父子在遼東，也是殺俘，只是不曾鑄成京觀罷了。」

「這些都是陛下的命令，依我的本性，也覺得太過殘忍。」

雖然周全斌的聲音很輕，卻仍然讓吳三桂聽了個清清楚楚。眼前這個漢軍大將竟然敢如此議論漢皇，吳三桂當即大驚失色，幾欲落荒而逃。

「不妨事，我十五歲便跟在陛下身邊，適才那話，當面也說得。此戰之前，陛下早有交代，滿虜累次入關搶掠，動輒屠城，每個滿人旗丁手上，哪個不曾沾染漢人的鮮血？漢人總說要以德報怨，其實弱小的異族可以用仁德感化，威勢震懾；而如同蒙古、女真這樣的異族，當他們武力強大之時，用仁德能使他們投降麼？那當真是笑話！當今之勢，唯有以殺止殺，殺得他們害怕了，自然也就沒有邊患了。還有，漢人柔懦的太久了，仁慈善良的也太久了，也該以武勇和殘忍，來重鑄一下聲威了。」

吳三桂只覺得這些話匪夷所思，卻未嘗沒有道理。正要答道，又聽周全斌悠然說道：「這種事你不必插嘴。今日守城，亦是要以鐵血重鑄明軍降軍，爾等撐得過去自然好，撐不過去，也不可惜。吳將軍心思縝密，又很勇武，乃是大將之才，所以全斌現下點撥你幾句，來日方長，好生做吧！」

說罷，也不等吳三桂答話，他自行調轉馬頭，往城池方向而去。待到了天津城內，又忙著將城內明軍調撥至一處，城防守備由漢軍接管，一應事務皆是親力親爲，並不委於屬下。

吳三桂很是詫異，忙拉住適才提醒自己不要胡亂說話的那位漢軍將軍，向他笑道：「適才之事很是承情，未敢問將軍尊姓大名？城內關防已然嚴密，未知周將軍何故如此？」

此時，他們已到達天津衛指揮使衙門正門之前，數十盞燈籠高高懸掛在府門之上，將四周映照得如同白晝。那漢軍將軍所著盔甲袍服卻是與尋常漢軍不同，肅穆之餘尙有幾分華貴之氣。

吳三桂只見他露齒一笑，聽他答道：「我是漢軍羽林將軍，周將軍如此行事，乃是因爲陛下三日

內就要親臨天津耳。」

那將軍說罷，也不顧吳三桂驚詫，又馳馬奔到周全斌身邊，與他小聲商議，顯是在佈置關防事務。

吳三桂原是詫異，這將軍為何如此大膽，竟將此機密大事告訴自己這個舊明降將。直待半夜間軍令下來，原來是要緊閉四門，除漢軍往四鄉採買軍需的後勤軍將之外，任何人不得進出。他這才瞭悟於心，因知漢帝將至，不免多帶了幾分小心。直到現在，他每件事做的都甚合漢軍上下的心思，若是在此事上出了紕漏，未免太過冤枉，是以急忙傳召屬下各副將、參將、千總、游擊等諸武官，一則率領他們連夜撫慰日間奮戰將士，撫恤死傷將士；二來雖不明言，卻下令諸將對軍中上下嚴加部勒，不使生事。至於被調走的各部精銳，他雖不敢問，周全斌等人亦未明言，想來是被派往清兵回京必經之路堵截，是勝是敗，卻是他操心不上了。

城內漢軍與舊明降軍雖然很是忙碌了一番，待到了三更時分，除了留下警備守衛，卻已各自安睡。與此同時，傍晚時分逃離戰場，一直未敢停歇腳步的清兵殘部，雖然已疲敝不堪，卻因擔心身後追兵，全軍上下都不敢歇息，仍在急行趕路。

待子時一過，冬天天寒，各人雖然都身著冬裝，騎在馬上卻無法抵禦那徹骨的寒風。自豪格以上，均是渾身凍得發抖，再也不能忍受。

此時已奔馳到天津城西百餘里處，人馬俱乏，又與先行出逃的譚泰所部千多人會合，算來人馬亦有六千出頭，各人都覺膽氣稍壯，不似先前那般害怕。

那譚泰棄主而逃，雖然是在碩塞之後，卻自忖難逃重責，是以一直垂頭喪氣，不敢多嘴說話。此時眼見士卒疲敝，很難忍受下去。原本的寒風之餘，又微灑小雨，雖然雨勢很小，卻已漸漸將各人身上的棉布箭衣澆透。豪格等人自有親衛送上油衣遮擋，尋常的旗兵卻哪裡去尋？他心中暗自忖度，必然難逃一死，倒不如此時邀得旗下人的尊重，將來或是求情救命，或是留下個好名聲，也比現下悶頭悶腦的跟到北京，被梟首示眾來的更好。

想到此處，心中已有定計，便急馳幾步，上前向豪格道：「肅親王，咱們一路狂奔至此，就是人受得了，馬也是再不能急馳。若是不惜馬力，天明後突遇敵兵，該當如何是好？」

豪格原本心緒不佳，此時見了這個先逃之人，更是一肚皮的火氣。若不是此人是正黃旗大將，他沒有權力處置，只怕當時相遇之時，就命人砍了他頭。見此人不顧廉恥，竟敢上前說話，他沒好氣道：「依你說該當如何？就地宿營，等著那些漢人追上來麼？」

他語氣極是粗魯，譚泰一向是上三旗中極受器重的大將，哪曾受過如此閒氣，當下就頂回去道：「就這麼跑下去，不等到廊坊地界，只怕咱們的戰馬就全數累垮了，到時候，走回去麼？走不動了，爬回去麼？」

豪格又反唇相譏道：「是麼，我原說你跑得快，原來也有跑不動的時候？今日事，若不是你先行

逃走，連累我不能衝擊敵陣，哪能敗得如此之慘？」

「你！」

譚泰立時大怒，今日慘敗原是各人均有責任，豪格身爲主帥，自然亦是其過不小。現下聽他語氣，竟似要把這戰敗之責全數推到他的身上，教他如何不怒。當即抽出腰刀，向豪格怒喝道：「肅親王，今日戰局大夥兒都看在眼裏，只怕你想全數賴到我的頭上，也非易事！」

他將腰刀拔出，豪格本人尚在冷笑，並不在意，他身邊的眾親兵護衛卻立時將佩刀抽出，一齊對準譚泰喝道：「放下！你要造反麼！」

譚泰身後的部下亦一齊將腰刀抽出，指向豪格的親兵，眾人一起叫罵道：「造反？也等你家主子做了大汗再說！現下不過是個親王，就想擺主子的譜麼！」

這些人是正黃旗下，原是皇太極最忠心不過的部屬，誰料此時各人迭遭打擊之餘，不但沒有聽到主將一語安慰，反而一直斥罵，就連甚受尊敬的譚泰亦是被豪格連聲辱罵，各人又憤又氣，當下一不做二不休，指著豪格叫罵不休，將他指揮失誤，輕敵冒進之舉一一罵將出來。

豪格原本氣急敗壞，被這些人指著鼻子斥罵一番，一時間又愧又氣，卻將他罵醒過來，知道此時不是追究譚泰之時。

他喝止了與譚泰部下叫罵的部屬，向譚泰諸人道：「我是主帥，回京之後，自會向阿瑪領罪。各位不必著急，該領的，我領就是。」

豪格身為親王，地位尊崇，此時既然如此軟語撫慰，譚泰便也立時喝住各人，向豪格道：「肅親王亦請放心，譚泰有罪，自然也不會不領！」

兩邊既然和緩下來，豪格心中稍定，八旗自創立以來，還從未有過如此火爆之舉，若是正黃旗中的兩邊人火併起來，那可真是讓別人見了笑話，父皇絕饒不了他。他心中又憂又急，知道此時非得讓諸人休息不可，因頹然撫額，向各人道：

「大夥兒都累了，我也是十分疲乏。既然如此，前面再有十里，便是李家堡，咱們來時曾經在那裡歇腳，大夥兒再辛苦一會兒，到了那裡再歇，如何？」

譚泰等人尚在猶豫，薩木喀什等八旗大將都道：「這是自然，這裏荒郊野地，如何歇息，還是再多撐片刻，到了鎮裏再歇不遲。」

當下一群人計較已定，勉強按住心頭怒火，併在一處，往十里外的鎮子急馳而去。

眾人雖被漢軍打怕了，卻沒有懷疑距離天津近兩百里的小鎮會駐有漢軍伏兵，況且此次接戰漢軍又純是步兵，各人都將心思放穩，一心只想跑到鎮上打尖休息，恢復體力。

豪格雖然將譚泰等人安撫下來，心中的怒火卻是一陣陣地升騰起來。他伏身馬上，不時偷瞄不遠處一臉桀驁不馴的譚泰，心中知道，此人既然與他翻臉，日後也很難再受節制，不如到小鎮打尖時，趁其不便，將其擒斬。他的部下群龍無首，想必也不會再鬧。若是讓此人回到京師，或是投靠代善一系，或是投靠多爾袞諸兄弟，以上三旗現下的力量，便奈何他不得了。

他滿臉陰沉，只顧盤算。冰冷的小雨不住打在臉上，卻是絲毫未覺。一直待奔到那李家堡鎮外，各前衛旗兵遠遠看到鎮上若隱若現的燈籠火光，均是歡呼大喊，興奮之極，這才驚覺過來，只覺得手腳發軟，身上無力，腹中不時鳴叫，已是餓得很了，便也鼓起興頭來，向各人道：「去鎮上尋些豬牛雞鴨，命鎮上百姓燒煮熱湯伺候！」

豪格出京之時，皇太極曾有嚴令，命大軍不得擾民，不得入城池民鎮休息。是以上次過境，只是在鎮外打尖，平買平賣，並沒有爲難鎮內居民。此時剛打了一個大敗仗，哪有心思理會這些。當下各兵聽得命令，這些人都是歷次入關，燒殺搶掠的老手，這一次入關受盡拘束，早就是不耐之極，此時聽得豪格吩咐，都是歡呼大叫，縱馬而入。這小鎮能有多大空間，幾千八旗兵馬全入，鎮上各家各戶門前均是擠滿人馬。各旗兵將鎮上漢人盡數驅趕出來，喝令他們獻上糧食家畜，燒飯煮食，伺候大兵戰馬草糧。

一時間，這小小民鎮人聲鼎沸，鬧騰非常。原本在夢鄉中的各家百姓紛紛驚醒，被迫伺候這些言語不通，面目可憎的蠻夷。好在身處亂世，百姓們早知道該當如何，一時間飯香大起，各門各戶點起火燭，爲這些大兵埋鍋造飯。其間旗下各兵闖門入戶，搜羅金銀細軟，敢有哭叫反抗的，不免一刀砍翻。有那姿色稍好的婦女，各旗兵自然不肯放過，一個個扛入房內，輪流姦淫。

雖然他們鬧得不堪，不過清兵諸將因剛在天津城下吃了老大敗仗，被漢人打得灰頭土臉，心中亦是憤恨，誰有閒情去管這些，只吩咐人做好了飯即刻送將上來，再選幾個漂亮標緻的娘們送過來就好。

原本八旗兵路過城鎮，總要輕騎四出，到處哨探，以防敵人埋伏偷襲。此時因是半夜，又是新敗潰兵，由上到下都是疲乏之極，哪還有人記得此事。是以不過半里開外，黑暗中無數雙眼睛冒著寒光圍將上來，這些在鎮內胡鬧的滿兵卻是絲毫不知。那負責在鎮邊守望的滿兵，一心想著入內休息享樂，亦不曾實心守衛，是以被人逼上來也全然不知。

「大人，動手打這些龜孫子吧，這裡被糟踐的太不成模樣了！」

負責鎮北的乃是漢軍都尉閻應元，他乃是通州人士，崇禎四年被派往江陰任典吏。漢軍一至，他領著城內百姓擒拿住守備明將，開城投降。後因漢軍擴軍，他不是科舉正途，又一直對行伍之事頗有興趣，漢軍地位甚高，不比明軍處處受人歧視，他便毅然入伍，不過短短兩年，由什長做到都尉。其人性格堅毅，遇事果斷，很受神策軍中的上官信重。此次派遣明軍精銳三萬人在清軍回師必經之途埋伏，由漢軍中調遣了數百名什長和果尉都尉充斥其中指揮，他便是其中之一。

此時這些投降明軍已然換裝，穿上了由南方運送過來的漢軍服飾，內甲冑，外黑色繡以大漢兩字，兩側爲番號姓名的夾袍。在暗夜之中，趴伏於這小鎮的道路兩側。清軍自入鎮後，他們便開始移動包抄，待鎮裏鬧將起來，近三萬舊遼明軍已將這股清兵團團圍住。

聽得部下激憤，閻應元亦是憤怒異常。他就是通州人，家鄉離此不遠，聽得這些滿韃子禍害百姓，如何能夠不怒，招手叫過一個小兵，向他道：「去問薛將軍，咱們何時攻入鎮內？」

那小兵領命去了，不一時回來，向他道：「薛將軍說了，大家都很氣憤，不過此時攻入，敵人尚

且有備。他們在此打尖，是要歇息，待半個時辰後，敵兵大半入睡，那時突然攻入，可收奇效。命我們稍安勿躁，不可妄動。還有，鎮北是堵截敵兵要處，命都尉你率領部下，一步不可退卻！」

閻應元聽得鎮上滿人不住嘰哩哇啦大叫，其間夾雜著漢人的哭叫哀求，間或還有婦女的尖叫與滿人的淫笑，只覺睚眥欲裂，憤恨之極，卻知道薛勇所言很是有理，也只得強捺憤怒，不敢有所異動。撥給他的部下約有三千，均是總兵高弟屬下精銳，他略想一想，便向幾個千總百戶官道：「準備好的物什，都放下去了麼？」

「回大人，那些鐵釘、滑珠、尖錐均已埋下；還有，鎮北大道兩邊，都預先埋好了絆馬索，還有尖樁，敵人想憑著馬速逃走，那是想也休想！都尉大人的奇思妙想，當真是令人佩服。」

閻應元點頭一笑，向他們道：「這些玩意兒登不了大雅之堂，漢軍也沒有用過，我也不過是偶發奇想罷了。不過此次殺敵，倒盼著這些東西能發揮大用，也不枉大家一番辛苦。」

他眼中冒出寒光，心中直道：「不將這些披著人皮的畜生殺光，對不住家鄉父老！」

因又向這些舊明軍官道：「大夥兒在遼東多年，也與韃子接戰多次。響鼓不用重擂，我也不必多加吩咐，總之，一會兒大夥操傢伙上，砍他個痛快就是！」

各軍官不敢高聲，只一個個沉聲答道：「人心都是肉長的，漢軍又給俸餉，又給咱們換裝重用，這些韃子禍害的是漢人，咱們不狠勁兒殺，對得起父母先人麼？一會兒誰退後害怕，誰就不是人操的！」

第三章 小鎮伏擊

這鎮上方圓不過四五里，約有三四百間房屋，除了幾間大戶民宅被各滿人親貴占據休息外，其餘各滿兵多半居住於民房之內，漢軍先行掃除周邊，然後由四面突入，鎮內清兵多半已經入睡，突然間喊殺聲四起，胡亂睡在鎮邊的滿兵頃刻間已被猛然衝入的漢軍亂刀砍死。

鎮外四周的漢軍勉強克制心神，強忍著立時衝入鎮內的衝動。各人靜靜趴伏於鎮外曠野四周，任淒風冷雨不住拍打著自己的全身，身上雖然冰冷一片，心裏卻是火燒也似難過。其實他們都是遼東軍戶世家，騷擾百姓，禍害鄉里的事情並沒有少做；然而自己做與別人做感覺很是不同，況且滿人是異族蠻夷，雙方你來我往打了這麼多年，仇怨早結，此次以絕對優勢攻敵不備，用腳丫子想也可以知道己方必定大勝，這樣的便宜自然是不占白不占了。

一直苦熬了大半個時辰之後，已近四更時分。此時正是一天中人最疲倦之時，鎮內的滿兵都已入睡，鎮內外寂靜無聲，唯有隱約傳來的鼾聲和百姓們壓抑的哭聲。薛勇知道時機已到，便命精選而出的健壯軍漢摸上鎮口，將鎮口處騎在馬上垂頭打盹的清兵先行殺死，然後方親率大隊突然殺入。

這鎮上方圓不過四五里，約有三四百間房屋，除了幾間大戶民宅被各滿人親貴占據休息外，其餘各滿兵多半居住於民房之內，漢軍先行掃除周邊，然後由四面突入，鎮內清兵多半已經入睡，突然間喊殺聲四起，胡亂睡在鎮邊的滿兵頃刻間已被猛然衝入的漢軍亂刀砍死。

「肅親王，請快起身！」

豪格的眾親兵朦朦朧朧間聽得鎮內殺聲四起，他們居於鎮中間，耳聽得周邊的各滿兵不住慘叫，登高一看，隱隱綽綽間似有無數束甲持刀的敵兵黑壓壓看不到邊，大驚之下，知道是中了埋伏，其禍非小。當下也不及束甲，匆忙將衣袍套上，將戰馬牽出，入房將豪格喚醒，狼狽而出。

待他們一行十餘人到得房外，鎮上已是火光四起，無數旗兵在睡夢中已然身首異處。雖然此時大半清兵已經起身，在鎮內與突進來的漢軍肉搏抵抗，只是一來精神不濟，體力不支；二來地方狹小，滿人的騎射工夫無從展開，人數又是遠遠不及對方，被優勢漢軍分割包圍，逐一斬殺。

豪格臨睡前還將居住的那一大戶人家的小姐強姦，倦極了的他本欲黑甜一夢，睡到天明，誰知道突然落入重圍，眼見無數漢軍叫嚷砍殺，首當其衝的清兵無不被砍成肉醬，火光下，漢軍衣甲精良，勇不可擋。他知道事情不濟，再也無法將部下整肅抵抗，此時若能逃得性命，便已是邀天之幸。想到可能被敵人殺死，甚至俘虜，這個一直看不起漢人，視漢人為草芥的滿人親王汗透重衣，害怕之極。當下不管不顧，只帶著十幾個從人拚命往鎮北方向逃竄。

一路上皆是漢軍步卒，清兵有不少騎上馬的，行不多幾步，便被斬落下馬。豪格的眾親兵拚死護衛，再加上豪格本人自幼習武，手持寬刃大刀左揮右舞，拚死衝殺。待衝到鎮邊之時，一路上有各滿人大將加入這一小股隊伍，竟也漸漸聚集到千人左右。

他們眼見這小鎮的東西南三面都是火光大盛，殺聲震天，唯獨鎮北殺聲較小，漢軍在此處的實力亦是稍弱。各人心中稍安，都想敵人必是由南面追趕而來，在北面實力不足，此時既然已經聚攏了許多人馬，想必可以逃出生天，不致於身死此地。

「伊遜，葉克舍，譚泰，你們帶兵先衝，我與薩木喀什斷後！」

豪格雖然迭遭大敗，腦子卻不如屬下將軍這麼簡單。他略微一想，便覺得這鎮北方向其凶險過於其餘幾面。只是如要逃走，此地又是最方便之處，實難放棄；是以命三將帶著眾人先衝，他留下斷後，看似危險，其實倒安全許多。

譚泰等人不知他心意，還道這人不但勇猛，而且愛護部下如此，各人都心中十分感動，當下也不客氣，暴諾一聲，各帶百餘兵丁，狂喝猛叫，瞬間將略顯薄弱的漢軍步陣衝破，各人拚命打馬，將馬速提到最快，以期能快速衝出包圍，逃出生天。

眼見前面開路的清兵已然快速衝出，豪格等人皆是大喜，正欲緊隨其後，卻突然聽得前方傳來人馬的嘶吼與慘叫聲，待各人借著稀疏的火光極目望去，只見暗色中，譚泰等人人仰馬翻，四周湧出許多

黑衣漢軍，借著火光揮舞大刀，向那些撲倒在地的兵丁砍去。

豪格等人不知就裡，卻無論如何也猜想不出，為何騎術精絕冠於天下的八旗兵丁會接二連三的摔倒，就是有絆馬索之類，亦不可能讓幾百騎大半仆倒，只當這些漢軍又用了什麼希奇古怪的武器，心膽俱裂之下，便欲轉身往別處逃走。

「各人聽令，繞過前部，貼邊跑！」

自豪格以下，都知道以眼前的數百騎休想正面突出，各人都是自小征戰的勇將，立時撥轉馬頭，由前隊清兵身側繞將過去。

眾人奔馳而過時，因提高了警覺，是以路邊的一些尖樁和絆馬索並沒有給他們造成多大的麻煩。各人帶著馬小心翼翼繞將過去，衝破了奔跑過來阻擋的漢軍防線，心中均是大喜，知道眼前這一關總算度過。正待打馬狂奔，卻聽得譚泰等人大叫道：

「肅親王，你們由後面衝殺過來，地上並沒有絆馬的東西，咱們兩邊會合，就可以全數逃出。」

那伊遜等人亦叫道：「肅親王，這裏的敵人與那天的漢軍不同，並沒有什麼火器，咱們不必害怕，你現在衝過來，這邊的敵軍決計阻擋不住！」

豪格冷眼看去，只見有幾千人的漢軍將譚泰等人團團圍住，自己若是此時帶著部下衝殺過去，確是有機會將這些人救出。正欲下令，卻想起譚泰當時桀驁不馴的模樣，又怕他回京之後指斥自己無能。左右權衡一番，不過是電光火石般的一瞬間，他便立時有了決斷，大喝道：

「伊遜，譚泰，你們一意向北突圍，我現下趕快回京，帶著援兵來救你們！」說罷，向自己身邊的眾將令道：「咱們速走，若是一會兒敵人有騎兵趕來……」

正說到此處，鎮東方向果真傳來隱隱蹄聲，各人都是自小在馬背上長大，立時側耳一聽，均是臉上變色。

豪格急道：「這一股騎兵最少過三千，咱們被他們纏上，那可當真是麻煩！」

他也不管別人是否與他同走，這一天一夜的激戰實在是他記憶中未有之事。一向以武勇自詡的肅親王終於害怕起來，揮舞著馬鞭拚命打馬，往北方當先逃竄。他的親信心腹見他一逃，自然急忙跟上，其餘諸將亦帶著部下相隨而逃。雖然有人與譚泰等人交好，意欲相救，可是大部已逃，自己勢單力孤，白白送死的事情只好免了。

當下各人尾隨豪格等人北逃，耳中聽著譚泰等人的呼喝叫罵，心中又悲又憤。自此時起，豪格在其父苦心經營多年下樹立的權威，已是蕩然無存。便是皇太極本人，亦是受罪多矣。

那一股來援的漢軍正是唐通、高弟、劉澤清等人，他們各引千多名精壯騎兵，夤夜兼程，終於在此處追上敵軍，眼見原本自己的部下在漢軍軍官的帶領下勇不可擋，正在大殺大砍，各人又覺興奮，又是慚愧。當下也不顧部下疲勞，皆縱騎而入，分兵合圍，偶爾有突出鎮外的滿兵也迅即被這些趕到的騎兵圍殺。

清兵主帥紛紛出逃，剩下的雖然仍有數千人，卻是群龍無首，又是猝不及防之下被漢軍切斷絞

殺，無力合攏抵抗。在幾萬優勢敵兵的連番打擊之下，各滿兵雖然拚死而戰，卻最多是三五成群，潰不成陣。待殺到天明時分，這一股曾經由白山黑水一路殺到山東，數十萬明軍望風而逃的滿人中的精銳之師，終告全師覆滅。

鎮上的百姓初時並不敢出門，待天色微亮，看到是漢人的軍隊在圍殺韃子，鎮上百姓昨夜被這些人禍害一晚，當下均是發一聲喊，手持扁擔鋤頭，出門助戰；遇著有僥倖躲在暗處未死的清兵，便一哄而上，將其打得血肉模糊乃止。

待太陽高高升起，陽光普照之際，這一小小的民鎮內外卻如同鬼域一般。幾千名八旗戰士橫屍各處，鮮血灑遍全鎮，被憤怒的百姓打成肉醬的比比皆是，內臟腦漿拋灑的各處都是。

此戰漢軍死傷不到兩千，乃是除去火器傷敵未有過的大勝。其中除了幾百名中下層指揮官是漢軍之外，還都是投降明軍舊部，能有如此的戰績，確實令唐通等人滿意之極。各總兵官洋洋得意，騎在戰馬上四處巡視。

其間又有不少舊部中的將官前來請安問好，拍馬奉迎，各人都覺此次屢立功勛，舊部將士又如此敢戰，頓時覺得實力大增，心中慰貼之極。

遇著漢軍將軍薛勇之後，原本依照各人身分，必定是好生奉迎，大拍馬屁，現今得意之餘，竟不過頷首招呼了事。好在薛勇久在漢軍之中，對這些權術陰謀並不瞭然，以爲戎裝不便見禮，倒也罷了。

待將殘局收拾完畢，將繳獲的戰馬武器等物歸於一處，還有清兵拋棄的金銀細軟等物，大半都拿了來，賠補受損的鎮民百姓。明軍各將見了，當真是心如刀絞，只覺得這漢軍將軍未免過傻，假若私吞下來，又有誰能知曉？

唐通正隨著各人正嘖嘖讚嘆，猛然間見到他舊部中一個中軍牙將小跑而來，頭盔低斜，胸甲掉落，灰頭土臉不成模樣。正自心中不悅，卻見這將軍跑到自己馬前，撲通一聲跪下，口中哭叫道：「總鎮大人救命！」

唐通見他模樣原本便是不悅，此時又見他如此，大怒道：「你是死了親娘麼，弄出這個鬼模樣來。現下青天白日的，你是撞了什麼邪祟了？」

那牙將連連碰頭，向他稟報道：「大人，末將昨夜苦戰一夜，不敢居功，卻不曾想漢軍中有軍官要殺害末將，求總鎮大人爲末將做主。」

「人家爲什麼要殺你？」

「回總鎮大人，他說末將縱容部屬殺良冒功。大人，自從上次誅殺了那麼多禍害百姓的兄弟，末將又怎敢如此行事，定是那漢軍軍官見末將昨晚立了戰功，心生嫉妒，是以如此整治末將，總求大人爲末將做主才是！」

唐通心中明白，定是這些軍官犯了舊病，昨夜痛殺清兵之餘，不免順手割了幾個百姓的首級，以多冒戰功，料想深更半夜，無人知曉，卻不知如何被人發覺，要拿他們正法，這才拚命跑了過來，求他

救命。

他扭頭一看，只見高弟等人面帶微笑，一副幸災樂禍模樣，心中不由得火起，心道：「老子過萬的精兵爲你們打了一夜，沒有功勞也有苦勞，哪能由得你們說殺就殺！」

他原本極爲害怕漢軍軍紀，又見識了漢軍軍威，本來並不敢在軍法上多發一言；此次征戰後，突然發覺自己部下竟也是驍勇善戰至此，思忖漢軍用得著自己，是以頓覺腰桿挺直了許多。便連連冷笑，向那牙將道：

「你跟了我十幾年，我如何不知道你的秉性，最是老實不過的人，如何敢殺良冒功！不必害怕，待我與他們理論就是。」

那牙將叩得頭皮發青，聽得自己主將如此說，當真是喜從天降，立時站了起來，破泣爲笑道：

「總鎮大人肯發言說項，那漢軍軍官必定買帳，末將的小命是保得住了。」

唐通正欲差人去尋那漢軍軍官，卻看到一個漢軍什長模樣的軍官小跑而來，身後尾隨著百餘名小兵跟隨。待一路跑到此處，也不打話，直接將那牙將團團圍住，那什長一聲令下，喝道：「綁了！」

其餘小兵一聲暴諾，立時衝上前去，將那將軍雙手反剪過來，用繩子捆得粽子似地。

唐通先是看得目瞪口呆，繼而大怒，向那什長道：「反了，當真是反了！」

見那什長並不理睬，手一揮便要帶人離去，唐通又怒喝道：「你是何人，見了本鎮竟然敢如此無禮？」

那什長回頭一笑，向他道：「稟總鎮大人，屬下是漢軍治下的什長，適才過來時與諸位將軍行過軍禮，並無失禮之處。若是各位將軍還有什麼話說，尋我的主官就是，不必與我多說，我只是奉命辦事罷了。」

唐通聽得一呆，這才想起他跑過來時行過一個舉手禮，這是漢軍中的軍規，下屬行禮，上司亦要答禮，細說起來，自己倒是失禮在先。雖是如此，這一口氣仍咽不下去。見那一隊小兵都是劉澤清的部下，便冷笑道：

「澤清公，你帶兵素有章法，怎麼部下到了此處，目無上官，悍然綁人。這樣下去，這還是你的部屬麼？」

劉澤清原本抱定了看熱鬧不發一言的宗旨，此時被唐通點到頭上，便由不得他不說話；再有自己部下如此目中無人，他亦甚覺難堪。因沉聲道：「爾等是何人帶領，怎麼敢在諸位總鎮大人面前如此無禮，不要腦袋了麼！」

這一隊明軍由兩個百戶官帶隊，此時見自家主將說話，兩人面面相覷，卻不知道如何答話是好。

劉澤清見他們並不作聲，不禁怒道：「劉七，你要死麼！我的問話你竟敢如此怠慢不答，難道我治不了你不成？」

那名叫做劉七的小軍官原本不欲答話，此時不免將心一橫，先行了一禮，而後答道：「回大人，咱們奉命辦事，哪裡敢衝撞各位大人？之前已將咱們撥給漢軍中各位大人指揮，繳回軍令之前，咱們總

歸要聽人家的令行事才對。若是軍令不嚴，各行其事，這還打的什麼仗呢？」

見劉澤清聽得發呆，那百戶官又笑嘻嘻行了一禮，這才帶著人與那漢軍什長同去。

待他們赫赫揚揚去遠了，各總兵這才醒過神來，雖不明言，卻都是神色慘然，各人心中明白，手中的軍隊交出去容易，想收回來，卻是想也休想了。

唐通到底心疼心腹愛將，用雙腿將馬腹一夾，向各人道：「咱們過去瞧瞧，總不能這麼不明不白的就完了。」

各人原是巴不得他出醜，此時卻頗有兔死狐悲之感，一時間均是點頭稱是，帶著在身邊的眾親兵護衛尾隨而去。

待跟隨著這隊軍士到得鎮北方向，卻見鎮北處的大路兩側一並排跪了數十名軍官與士兵，各人都是垂頭喪氣，閉目待死。

突見各總兵並騎而來，眾人都是大喜，如同溺水之人突然抓著一根稻草，立時狂奔大叫，向唐通等人道：「大人申冤，末將們冤枉！」

監刑的幾個漢軍軍官立時令道：「來人，將苦主們帶來，當面訴冤！」

唐通鐵青著臉，看到一群百姓畏畏縮縮走上前來，一見到那夥跪地的犯人卻立時破口痛罵，更有衝上前去意欲毆打的。唐通等人騎馬靜立在旁，聽得這夥百姓說出這些人的罪行，無非是這些人昨夜趁黑偷搶民財，混戰時殺害百姓，割取首級。這些事原本是明朝軍隊舊例，簡直是上行下效，唐通等人爲中下層軍官時，亦曾如此，現下聽來不過是虛應故事，心中全無感覺。

待這些百姓哭訴已畢，各總兵官都道：「昨夜混戰之時，各兵都是奮戰殺敵，一時手快，殺錯了人也是有的。撿取財物，亦不是死罪。」

唐通冷眼覷見漢軍有一都尉靜立一旁，一直在微微冷笑。他心中一動，策馬到那都尉身邊，向他道：「敢問這位將軍大人尊姓大名？」

那都尉躬身一禮，笑答道：「不敢，末將姓閻名應元，漢軍神策衛都尉。」

「閻將軍，這些人雖然干犯軍法，念其忠勇奮戰，小過不掩大節，不如改責軍棍，重打二百，然後插箭遊營，撥入前隊與敵死戰，如此豈不更好？」

「若是每次犯死罪的人都這麼處置，以後就無人害怕軍法了。死罪決不赦，這是漢軍的規矩。」

唐通被他嗆得難受，半晌方又尋出話來道：「這位將軍，想來你是自臺灣從龍而出的勛舊了？將軍需知，馭下以寬嚴相濟，這樣方能軍伍肅然，上下同心。若是一味殺伐，大夥兒都怕了你，這樣雖然無人敢犯軍紀，卻也無人與你同心同德，長此以往，大軍必成一團散沙矣，不如依我一言，杖責了事，如何？」

閻應元初時還想著軍令，不與明軍大將爭執。聽到此時，終忍不住道：「總鎮大人，末將崇禎四年還是江陰典吏，任典吏前，在通州亦曾做過不入流的小官，並不是自臺灣從龍而來。」

「如此豈不更好？你乃是舊明官員，自然知道明朝軍規如此，還不將人放了？」

閻應元耳聽得唐通語氣突變，心中暗怒，卻也不好直言頂撞。過了半晌，方笑道：「屬下爲典吏時，亦曾窮治過違法犯禁的舊明官兵。依屬下看，明朝事，一壞在吏治，二壞在行伍不肅，軍紀廢弛。屬下當年就曾杖死過幾個犯法的小兵，若不是後來投了漢軍，只怕早已被人尋仇，丟官罷職，甚至性命亦不可保。」

說到此處，他終於忍不住大聲道：「明軍軍紀敗壞至此，豈只是士兵之責？將軍們其身不正，上行下效耳！今日吾雖不是典吏，卻身爲漢軍都尉，有行軍法之權，將軍不必多言，請暫退！」

說罷，也不等唐通等人發話，立命屬下將這些士兵一一斬首。唐通等人雖欲阻攔，卻見那些原本的部下都肅然而立，並無人有不滿模樣。只得心中暗嘆，痛恨不已。待見了漢將薛勇，不免添油加醋，告上一狀。

卻聽那薛勇笑道：「此事原本就是我的軍令，將軍若是不滿，可以尋周大將軍，或是漢軍軍法部評議，若是我下錯了令，到時候必定領罪就是。」

見唐通等人面色尷尬，薛勇又笑道：「將軍不必氣憤，嚴肅軍紀原是漢軍立身之本。將軍之部現下亦是漢軍，自然要守漢軍的規矩才是。」

「這是自然，我等亦有些孟浪了。」

這些大將總兵既然服軟，薛勇自然不爲己甚。又好言撫慰幾句，這才告辭而去。

漢軍原本收服明軍降軍，都是獨編一軍，緩慢改造，時日久了，自然與漢軍相差不多。此時突然有數十萬明朝降軍歸降，一則需用，二來不能將他們全數放到江南。此時江南與當時不同，後方空虛，將這些降軍盡數帶回去改編，若是出了亂子，爲禍不小。是以張偉思謀一番，只得用削弱上層將領，嚴明軍紀，發放軍餉，收買中下層軍官等辦法，將這些降軍一一收在手中。那些原本的總兵大將若是不服，企圖暗中搗鬼的，均被一一處死，無有例外。

這些時日以來，原本的大同總兵姜鑲、陝西總兵白廣恩等人，均因干犯軍令，其部下被改編，本人均被處死。唐通等人不明所以，竟然敢指手劃腳，若是有漢軍大將在此，臨機處斷，只怕這幾人均是人頭落地，性命不保了。

在鎮上將餘事處置完畢，薛勇因知道張偉即將來到天津，親率大軍以伐京師。他心中急切，又知道那股清兵必定拚命逃竄，追之不及；便不顧唐通等人再三請戰，意欲再立戰功的心思，斷然下令全師開拔，往天津返回。因連續蹲守埋伏，唐通等人的騎兵亦是日夜兼程，三萬餘大軍均是人困馬乏，一百多里的路程走了兩天方才走完。

到了第三天天明，薛勇與唐通等人先行騎馬往天津城下疾馳，意欲先尋周全斌彙報戰情。待到了天津城外十數里處，發現前幾日駐守在城池附近的神策衛的眾將士立營把守四周，巡查來往人等，戒備關防甚嚴。他們原本帶有千多從人，此時亦全數被留下，無論薛勇還是舊明大將，均只能單身入內。越往內去，遇著的盤查漢軍越發眾多，除了神策衛之外，尚有金吾衛、飛騎、萬騎等部駐防守備。

劉澤清見這天津城內外連營數十里，四處都插滿了漢軍軍旗。他當日曾親見漢軍戰力，知道五萬漢軍足抵得上二十萬明軍，此時不但有漢軍步兵，還有身著鐵甲，臂膀持盾，手持利刃的騎兵等部。粗略一看約有十四五萬的大軍，他心中暗暗盤算，嚇了一跳，心道：「眼前這支大軍，便是把明朝所有的軍隊集合一處，只怕也打人家不過。」

想了半天，終忍不住向薛勇問道：「薛將軍，大軍齊集，想必是要與韃子決戰了？未知何時進軍，本鎮必定要率本部兵馬，共參盛舉！」

到得此時，薛勇也不必再加隱瞞，便答道：「確是如此。吾皇集金吾、神策、神威及飛騎、萬騎過二十萬大軍，御駕親征，揮戈北向，務要敉平虜患，窮其百年之運！」

各將聽得此言，均覺振奮，皇帝親征之舉，在明朝除成祖成功擊破蒙古外，均是喪師辱國。英宗被俘，武宗自封大將軍，在邊境砍了幾顆人頭，便稱大捷，成爲千古笑柄。此時漢皇以開國新君身分，集結中國前所未有的強軍，奮然親征，以滿人新創，又怎是眼前這支大軍的敵手？滿虜一滅，京師復歸，自此之後全國一統，新朝氣象興旺，他們這些降將雖不能與開國勛舊相比，卻也能不失富貴一生，這自然也是大喜之事了。

當下各人整飭衣冠，準備入城後漢皇召見。只是劉澤清欣喜之餘，卻不免擔憂道：

「當年徐達大將軍奉命北伐，原本太祖要他先攻山西等邊地，待王保保等人被滅之後，由草原繞路舊元上都包圍大都，那樣舊元勢力全滅，則無邊患。徐達大將軍卻不能敵王保保，只得趁著大都空虛直搗黃龍，元順帝倉皇出逃，明軍收復大都。雖然如此，舊元實力未損，不過幾十年間又恢復實力，成爲明朝立國近三百年間的大患。今上現下御駕親征固然是好，滿人必定不敵。不過若是他們逃回遼東，或是隨蒙古人流竄草原，咱們漢人騎兵不如他們，將來日久成患，成爲北方負擔，這只怕也不大妙。」

他這番話說得極是有理，不但唐通等人頻頻點頭，便是薛勇亦讚道：「將軍此言當真是深謀遠慮，令人佩服。劉將軍此言，不妨寫成節略，呈奏給皇上，皇上最喜人建言，見了必定歡喜。」

當下各人騎馬緩緩入城，到城門口處，卻已是禁軍中的羽林衛接手關防。查明了幾人身分後，帶入城內的都指揮使司衙門之外，令三人暫候。直待一刻工夫過去，方有一個禁軍宿衛軍官出來，向三人道：「陛下正在調動軍務，幾位隨我進來。」

如此這般就可覲見皇帝，劉澤清等人當年都曾陛見過崇禎皇帝，哪有如此輕鬆便可入見。幾個人心中又是詫異，又是害怕，不知道這個傳說中又有雄才大略，仁德愛民，又是殘暴好殺，兇橫苛刻的漢帝將會如何。

各人心中忐忑，只隨著那軍官一路向前，到了第三進院門之前，由他先行入內稟報之後，方又帶著各人進入指揮使司衙門的後堂大堂之外。

天津指揮使司的後堂雖然軒敞，卻也容納不了這麼許多將軍。一行人到得大堂外面，只見不少漢將將軍站在堂外甬道之上，見得薛勇到來，也只是點頭招呼便罷。劉澤清與唐通等人遠遠見吳三桂立於班末，幾人知道那便是自己立身之所，忙上前站住了，張耳細聽裏面說話。

那劉澤清等人剛剛站定，便聽到裏面有人大聲說道：「該當派一個舊明大臣同去，文官武將都要，這樣才能讓他們心服！」

自吳三桂以下，所有新降的明朝武將均是精神一振，各人伸長了耳朵，拚命側身往裏聽去，又聽那聲音接著道：

「洪某與孫某皆已投降，這兩人都是舊明聞名天下的大臣，擇一而用即可；再派遣一名明朝鎮遼的大將同往，必可不戰而屈人之兵。文武之道，一張一弛，陛下可以不必一味依靠武力。臣愚見如此，伏請陛下裁斷。」

「載文，文事以武備爲後盾，依你之見，咱們竟可不必派兵，只需派幾個舊明大臣就能無往不利，那還要漢軍做什麼？」

「全斌兄，我不是說不需武力，只是適才聽諸位將軍的見解，殊爲失望。各位進言均是以武備爲先，不理會政治；戰爭，實則爲政治之延續耳，望兄細思之。」

「彼處無兵無錢，國小民貧，被滿人三五萬人就縱橫自若，如入無人之境，咱們抽調禁軍、神策兩軍兵力一萬人，再有一萬五千人的水師登陸，就是對上八旗大軍亦可戰而勝之，如此情形，又何苦多費工夫，行無益之舉？」

一眾明軍將軍聽得堂內吵做一團，說話的諸將都是語調激烈，毫不相讓。各人聽得瞠目結舌，當真是匪夷所思，怪異之極。

唯有吳三桂聽在耳裏，心中一動，心中隱隱然覺得此事是個絕妙的機會。依他的見識，自然知道漢軍所議何事，卻正好與劉澤清所憂慮之事吻合。只是不知道張偉意下如何，若是果真要派遣上將出戰，自己一定要當先請纓才是。

正思謀間，聽得堂內有人低聲說了幾句，適才還在吵做一團的漢軍諸將均是沉默下來，半晌過後，方能聽得有人竊竊私語，彷似在討論具體的細節。吳三桂緊張得滿手都是細汗，滑膩黏人，很是難受。

正納悶間，突見有一禁軍侍衛官步到堂前，大聲道：「陛下口諭，著即命吳三桂等人入內覲見。」

一眾降將同聲答道：「臣等遵旨。」

說罷，各人提起十二分的小心，隨著那禁衛軍自甬道而行，到滴水簷下乃止。由那軍官入內稟報之後，方又過來傳喚，帶著眾人入內。由吳三桂打頭，各人小心翼翼步過穿堂，到了大廳之內，依次跪下行禮，高呼舞蹈不提。

眾將趴伏於地，各個都是手抓地磚縫隙，心中緊張之極。卻聽得堂上正中有人令道：「諸位將軍這幾天十分辛苦，不必這麼拘束，全請起來。」

由吳三桂領頭，各人又是一叩首，答道：「臣等叩謝陛下天恩。」

說罷，方依命站起。惶然四顧，只見周全斌與寥寥幾位將軍端坐在廳內東西兩側，其餘二三十名將軍環伺站立，並沒有坐處。正沒道理處，卻聽得端坐正中的張偉溫言道：「廳中狹窄，只好委屈幾位了。」

吳三桂等人連忙遜謝，被廳中侍候的武官引領站立在班末。待他們立定，卻聽張偉又道：「幾位將軍深明大義，毅然易幟，此是天下之福，庶民百姓之福。」

「臣等慚愧，先前對抗天兵，枉顧大義。幸得陛下恩遇，不以前罪爲怪，使臣得以歸順漢朝，誠爲臣等幸事矣。今日又得見天顏，臣等當真是感激涕零，惶恐之極。日後自當肝腦塗地，以死報效，方不負陛下之大恩。」

這些都是奏對套話，各總兵入內之前便已商量妥當，此時由眾人中年紀最大的高弟代奏，輕聲細語娓娓道來，雖是客套話，倒也甚是得體。

張偉雖然知道這些奏對很是無聊，卻也知道很難免除，便耐著性子又撫慰眾降官幾句，方又笑道：「各位既然歸我漢軍麾下，日後咱們就是一家人。這些客套話也不必再說，今日既然大家相聚一堂，那麼就一起議議軍務，諸位以爲如何？」

說罷，便命漢軍參軍大將軍張載文將適才所議題目通報給這些舊明總兵大將。他們的品格雖然並不甚高，卻總是明朝統兵一方的大將，待張載文將軍報通傳完畢，自張偉以下，便將眼光注視到這幾人身上，要看看他們有何見解。

高弟適才代表諸人說話，此時皇帝問策，他雖然是腹中空空，卻也不得不硬著頭皮先上前一步，向張偉答道：「臣等身備武職，唯以朝廷指令是從。陛下意欲如何，臣等必定聽令而行，必定不敢推諉懈怠。」

說罷，拜舞一番，返身而回。

張偉臉上一陣失望，也不好如何斥責於他。明朝舊例如此，武將只管打仗，別的事情一概不許過問。想的多了，不但無功，反倒有過，如同戚繼光那樣的大將名將很難再出，此亦是原因之一。

因見劉澤清欲出列說話，張偉便向他笑道：「此便是原山東總兵劉將軍麼？」

劉澤清不提防張偉居然先向他說話，一時間慌了手腳，忙跪下答道：「臣之賤名竟然妄達天聽，褻瀆陛下聖音，臣惶恐之極。」

「不必如此。聽薛勇適才進來說，你對北上京師的那一番見解，很有道理，我聽了很是歡喜，你既然知道需對滿虜合圍，一勞永逸，那麼你且說說看，該當如何料理才是？」

劉澤清又碰一下頭，方答道：「臣愚昧！臣的見解不過如此，只知道不可放縱東虜回到遼東，至於具體該當如何，臣實不知。」

他偷瞄一眼張偉神色，見他很是不喜，忙又接著道：「不過，以臣的小小愚見。由朝鮮攻遼東，以漢軍戰力之強，必可如意。滿人進退兩難，或是在畿輔一帶與漢軍決戰，或是逃竄草原，除此無他策可言。陛下只需防著他們退入草原一路，就可圍而殲之，從此枚滅丑類，永除邊患。」

雖然仍是大而無邊的套話，卻也是真知灼見，張偉聽畢，便微微點頭道：「誠然，將軍此語甚得我心。然則蒙古諸部與滿人同聲同氣多年，語言異而衣冠同，又以結親固盟，很難以金銀破壞離間。」

劉澤清想了一想，想到那些漢軍將軍都是直言無忌，便大著膽子道：

「不然，蒙古的大部與滿虜並不交好，當年會盟奉皇太極爲盟主，不過是因林丹汗太不得人心，欺壓諸部所致。當日草原會盟十餘萬人，都是蒙古精騎，今日隨同皇太極入關爭霸的，不過是科爾沁與喀爾喀等小部落派了兵來，不過幾萬人，其餘大部落並未出兵，與科爾沁等部不同。何況蒙古草場有限，各部都劃分範圍，皇太極一時立身可也，長久必定會陷入內鬥，陛下以強兵輪番掃蕩，時間久了，滿人必定立身不住，而蒙人恨滿人連累，也必定會群起攻之。是以只需防著他們從草原繞道返回遼東，甚至是黑水之北的通古斯部落密林之中。只需防住這個，則些許滿人逃往草原，又有何憂？」

吳三桂聽到此處，因見張偉點頭，心中再難忍耐，便大聲接話道：「此事與當日曹孟德不追袁氏二子，袁氏二子反而被斬首送回，細細思之，原來卻是一樣的道理。」

他這麼一開口說話，不但唐通與高弟等人爲他擔心，縱是廳內的漢軍諸將亦是驚奇。需知張載文和周全斌等人雖然在廳內高聲辯論，一來是這兩人一個是由澎湖跟隨，一個是臺灣入夥，乃是最親近的嫡系將領；二來兩人亦是得了張偉命令才如此爭論，若是沒有張偉命令，亦是不敢如此。此時吳三桂以一新附降將的身分，當著如王煊、江文瑨、張瑞、契力何必等漢軍一等一的大將身前，居然敢不先回稟便張口說話，其膽色如此，當真是令眾人側目。

張偉亦覺驚奇，因移目去看，見此人年紀很輕，不過二十三四年紀，面白無鬚，一副小白臉模樣。看衣著打扮，亦很是講究，顯然是勛貴子弟。再細細看來，卻是氣宇軒昂，英氣逼人。他心中一動，已然知道站在自己身前的，必定是歷史上最有名的大漢奸，衝冠一怒爲紅顏的吳三桂了。

第四章　前明太子

張偉注目一看，見這位原本鐘鳴鼎食，自幼生長在王府宮中的前明太子此時已是狼狽之極。身著青布直裰，腳穿芒鞋，頭戴一頂僕僮所著的小帽，滿臉黑灰，兩隻眼睛目露驚慌之色，顯然這些天來很受苦楚驚嚇，比之當日在宮中生活，已是天差地遠。

自他回來，歷史已然變得一塌糊塗，許多事情並不以原有的軌道進行。這吳三桂投降之時，張偉想起當年之事，亦很氣憤，曾有密諭周全斌將其誅殺的心思。後來轉念一想，當年明朝不得人心，顯然不是得天下的材料，而吳三桂與高弟等人不過五六萬人，與寧遠等城撤進關內的幾十萬百姓駐於永平府一地，地狹人多，根本不能自立，又與南明政府聯絡不上，唯一之計，便是與清朝勾結，方能保得他吳氏的富貴。

此人爲了如此，連老父的性命亦不顧惜，倒也真是個狠角色。雖然依張偉想法，男子漢大丈夫，

縱是身死殞命，亦不可以大好身體去屈事蠻夷。做漢奸這一條是無論如何不能原諒，只是此人既然投降，又並沒有這一條帳可以算在他頭上。明末之時士風敗壞，士大夫和權貴只以身家富貴爲重，哪裡顧及什麼民族大義，吳三桂投降倒也並不是特例；從遼東三王到明朝文官集團，不肯投降的又有幾人？是以江陰典吏閻應元的那句：「有投降將軍，無投降典吏。」才能直入人心，千百年下仍是擲地有聲。

因念及如此，是以雖然吳三桂以大漢奸的身分投降，張偉也沒有爲難於他，只是此時見了真人站於眼前，心中很覺怪異。又突地想起吳梅村的「衝冠一怒爲紅顏」一語，想到那陳圓圓此時大概也只有十來歲年紀，卻不知道流落何處。此女是中國有史以來以美貌爲禍最大的女性，倒還真想見上一見。

這後堂之內的諸將軍並不知道張偉心思，只見他臉上變幻不定，陰晴莫測，正揣摩他心中到底所思何事；待後來竟然見他面露微笑，卻又更是不知何故，當真是令諸將想破了頭皮，也是不明所已。

直過了半晌，方見張偉轉顏，先向仍跪伏在地的劉澤清道：「劉將軍，不需如此多禮。此後見我說話，站立即可。」

見劉澤清唯唯諾諾退下，張偉方向吳三桂笑道：「此必定是吳氏少子，以弱冠年紀成爲鎮關大將，統領數萬精兵，管理數十萬百姓的山海關吳三桂總鎮了？」

吳三桂適才突然插話，雖然算準了張偉並不忌諱臣下如此，甚至會欣賞自己勇氣可嘉，但其實也是孤注一擲，很是冒險，此時不但手心冒汗，便是後背亦被汗水濕透，聽得張偉訊問，忙站將出來，因適才張偉有不需下跪之語，他便也不跪，只躬身道：「臣之賤名不想亦上達天聽……」

「不必如此。吳將軍少年得志，雖然有伊父吳襄為援，亦是因有真材實學所故。不然，你之長兄吳三鳳年紀大過你，卻也不能繼承父業。來，且與我說說看，你對今日所議之事有何見解？」

「回陛下，以臣看來，以大軍緩慢推進，壓迫京畿，以偏師入朝，攻入遼東斷敵後路之策當真是妙極，臣並無異議。」

張偉微覺失望，又問道：「那依你看，是以結納朝鮮以為奧援，還是縱兵猛攻，滅掉李朝，收歸大漢所有？漢軍有不少將軍都道，朝鮮原是天朝上邦直管，唐朝之後方始獨立成為一國，現下不如趁著這個機會收將回來。我也覺得很是有理。吳將軍世鎮遼東，對朝鮮很是瞭解，不如說說看法，言者無罪。」

吳三桂靜靜聽完，並不急於答話，先是思忖片刻，方向張偉答道：「臣啓陛下，若是依照此計，臣恐遼東無寧日矣。」

「喔？何以見得？」

「朝鮮雖然國弱民窮，然則脫離中華已久，衣冠同而語言異。種種習俗、語言、居室，都與中國不同。便是蒙元之暴，雖然占領朝鮮之土地，實則亦默許其獨立。朝鮮王室一向臣事中國，以藩屬自居，中國屬國中，以朝鮮最為恭謹。毛文龍鎮皮島時，朝鮮國王屢次贈糧助守；若不是皇太極連番入朝，朝鮮不能抵禦，明朝又不能救援，朝鮮這才向滿夷遞了國書，臣服於偽清。縱是如此，朝鮮亦是屢次提到當年倭亂之時，大明對朝鮮實有再造之恩，並不肯出兵助戰。今明朝已滅，陛下已成為中國之

主，以大義名分詔命朝鮮國王相助大軍，以土著引路，以糧草供給軍需，以軍器補給一時之急需，豈不比與全朝軍民爲敵更好？」

「然則朝鮮一向臣事明朝，今派遣使臣與軍隊同去，彼輩肯歸心否？」

吳三桂心中激動，知道一身功名盡在此時，是以一小小降將平淡終老，還是能融入漢軍之內，得到真正的信重使用，便在此時，因亢聲答道：

「朝鮮臣服的是中國，乃是因中華文物光耀千古，彼輩敬服的緣故。比如衣冠，比如科舉文字，都盡服從於中國，此便是明證。至於明朝，除了當年爲朝鮮抵禦倭亂外，成祖時需索無度，一次便索牛萬頭，又命朝鮮每年獻上宗室美女，朝鮮上下其實均是厭惡怨恨。今陛下已爲中國之主，明朝滅亡，只需派遣明朝舊臣前往宣諭，朝鮮地小民貧，哪裡敢與中國大軍相抗？臣事滿清蠻夷，朝鮮國上下原本就是很不情願。原朝鮮國王李琿便是因向滿夷上陳國書，臣服事夷，朝鮮上下對他很是不滿。大臣們發動政變，以『輸款虜夷』的罪名將他攆下臺來，扶持現在的國王李倧繼位爲王。那李倧甫一繼位，便願意繼續奉明朝爲主，只是後來滿虜屢次入犯，不得已之下方又臣服滿虜，其實心中怨恨，無時無刻不盼中國大兵救援。」

張偉聽到此處，心意已決。他雖然對朝鮮歷史略微知道一些，卻只知道這個國家一直以小中華自詡，對中國一向以恭謹事上的態度來周旋。是以不論是元、明、清，都對它照顧有加。明朝爲它擊退倭人入侵，其實是幫它復國；清朝甲午年間，又爲它打了一仗，待到了現代，又有數十萬中國人的鮮血拋灑在那白山黑水之上。只是後世朝鮮人卻不如當年之朝鮮人知道感恩，北部朝鮮是另一強國，與中國交惡數十年，中國人為其征戰之事仿似並未發生過一般；南部因有另一大國扶持，經貿發達，小國之民眼界甚淺，竟然開始藐視其尊敬了幾千年的強鄰。因念及此事，張偉亦很是討厭這個小國，當屬下有人提議滅朝時，他確實為此心動。待聽到吳三桂這一番剖析，他是久鎮遼東之人，身分地位又能知道許多內幕，確實是比漢軍諸將全然不瞭解來得高明。

雖然如此，張偉卻不想讓這個年輕的將軍太過得意，便冷笑道：

「當年倭國進攻，朝鮮全境失陷，王室退到義州，若不是明朝大舉援助，現下已經乖乖臣服倭國。爾的見解，未免太過悚人聽聞。況且，朝鮮王室闇弱，權柄多半落在大臣手裏。國王在很多時候，不過徒有虛名。自倭亂之後，全國上下並沒有奮發圖強，重整軍備。反而頹廢依舊，被滿虜打的潰不成軍，不成模樣。這麼一個腐敗至深的國家，民心不附，軍無戰心，在你嘴裏，倒成了不可侮的強國麼？當真笑話！」

吳三桂被一悶棍打得一楞，額頭上立刻密密的沁出汗珠來。他一面詫異張偉如此瞭解朝鮮局勢，一面苦思對策，半晌過後，方答道：

「陛下，朝鮮雖弱，其勢與當年安南同。成祖以五十萬軍下安南，初時安南全境降服，並無抵抗。待成祖設立都司，調兵回國。安南各地立時風起雲湧，各處抵抗不斷。朝鮮小國，漢朝以大軍駐守勞師費餉，並無實益。不如留其王室，永為中國藩屬，豈不更好？」

張偉其實又可以用倭國馭他，只是心中略一猶豫，覺得此人年紀雖小，能力膽識都很是難得，倒也不必太過壓制，且拿他試上一試，若是果真很有才幹，又得一大將也是好事。因向他笑道：「雖然是泛泛而談，倒也可知你平時在這些事上很用心。」

「陛下誇獎，臣不敢當。臣今日與陛下一席言，方知臣以往坐井觀天，請陛下治臣君前無禮之罪。」

張偉步下座位，行至他身邊。只覺得這吳三桂個頭中等，與自己差不多高，便向他端詳幾眼，方又笑道：「你不必請罪。適才你站出來，想必是要邀出使朝鮮的差使，甚至想指揮軍隊作戰，我說的可對？」

吳三桂吃了一驚，忙低頭答道：「不敢。臣部已歸漢軍統轄整編，臣只願孑然一身，為前往朝鮮征伐的漢軍將軍領路。」

「大丈夫想要建功立業，沙場揚名，這也無可厚非；既然你主動請纓，那麼便允了你。你所部兵馬，自然不能讓你帶去，可以撥給你一萬廂軍，協助漢軍，守備糧道，搬運物資。此次漢軍入朝，實力強雄，糧草補給由倭國就近運去。臨戰指揮，都是由水師都督施琅統領，你可以由天津尋一兵船，帶著親兵護衛，去覺皮島尋施都督就是。你不可一心想著立功，忘了你的首要任務乃是與朝鮮上下交通致意，領路助戰，若是因果倒置，誤我大事，縱是你立了戰功，也斷然不能饒你！」

說到此處，他沉吟片刻，又道：「武事由你，文事麼，洪承疇乃是明朝名臣，朝鮮那邊想必也知道他。內閣大學士們大多降了滿人，咱們就派洪閣部過去。你二人好生合作，由朝鮮攻陷遼東之後，朕不吝封侯之賞！」

吳三桂聽他說到此時，才以「朕」字自稱，知道這算是口諭聖旨，一會兒必定有人頒諭給他。因垂首低頭，沉聲答道：「臣遵旨！必定竭精盡力，粉身以報！」

張偉揮手道：「我從不要人粉身以報！這些客套話不必再說，既然一心為我辦事，我就保得他一家大小平安富貴才是。你的父親現下在北京，來日大戰，得便我必招降於他，你放心就是。」

吳三桂雖然下定決心，不以在京師的父親家人與財產為念，到底心中一直擔心此事，害怕父兄因為他的緣故遇害，一直忐忑不安。此時聽到張偉竟然提及此事，心中又是感動，又覺慚愧，不覺哽咽道：「臣下家事，竟然亦勞陛下憂心，臣實在是……」

「不必再說，將來好好做一番事業出來，才不枉此生。」

見他叩頭離去，張偉默然佇立，心道：「人之際遇，當真是離奇不可預測。誰能想這個歷史上有名的大漢奸，竟然會成為我手下可用的大將。」

堂上諸將對張偉如此高看這個舊明降將很是不解，只是張偉行事一向神秘莫測，其間自有深意，眾人猜將不出，也只得罷了。只有江文瑨隱約想道：

「漢軍除了廂軍系統和禁軍之外，都是澎湖與臺灣一系，其中除龍武衛是遼東降將外，周全斌、張鼐、張瑞，以及他自己都是臺灣出身，各人之間私交甚篤。都是張偉一手提拔，忠心不二，然而軍隊

掌握在一派手中，縱是有許多防範措施，卻總是不能教人放心，現下提拔重用一些降將，分化治之，也是當權者的妙招，倒也無可厚非。越是如此，倒也不必對開國功臣大加誅戮，思之卻是令人放心了。」

正胡思亂想間，卻聽張偉沉聲道：「遼東空虛，朝鮮無論是戰是降，大局仍是無可改變。咱們不必對那邊操心過多，倒是議議何時進逼畿輔！」

他坐回座椅，向王煊道：「立刻給孔有德、劉國軒傳命，命他們立刻過黃河，把被蒙古人占據的河套地區給我奪回來。然後攻占沙井衛、大同，由北方包抄夾擊。」

「山西袁崇煥等人尚未歸降？」

張偉臉上一陣青氣掠過，向王煊道：「命他們不必再理會此事，不論袁某人是否歸降，山西大同等邊境重鎮，半個月內都給我拿下來。」

「是，臣這便過去擬旨。」

「張瑞、契力，你二人合力擊破清軍南下至大名府一帶的遊騎，斬首三千，我很高興。你們現下動身，重回大名，將彰德、順德、真定、保定諸府一併掃平，待龍武與龍驤兩衛攻下太原、大同，與他們會合一處，斷了滿人後路。」

見二人起身領命，張偉笑道：「當年我帶張瑞等人遠赴遼東，曾與皇太極言道：薩爾滸一戰非得漢人出一英主，提五十萬大軍親征關外，方能取勝。今日小子無德，忝居大位，手下漢軍廂軍北伐者亦五十萬。待我親率大軍，先行奪取通州之時，倒要看看，他這個蠻夷中的英主，如何應對！」

此時乃是他一生事業中的最高潮時，一時感悟說出這番言語，諸將都是心腹之人，如何不解他的抱負。此人先是從鄭芝龍爲盜，甫在臺灣立下基業，便辛苦成軍，南伐北討，每一日不以征服建州女真爲最要緊之事，甚至滅亡大明，登基爲帝，都不見他如此高興神情。各人自然不知道後世滿人禍害中國之慘，流毒之重，此時卻也不免爲他高興。

自周全斌領頭，張鼐等人居後，各人一起離座下跪，向張偉道：「末將等一定拚死奮戰，敉滅韃虜，一掃神洲妖氛，復使中國清明，以達成陛下之夙願矣！」

張偉興奮得臉上放光，心中百轉千迴，種種過去未來情事輾轉湧上心頭。因思創業之艱辛，奪嫡之困難，不知不覺間心中酸楚，竟致淚湧雙目，難以遏制。

他掉轉頭去，不給諸人看到，害怕他們詫異。這些年來，他以小小海盜成爲中國之主，自天啓四年算起，到現在不過十一年光景。外人看起來，他當真是天降神人，比之當年明太祖創業來的更加容易，更令人驚佩莫名。其實他有苦自己知，以現代人的身分回到古時，凡事種種只有自己方才明白，縱然是以多出幾百年的智慧成就大業，然而其中的寂寞惶恐，又豈是常人能夠明白？就是他身邊的枕邊人柳如是，爲他生了一子一女，這心中的最隱秘事卻也是不能與她說起，此間滋味，當真是不足爲外人道矣。

正激動間，堂外有人稟報道：「陛下，軍聞司將軍羅汝才求見。」

張偉知道此人過來，必定是有緊急軍情稟報，便偷偷將臉上淚水拭去，向堂內諸將道：「回去整頓軍務，訓練士卒，好生準備著。等咱們這一仗打完，雖不能馬放南山，卻也很難有這般的大仗可打啦。都給我提起十二分的精神來，去吧！」

揮手命眾將出去，方才召羅汝才進來。見他一副鬼鬼祟祟模樣，張偉沒好氣訓道：「我早就說過，你雖然幹的是陰私勾當，也不需做出這個怪樣來！」

又問道：「有什麼要緊軍情，特意前來見我？」

羅汝才雖被他訓斥，卻仍是四顧打量，見堂內再無閒人，方才向張偉稟報道：「陛下，軍聞司這些天一直留心北方來往官員及其家人，前天終於得了風聲，說是那劉宗周身邊的侍書小童，就是前明太子！」

羅汝才雖然努力壓抑，卻委實難以掩飾住內心的興奮。張偉見他兩眼發光，直搓著雙手等自己發話，忍不住向他笑道：「汝才，你來說說，查到了太子後該當如何？」

「依臣看來，既然滿韃子已然殺害了永王、定王，連黃口孺子都不放過，咱們不如也……」

他做了一個抹脖子的動作，又突然想起此舉並不雅觀，忙縮回了手，俯首貼耳的等著張偉發話。

張偉並不理他，只皺眉負手在堂上繞行一圈。半晌過後，方向羅汝才問道：「汝才，前明太子今年多大年紀？」

「陛下，那太子不肯說話，臣下們又不能對他用刑，前明宮中亦無人跟隨出來，無人知道太子年紀。不過，依臣下觀察，那太子至多不過七八歲年紀，甚或是更小一些。」

「他現在何處？」

「已被臣秘密押來天津。他的身分太過特殊，萬一傳了出去，陛下不論如何處置，都很不好動手。劉宗周和一些知情的劉府家人，還有與劉某人過從甚密的好友，均被臣就地看押在濟南。陛下，若是要臣動手，臣這便過去安排，準保是任何人也不得而知。將來史冊有載，不過是明太子在京師陷落後不知所蹤，帳只能算在滿人頭上，與陛下絕無關係。」

張偉噗嗤一笑，向一臉忠義的羅汝才問道：「你倒真是熱心！說說看，為什麼一定要殺了這小孩？他毛都沒長齊，有什麼可懼之處？」

羅汝才瞠目道：「陛下！歷朝歷代，哪有留前朝皇帝或是太子的活命？別看這人年紀小，落在劉宗周那些人的手中，只要稍微得便，就立時能翻起大浪來。江南雖然穩定，不過北方初下，若是有心人登高一呼，立時就是萬夫景從！」

「何以見得就會如此？朕現下是中國之主，數十萬將士枕戈以待，還有誰敢不要身家性命的胡鬧？」

「陛下，明朝幾百年天下，崇禎雖然是無能，不過這些年來勵精圖治，在士大夫口中風評甚高。其子又是如此幼小，很能博取眾人的同情。陛下一定不可小視啊！」

見他如此激動，就差聲淚俱下。張偉雖然仍不在意，卻也忍不住想道：「君權之重，在明朝末年已是遠過前代。帝王尊嚴較之前代，已然是神話之極。所以自劉裕殺害前朝皇帝皇族後，歷朝歷代無不

以誅殺前朝王族爲首要之務。明末時有兩次僞太子案，南明的當是假太子。而真正的太子在滿清入京之初，便被殺害。永定二王，亦同時身死。就是如此，到得康熙年間，還有人以朱三太子之名造反，竟也有愚夫愚婦冒死相隨。」

想到此事，他不免心中惴惴，見羅汝才挺身站於身側，渾似一隻忠心主人的惡狗一般，他念及將來麻煩，差點兒便要揮手決斷，下令讓他立時將舊明太子暗中處死。只是突然想到留在南京的兒子，此時已經一歲多點，可以站立行走，經常在南京乾清宮大殿內蹣跚著追得張偉四處躲藏。想著張開雙臂，格格直笑的兒子，張偉臉上不禁露出一絲微笑，向羅汝才令道：「先將他帶過來，我要問話。」

羅汝才不敢再勸，當即應諾一聲，立時出門而去。

張偉端坐堂上，令人送上一本新出的明人筆記小說，看得心曠神怡，興致盎然。他身爲帝王之尊，甚少娛樂，以前的什麼電影電視、書報雜誌一概沒有，電腦遊戲自然是想也別想。他縱是掌握了全國政權，終究也不能推進科學的發展。這一兩年來，政府運作漸上正軌，他已經頗有閒暇時光，於是第一件事，便是令人依自己記憶刻出正體字模子，然後將一些小說筆記之類的小品文章刻印出來，無事之時便拿出來閱讀欣賞。

在他的影響之下，已有不少宮中女官和親貴開始如此看書。初看之時，當真是痛苦異常，只是皇帝喜歡，也顧不得許多。

張偉每當看到人一臉痛苦的閱讀他下令刻印出來的書籍，其痛苦情狀讓他回憶起初到明末時的情形。他開懷大笑的同時，卻也不免想道：「有些事，現代人看起來正確非常，要讓古人接受，當真是太困難的事了。」就是建立浴室，推動公共衛生一事，就很難行。古人相信多洗澡傷元氣，是以多半只在過年前洗一次澡，那些貴人大官亦是如此。因爲此故，是以身上熏香仍然是怪味熏人，委實令人難以接受。而這些事又不可以用法令的手段推行，法律介入私人領域乃是張偉最反感之事。所以他禁止人不排隊，禁止當眾吐痰，卻不能強迫人在家中洗澡，便是因政府干預過多，並不是政治上的良策。

雖然如此，張偉禁宮內女官纏足，在宮中推行白話文，提倡個人公共衛生，強調武勇，推廣馬術等等，便是以自身的絕大影響力，來改變一些表面上的東西。至於進一步的政治改革，要從整個精神面貌到法律制度都一步步走向民主與科學，絕非一日之功，亦不是幾道行政命令便可以改變。積重難返，中國封建社會到了明清之際，已是腐朽之極，而在西學並沒有進步到影響世界的地步時，唯有慢慢徐圖更改而已。

「陛下，陛下？」

羅汝才興沖沖將人帶回，見張偉端坐椅中看書，並沒有理他，他不敢高聲叫喊，只得小心翼翼湊到張偉耳邊，小聲叫喚。

輕聲叫了幾聲，見張偉仍作若有所思狀，他便不敢再多嘴，只得垂手侍立一旁，等著張偉發話。

過了半晌，方聽得張偉道：

「石子明寫《論語正義》，我來命人寫一本《海國圖志》。嘿嘿，把西洋和南洋各國的政治、宗

教、文化全數寫下來，再輔以地圖，再加上有出海的商人們用報紙佐證，弄上一些趣聞花絮，用報紙連刊的方式，一年年堅持下來，總得教南北各地的人，都睜眼看世界才好。」

羅汝才雖不明其所以然，卻也湊趣道：「是是，海商報是陛下在臺灣時命人創辦，其中有不少海外趣聞，商情資訊，很是有用。現下南方諸省的衝要大城，都有發行。若是再加上海國圖志這樣的好書，只要正常更新，一定可以令庶民百姓們喜歡。」

張偉翻他一眼，向他斥道：「你大字不識幾個，也來說嘴！我告訴你，馬上打天下，不可馬上治天下，你等勛舊重臣若是以後還是粗鄙不文，亦很難立足！」

羅汝才額頭上冷汗頻頻而下，他因貪圖享樂，喜歡女色諸事，常被張偉訓斥。他所呈的奏章密報，也只得讓心腹的書辦代寫，言及此事，不如發奮向學，現下也能親手寫書呈的高傑受張偉的信重，若不是看他還有幾分狡猾靈氣，辦事也很經心，只怕地位早就不保，回家做富家翁去了。

便向張偉連連點頭，答道：「是是，臣下回去之後，立刻請先生教授，一定好生向學，不負陛下厚望。」

張偉也不管他，只問道：「人帶來了麼？」

「已在儀門外等候傳召。」

「即刻叫進來。」

羅汝才如蒙大赦，立刻跑將出去，以張偉口諭敕令禁衛官兵，帶那小童入內。張偉其實很少誅戮大臣，更別說他們這些從龍勛舊。尤其這些年積威下來，只需他輕輕一瞪眼，如羅汝才這樣的親信大將尚且汗流浹背，更別提那些較為疏遠之人，更是害怕非常。這些屬下每常自思，亦是深以為怪，不知是何緣故，還是陳永華代他們解惑道：

「爾等每常畏懼陛下，非為他故，乃是因陛下自入臺灣起，遇事決斷從無過錯，凡事獨立專行，竟從無疏漏錯失，凡人安得如此？陛下料事之準，斷事之狠，識人之明，使臣下每常與其獨坐，皆是如坐針氈，惶恐之極。吾雖與陛下交好，亦每常有凜然惶怕之感，豈獨汝輩！」

張偉因立時要接見前明太子，對方身分特殊，雖然是幼童年紀，想必自幼在宮中教養，很知道君臣禮儀，倒不便讓他一見面就挑禮的好。是以放下手中小說，凝神端坐，只待那太子進來。

待聽到外間一陣窸窸窣窣聲響，知道是禁衛將太子帶到。因覲見規矩必定要先報名，方才得見，他便高聲道：「不必報名，著他進來。」

待羅汝才將那太子半拉半拽，強拖進來，張偉注目一看，見這位原本鐘鳴鼎食，自幼生長在王府宮中的前明太子此時已是狼狽之極。身著青布直裰，腳穿芒鞋，頭戴一頂僕僮所著的小帽，滿臉黑灰，兩隻眼睛目露驚慌之色，顯然這些天來很受苦楚驚嚇，比之當日在宮中生活，已是天差地遠。

若是尋常的古代政客，只怕眼中看到的只是威脅和潛在的不安因素，對這太子亦殊無同情。而張偉熟知史書，知道這太子頗有些見地，聲名亦好，若是崇禎放他先行南逃，即位為帝，而不是弘光帝那

個白癡登位，或許明朝能夠苟延殘喘，亦未可知。而此人被親外公獻給滿人，慘被殺死，其遭遇亦一直令張偉同情。

因見他此時委實怕得厲害，張偉便向他溫言道：「你不必怕，好生說話，朕不會難爲你。」

羅汝才見太子懦懦不敢答話，只得向他喝道：「陛下與你說話，快些回話！」

那太子越發害怕，見張偉和顏悅色，並不罵他，反而向那滿臉絡腮鬍子的武將訓斥了兩句。他也不知道哪來的膽子，向著張偉一指，罵道：「篡位逆賊，有何面目同孤說話，要殺速殺便是！」

張偉大奇，眼見這小孩明明害怕，卻不知道怎麼顫抖著嗓子，說出這麼一番話來。他的童音裏帶著哭腔，顯然是害怕之極，張偉心中一動，向太子溫言道：「這些話，是劉某人吩咐你說的麼？」

那太子不過七歲，雖然崇禎注重皇子教養，五歲便閱讀認字，此時也讀了一些論語、列傳之類，只是小小年紀，哪裡顧得上那麼許多，強迫自己說出之後，卻是害怕之極。此時張偉並不發怒，仍然是溫言相問，他便哇一聲哭將出來，點頭答道：「是劉老先生教導。當日拿我，他匆忙之間吩咐，漢後主劉禪說：此間樂，不思蜀，淪爲千古笑柄。是以要我保住氣節，斧鉞加身亦要斥罵，這樣千百年後，亦可有身後美名。」

張偉大笑道：「這個劉老頭子，真是迂腐！他怎麼能知道，劉阿斗那是保命的妙語啊。朕且問你，他有說朕必定會殺你麼？」

「是，劉先生說，前朝帝王無有能活命者。月前，僞帝親征，誅福王及福王世子、衛王、周王、德王等宗室親王，將趙王等宗室關押南京，想必來日也會誅殺。我身爲太子之尊，足堪號令天下臣民，與僞帝爭雄，他怎麼會放過你！所以讓我就是死，也不可丟父皇和列祖列宗的臉。」

張偉忍不住斜眼看他，笑道：「你想與朕爭天下麼？」

朱慈烺迷惘半日，方老老實實答道：「想爭，祖宗建基立功的辛苦，怎能就在我手裏完了？不過，父皇都爭不過你，我也肯定不成。」

「哈！雖然是黃口孺子，倒也知道是非輕重，比劉老頭子還清楚明白。」

雖然誇獎了這前明太子一句，張偉心中卻仍是難斷，心道：「依照古制，封其爲王，虛禮尊之，這是一法。誅殺，亦是一法。倒也好生難以決斷。一殺了事，降臣或是隱在草野的明朝遺臣必定死心，再把前明王公宗室全數發配海外，那麼日後少了許多麻煩。封他爲王公，彰示舊朝已滅，再用他的名義宣召安撫袁崇煥等人，必定是事半功倍。還有前明舊臣中的降者，亦是會稱頌一番，拍上幾句馬屁。」

想到這裏，張偉忍不住喃喃自語道：「老子縱橫南北，天下都打了下來。皇太極一世英傑都敗在老子手裏，難道還要這小小孩兒爲我去收攏人心不成？」

「朱慈烺，殺你不祥，朕亦不忍。」

看著這小小孩童一臉驚奇欣喜神色，張偉沉吟片刻，又道：「用你做幌子，招降舊明大臣，朕也不屑爲之。把你與放逐的舊明宗王及大臣們放在一起，徒生事端，於你也無益；臺灣、倭國、呂宋，你都去不得。呂宋東面有一小島，方圓百里，前一陣子當地的水師方繪圖過來，今派人送你過去，將那島命名為關島。你在島上好生過活，去吧。」

南太平洋上有很多荒涼之極的小島，大的如關島，方圓過百里，小的只有立錐之地。不少島嶼上都有土人，兇悍食人。此時尋常的漢人軍民，都對這些島嶼視做畏途，沒有人敢上島生活。舊明的宗室大臣很多，歷史上被李自成與張獻忠誅殺了不少，滿人入關之後，又有不少宗室被滿人屠戮。張偉治下所殺的宗室很少，放在內地看管起來很費精力，一個不好便被心懷不軌之人利用，全數殺了卻又太過殘暴，張偉不取。這兩年來，已有不少被放逐到呂宋島上，卻又害怕他們心念故國，聯結造反。幸好這幾年海上航船甚多，已逐漸發現不少面積大小不一的小島，此時都沒有被歐洲殖民者發現，用來流放犯人，一則可以省心，二來百餘年後，這些島嶼盡成中國人的天下，整個南太平洋將成為中國之內海，這樣的好事，張偉自然不肯放過。

於是自朱慈烺始，大半的前明宗室、勛舊貴戚都被流放荒島，這些人帶著家人僮僕，以關島為中心，輻射周邊，一個個或大或小的島嶼上漸次有了中國人的身影。原本一個個以西洋人命名的島嶼擁有了純粹中國式的島名。以張偉之計畫，這股流放潮將一直持續下去，直到占據紐西蘭、澳洲、夏威夷等全部的太平洋島鏈為止。在工業革命和大規模的移民前，將罪犯放逐海外，是搶占海外領土的最佳辦法。英國當年如此行事，張偉自然全盤學習過來，運用自如。

此事原是小事，卻與張偉下決心大力開發南太平洋之事牽連上來，是以大操大辦，弄得甚囂塵上。前明宗室與勛舊一得知將被發配流放到南洋小島之上蠻荒無人之處，當真是只比闔家抄斬略輕一些的懲罰。然則有太子在前，讓這些人追隨其後，卻又有大義為先，不但不該拒絕，反倒該一個個搶先效命，誓死追隨方是。一時間，各處港口均是這些面無人色、哭天喊地的前明宗室，各人一想起要去家國萬里之遠，終生不得返回，身處荒島，無可通信，當真是覺得天地為之變色，人生與死無異也。於是當場跳海者有之，舉家在靖安司前來拿人時自焚者有之，服毒吞金上吊諸招頻出，只是官府秉承張偉之命，只要有一口氣的全數拿捕上船，駛向呂宋與倭國周邊海域中已被發現的小島，給他們農具種子耕牛等物，待到得目的地，便一股腦攆上島去，由得岸上哭聲震天，卻是再也不加理會了。

張偉一心佈置合圍滿人之事，自下了決定之後，卻是很少理會此事。無論朝野上下議論紛紛，甚至有人以辭官為挾，卻始終不改初衷，並不理會那些儒臣的所謂：太殘，太苛，陛下求治太急，流放之刑酷烈慘過誅戮，有傷天和，非仁君聖王治世之道。這些人之所以敢如此跳腳攻訐，卻是因張偉已有明諭，無論如何，不會因言罪人，所以上竄下跳，無所不用其極，除了不敢辱罵張偉，朝中大臣只要支持張偉此舉的，多半被罵了個遍。

張偉每常閱覽司聞曹送上來的這些報告，只是冷笑，心中知道，滿人一滅，與舊儒及千多年積累下來的陳腐意識交戰的時機便已成熟，到那時，教這些人見識一下他的手段。他雖然不能以言罪人，不過這些人身上毛病太多，偏偏又喜歡多嘴，整治起來藉口多多，並不需要張偉勞神。

飛騎及萬騎自那日軍議過後，連番出征，趁著畿輔一帶空虛，斬殺了不少零星南下的八旗遊騎，

待北京方面知道厲害，便再也不敢派出小股騎兵出通州地界。自京師之南，半月間四府七十餘縣，全數落入漢軍之手。而孔有德等近十萬漢軍，亦急入山西地界，駐防明軍先是交戰，繼而全數投降，半月間，太原、大同等名城盡數歸於漢軍治下，自此，明朝所有的疆土不復存在，所有的宗王盡數落入漢朝手中，再也不復存在。

山西的舊明大臣，自然是以袁崇煥爲首，自他而下，盧象升等數百名舊明大臣悉數投降，秦王、晉王、代王等宗王盡數被擒。與各路漢軍高歌猛進不同，駐蹕天津的張偉卻統兵不動，雖然可以在十日內攻克通州，直逼京師，然而一心等著朝鮮軍報，想著要關門打狗的張偉卻並不打算太過逼近；此時京師情形不明，豪格敗後，皇太極對八旗的掌控必定削弱，那些八旗貴族如何打算亦不很清楚，若是正在首鼠兩端，漢軍往前一逼，朝鮮方面的軍隊尚未進入遼東，八旗全數退入關外，到時候卻是麻煩之極。

兩邊僵持旬月，西路漢軍已然逼近京師之北，只待張偉一聲令下，便可以沿著明朝的長城防線高歌猛進，切斷蒙古草原與北京的聯繫。

「袁崇煥送到了麼？快召他入城，我要見他！」

孔有德等人沒有接到進軍的命令，卻接到張偉命他們迅速送袁崇煥至天津的手諭。幾個統兵大將不敢怠慢，立時調撥人馬，將袁崇煥等人押送至天津。一到天津城下，帶隊的將軍便立時派人入城稟報，張偉甫一得知，便立時命人將他們帶入城來。

雖然與初至時不同，張偉已經沒有追星似地收集名人的欲望，但是想到這個中國歷史上可與岳飛齊名的民族英雄可以加入到自己麾下，日後用來專鎮一方，既可相信他的能力，亦可信任其人的品格，張偉心中高興，心道：「此人成名於北方，卻是南方人，南洋事起，用他來專任南洋之戰，我當真是可以放心。海戰有施琅，陸戰中的攻守城池，此人實在是最佳人選。」

想到此處，張偉難耐心中欣喜，因向身邊禁衛道：「擺架，我要親自去迎！」

自他登基爲帝之後，還從未有人享受過如此殊榮。各禁衛軍官心中詫異，卻是不敢怠慢，各人急忙召集禁衛士兵，肅清街道，擺出皇帝出征的全副儀杖，種種旗杖鋪陳數里，隨著張偉親至城門遠迎。

張偉甫一見到數百名逶邐而來的前明山西降官，因見到打頭的便是黑口黑面的袁崇煥，立時跳下馬去，迎上幾步，向他拱手一禮，嘻笑問好。

「元素吾兄，自遼東一別後，恍惚間幾年時光過去，看起來你健壯如故，弟欣喜之極。」

隨行而來的漢軍乃是龍武與龍驤兩衛的漢軍士兵，自出征後已是近兩年不見張偉之面，此時見到皇帝出城，各人哪裡管張偉是來迎誰，當下心中激動，齊聲高呼，萬歲之聲響徹雲霄，張偉眼見袁崇煥開口答了幾句，卻聽不清楚，只隱隱約約聽到他亦提起自己相貌，想必是說比在遼東之時看來老了不少。

第五章　清帝之死

皇太極被他一喚，方才清醒過來，他知道自己命在頃刻，說不定撐不過今日，便強打精神，向豪格道：「敵人一會兒必定會來攻擊，依照漢軍的行事，必定會狂轟半日，方才進擊。你現下就命上三旗的滿洲八旗全數後退，由你親領，往山海關去尋禮親王，告訴他，一直退，退往北方極邊之地，這樣咱們滿人才有一線生機。」

張偉因見圍觀呼喊的漢軍士兵越來越多，知道此時不能冷了眾兵的心，因向袁崇煥等人無奈一笑，翻身上馬，縱騎向各衛漢軍揮手致意，繞行幾圈之後，才命漢軍就城暫歇，由禁衛軍將一眾降官帶入城內。張偉不便與袁崇煥等人說話，只得一馬當先，先行返回城內居住，命人將袁、盧等人隨後帶到。

待禁衛們將袁崇煥等人帶入，張偉也不令他們行禮，先是讓幾人落座，而後又命人上茶，一切如同常人故舊對坐敘舊一般。

袁崇煥因見張偉如此相待，知道此人一是難卻故人之情，二來是因欣賞自己才幹，意欲招降。他心中雖然感動，卻並不打算改變心意。

因向張偉欠身道：「志華吾弟，想不到當日一別，今日一見時，你我身分地位如同雲泥之別，弟雖以故人待我，只是天下已然一統，愚兄如何克當。今日之後，再難見面矣。」

張偉笑道：「吾兄不必著急，縱不願在漢朝為官，亦可返鄉為民，安享太平之福。吾兄戎馬多年，除在天啓年間罷職歸鄉，這些年並未回過廣東，倒不如在這裏歇息幾日，回鄉休息一陣子也好。我必定令地方官好生照料，決不敢勉強吾兄一定為新朝辦事。」

又轉頭向盧象升道：「盧公亦可如此！」

見盧象升輕輕搖頭，張偉知道這兩人來此之前必定已有定計，盧象升資歷才幹俱不如袁崇煥，必定是以袁崇煥馬首是瞻。便又向袁崇煥笑道：「吾兄有何見教，不妨直說。你我二人交好，不必顧忌太多。」

袁崇煥微微頷首，向張偉道：「志華與我初見，並不以臣禮相逼，足見誠意。若不是明皇待我不薄，臣節私交難以兩全，學生必定願意報效，為新朝盡犬馬之勞。」

他自座中起立，向張偉躬身一禮，笑道：「足下不殺太子，我與盧公必定推舉秦王入繼大統，雖敗而亡，亦是無悔。」

「暗中殺了，你們也不知道。」

「不然，長久不得太子與先皇諸子消息，吾等必定會推舉秦王繼位，入承大宗。縱是如此，得到太子消息後，秦王勾通將軍曹文詔等起事，但因太子尚在，難以服眾，也只得罷了。今既然太子被放逐海外，吾等共議，既然無法與足下爭雄，且又不願臣服漢朝，現下願意與太子同往，侍奉左右，既爲明朝盡忠，又可苟全性命，望志華成全。若是不然，吾等只得自盡，以爲明朝全節。」

張偉心中又是訝異，又是痛惜。他知道這幾人都是剛強忠烈之人，既然已有定計，很難改變他們的心思。此時若是自己再勸，除了激起幾人的怒火，當場翻臉之外，決計沒有別的結果。

因勉強一笑，站起身來，向袁盧幾人道：「弟不才，不能使幾位臣服，亦不敢相強諸位，只得從諸位之願。幾位放心，弟必定命地方官員多備物什，不使幾位與太子委屈。」

袁崇煥等人大喜，實在想不到張偉答應的如此爽快，當下各人均站起身來，跪下施禮道：「陛下大恩，臣等沒齒難忘。」

這些人因張偉答應條件，從此便成爲大漢治下百姓，是以現下方肯跪下行禮，不再以明朝遺臣自居。張偉臉上苦笑，將他們一一扶起，感慨道：「前明宗室勛舊，一聞隨太子出海，各人都是如喪考妣，如臨末日。偏幾位大才，朕很願意重用，卻不肯爲朕效力，當真是遺憾之至。」

袁盧二人相視一笑，同聲答道：「新朝氣象興旺，陛下身邊人才甚多。我等前明罪臣，重用傷新朝諸臣之心，陛下何苦。況且華夏子民百姓數以億兆，只要留心選拔，又何必擔心沒有人才可用呢？」

說罷，又是躬身一禮，齊道：「陛下軍務繁忙，來日便要與韃虜決戰，臣等不能效力，不可再耽擱延誤，這便請辭，請陛下差人召來臣等家人，齊集出海。」

張偉心中明白，這些人難忘舊朝，害怕自己不肯放過，再行勸說，是以如此要求。他自回明朝時起，對袁崇煥等明朝英才就很是仰慕，一心想讓他們為自己效力。到了此時，卻仍然不能使他們歸心，當下只得掩面揮手，看著袁崇煥等人飄然而出，急步而出，不過片刻光景，已是蹤影不見。

送走袁崇煥等人，張偉為此事數日不悅。直待收到前方急報，得知京畿一帶的八旗頗有不穩跡象。原本只是零星小股的八旗兵下鄉四處劫掠，待到了此時，已有大股過千的滿兵四處搶掠，燒殺淫侮，無所不為。雖然派出的暗探並不敢進京打聽，卻聽得京郊四鄉的百姓傳言，城內十幾天來到處烽煙，百姓慘嚎奔走，商行關門閉戶，通衢大街上很難見到人影，原本人口百萬，永定河港口停船千萬，貿易商旅不絕於途的大明京師，此時寂然蕭條，已成鬼域。

他知道此時北京必有絕大變故。或是皇太極已然殞命身死，或是大權旁落，掌握不了全局。無論如何，此時已是進兵良機，若再拖延，京師一帶百姓受難不提，就是滿人也可能隨時逃竄入關。是以連下手詔，諭令孔有德與劉國軒所部即刻北上，包抄滿人後路，而飛騎與萬騎合兵一處，與金吾、神策、神威三衛中調撥出來的兵馬合兵一處，連同禁衛軍，一起往擊通州。而三衛主力即刻由塘沽下海，迅即海運至山海關，搶占關門，期與由朝鮮進兵的施琅所部全師，徹底截斷滿人後路。

張偉統率十萬大軍及萬餘宿衛禁衛，近十一萬大軍連綿數十里，旬日間攻克霸州等處，前鋒遊騎已至通州郊外。通州乃是京師近畿，通州不保，漢軍便可直入京師城下，況且地處平原，正適合八旗騎

兵大舉衝擊，若如張偉所料，八旗主力大半齊集於此，若是此處作戰不力，便可以迅即逃竄北京，燒殺搶掠一番之後，退往關外。張偉直入通州境內，與飛騎萬騎會合一處，先破漷肥、武清、三河、玉田等縣城，兵鋒直薄通州府城。

通州府城乃是當年徐達北征時，命燕山忠敏侯孫興祖所修，周長九里十三步，高四丈六尺有餘，有城樓四座。漢軍逼近通州府城近十里路，已可於高處看到通州城樓，只是城下滿人連營處處，烽煙陣陣，看起來十餘萬滿蒙漢大軍聚集此處，準備在這華北平原之上，與漢軍決一死戰。

張偉自南京一役後，從未親臨戰陣如此之近，此戰過後，中國大一統的局面完成，除了小規模的征討之戰外，再也不可能有如此規模的大戰。因而小心謹慎，並沒有即刻下令進擊，而是排兵佈陣，安插部隊，以期一戰而克全功。整隊數日之後，對面的滿人卻是全無動靜，並沒有以騎兵前來騷擾。

張偉每天傍晚出營觀看，只見對面炊煙裊裊，遮擋住半邊天空，顯然十數萬滿兵齊集此地，準備決戰。只是心中奇怪，敵人爲何讓漢軍從容部陣，而不是趁著漢軍立足不穩，先行以大規模的騎兵衝殺。

「陛下，滿人大陣中射來響箭，說是主帥求與陛下在陣前一會。」

「拿來我看。」

張偉駐於通州城外十餘里外的小鎮之上，卻想不到在初臨通州城下便接到這封書信。他展信一看，其上並沒有評書演義上的邀戰話語，只是對方邀約他於通州城外兩軍陣中會晤，倒也省了他批覆「來日決戰」四字。覽畢一笑，輕輕提筆寫道「可」，然後交與部下射回。

他心中奇怪，心道：「清軍主帥定然不會是豪格，亦不可能是代善等人，該當是皇太極親臨通州，主持此次決戰。」心中微覺興奮，當即便令人準備，決意明晨與皇太極在陣中相見。

待第二天天色微明，他便早早起身，在三百名禁衛騎兵的護衛下直穿過漢軍陣營，過了最前衛的金吾衛陣時，卻看到張瑞與契力何必各領數千人馬埋伏左右，張偉知道是眾將害怕自己受騙，是以如此。若是看到對方營中有兵馬出動，便可以出動護衛。

此時天色已經大亮，張偉騎馬立於漢軍大陣之前，遠遠覷見對方煙塵揚起，待稍近，便可看到對方亦是二三百騎，往兩軍陣中飛馳而來。張偉心中稍覺興奮，立時打馬向前，向對面敵騎來處迎去。

甫至正中，張偉一眼瞄了過去，見打頭而來的正是皇太極本人。他遠遠立住戰馬，在強弓射程之外，命幾個禁衛上前檢視對方是否帶有弓箭。滿人騎射精妙，皇太極正是箇中好手，張偉可不想莫名其妙在此處斷送了性命。待禁衛們馳回，對方前來檢視的侍衛亦是查驗後返回，雙方都是赤手空拳而來，張偉與皇太極這才驅馬向前，相隔十數步說話。

張偉先在馬上略一拱手，向皇太極大笑道：「大汗，睽違經年，大汗清減至此，這可全是張偉的罪過。」

皇太極此時又豈是「清減」兩字可以形容，他一入京師不久，因操勞過甚，勞心勞力，身體就已很難支持。總因初入關內，又占據明朝京師，想著大軍南下，先得北方，然後與張偉爭雄天下，這才勉強支撐了下來。此時迭遭打擊，對方兵鋒逼至京師，自己已然失卻主動，被這年紀遠遠小過自己的敵手

打敗。他又是羞愧，又是著急，兩月時光過來，已然是容顏憔悴，面色枯槁蒼老，顯然是時日無多。唯有兩隻眼睛還是目光炯炯，一張一合霍然有神，使人害怕。

此時聽張偉訊問，語帶譏嘲，他卻也並不惱怒，只淡然一笑，提聲向張偉答道：「遼東被襲，是我不防，此敗於皇帝一也；二妃被擒，我方寸大亂，被皇帝從中利用，擾亂我大清內部，此乃我敗於皇帝二也；占領明朝京師，低估漢軍戰力，致使八旗精兵覆亡三成，此乃我敗於皇帝之三。」

他面色從容，侃侃而談，神色如常，並沒有激動發怒模樣。只是張偉卻是心知肚明，對面的這個女真大汗手中若是有弓，只怕立時就會掏將出來，將自己一箭穿心。

只聽得對方中氣不足，說話間累次咳嗽，張偉因道：「大汗不必著急，慢慢講來。我聽大汗說話，觀大汗神色，只怕有重病在身，還望保重。」

「嘿，皇帝是巴不得我立刻就死，然後八旗大亂，就能省去好多力氣了。」

見他雖然連聲咳嗽，張偉亦是稍覺悲涼，此人英雄末路，此戰絕無勝理。以後世人眼光看來，滿族亦是華夏民族的一分子，然而當時之世，滿漢不通，語言衣冠完全不同，乃是敵國之體；是以無論如何，打敗此人，滅其族屬，乃是張偉的第一大任務，是以雖然略覺心軟，張偉卻又笑道：

「大汗今日約見，欲請降乎？朕可使大汗知之，方今京師四周，有漢朝漢軍三十餘萬，廂軍二十餘萬，八旗前次遭遇大敗，實力大損，軍無戰意。我師以五擊一，火器犀利，滿人擅長之弓箭殊無用處，此次接戰，滿兵必敗，大汗以爲然否？」

以爲皇太極必定會反唇相譏，卻不料他猛咳幾聲，向張偉勉強一笑，點頭道：「正面與漢軍接戰，我八旗固然勇猛，不過依豪格等人的描述，咱們是打不過你們的。」

張偉奇道：「那大汗戰又不敢戰，退又不退，難道當真是要請降麼？」他又不禁大笑道：「想不到大汗一世雄傑，要來尋我這後生小輩哀懇求饒麼？」

皇太極嘿然道：「你不必如此相譏，這等把戲何苦用在我的身上。今日請見，一來是要見見故人。當日看走了眼，以爲你只是尋常重利海盜，卻不料六七年時光過來，竟成爲我滿人死敵。閣下無論是眼光見識、心腸手段，不但遠在崇禎皇帝之上，便是我，亦是遠遠不及。」

說到此時，他不禁在馬背上略挺一挺身，舒展筋骨。張偉遠遠看了，突覺此人雄風猶在，如同病虎雖臥，卻是不容輕侮。又聽皇太極接道：

「你起事之初，不過二十來歲年紀，哪來的眼光，哪來的那麼多深沉？我搜羅情報，仔細研究，總覺得你行事如同算好了下一步，絕無錯漏。人無完人，我隨父汗戎馬一生，開初也很有出錯的時候，偏你卻一步不錯？你是人，還是鬼神?!」

張偉被他的厲聲大叫嚇了一跳，卻又不能告訴他自己是來自幾百年後，對這段歷史發展知之甚詳，自然是算無遺策，遠遠強過同時之人。只是這話卻無論如何說不出口，只得乾笑兩聲，向他道：「皇天景命於我，是以運氣特別好吧。說起來，大汗才能遠過於我，我是服氣的。只是你時命不濟，徒乎奈何？」

皇太極黯然點頭，輕撫愛馬頭顱，聽得牠輕輕嘶吼，向張偉斷然道：「今日一見之後，必定是你死我活之局。再難相見，未知閣下若是得勝，將如何處置我滿人全族？」

張偉略一沉吟，便答道：「虛言矯飾，甚或是欺詐大汗，都非識英雄敬英雄之舉。此戰過後，漢軍必定得勝。戰陣之上，絕不容情，便是有投降被俘者，亦全數誅殺。待將來平定遼東，摧毀滿人村莊，徒徙滿人入內分散居住，令關內漢人出關居遼東。自此之後，滿族老幼融入漢人之中，而遼東熱土，永爲中國治下。」

「遼西深入，黑水之北，非漢人所能至。深山密林，猛獸眾多，漢人能深入其內，並安居樂業？皇帝所思，未免太過容易了。」

「大汗不知，遼東之處盛產東珠、毛皮、人參等貨，這些都是南方急需之物，深山密林處不便農耕，卻可以建築軍堡和民居，鼓勵人入林尋參採珠，慢慢將密林內的野人逐漸趕出。大汗，重利之下可得勇夫，又何懼沒有人往關外極邊之處去呢？」

見皇太極神色慘然，張偉卻又道：「縱是逃竄草原，一時無事，然而草原上部落甚多，滿人極盛時蒙人相助，滿人落難了，蒙古人會歡迎搶掠他們草場和牧群的外人麼？」

他輕輕搖頭，故意做出不忍之色，向皇太極道：「自北宋末年，女真禍亂中華，至今日之世，朕必定要永平此患，不使後世子孫再受邊患。不但是滿人，便是蒙古草原，也需肅清。草原民族編成保甲，委派流官，服之者生，反之者滅亡其族。終吾一身，必定要達成此願！是以縱然有傷天和，殺傷過多，卻也是顧不得了！」

皇太極卻並不如張偉所料想的那般驚慌，張偉注目看去，雖見此人略有慌亂之色，目光中卻仍是鎮定如故。他心中訝異，心中急速思索，卻又向他試探道：「那麼就此別過，整軍而戰！」

「自然，該當如何，悉聽尊便。此戰過後，八旗若勝，卻一樣的不殺俘，降者任用如故。漢人百姓，亦不許劫掠。然則若是皇帝被我八旗大軍擒獲，則必定無幸。」

兩人互相對視一眼，均知對方乃是堅強不可奪志之人。此戰過後，必定皆是如約而行，當即大笑拱手，各自撥馬而回。

張偉騎於馬上，不住回頭看那皇太極的身影。見他雖然是病入膏肓，精氣神亦是很差，眼見是油燈將枯之人，卻仍是堅韌不拔，信心毅力均很充足，不由不讓人佩服。

待回到己方陣中，便立時向神威、金吾三衛諸將下令，全師前移進逼，炮隊隨之移動陣地，只待敵營一入射程，便開始以過千門的火炮構成的強大火力，將前方阻擋漢軍前行的一切障礙，悉數夷平。

皇太極自別張偉後，已覺頭暈目眩，很難支持，勉強騎到己方陣前，已然不支倒地。他的近衛侍從急忙將他扶起，以艾草燒額，半天之後，方見他悠悠醒轉。

見他神智仍是不清，聞訊趕來的豪格忍不住大聲叫道：「阿瑪，你快醒醒，咱們該當如何，請你快點拿定主意才是。」

皇太極被他一喚，方才清醒過來，他知道自己命在頃刻，說不定撐不過今日，便強打精神，向豪格道：「敵人一會兒必定會來攻擊，依照漢軍的行事，必定會狂轟半日，方才進擊。你現下就命上三旗的滿洲八旗全數後退，由你親領，往山海關去尋禮親王，告訴他，一直退，退往北方極邊之地，這樣咱們滿人才有一線生機。」

豪格急道：「那阿瑪你呢?不如讓兒子在這裏，阿瑪先走。咱們滿人沒有阿瑪，必定將是一團散沙。」

皇太極苦笑道：「散了還好，還能從容恢復。你不必多說，快些領著滿蒙部眾全退。我將死之人，領著八旗漢軍抵擋敵人，他們進軍甚慢，你們先逃，敵騎追擊不上，若是耽擱了，悔之無極！」見豪格尚在猶豫，他怒目喝道：「速去，再敢遲誤，連你先期喪師之罪同治，立刻斬你！」

豪格無奈，只得扭轉身體，再也不敢看半躺在地的父親。他匆忙回到自己營中，耳中已聽到遠方炮聲次第響起，知道敵人進擊在即，連忙傳召部下所有將軍部眾。滿蒙軍人原本就是駐在通州之北，在漢軍八旗之後，此時悄然集合，萬餘名八旗將士趁著敵炮聲響的掩護，悄然退卻，直奔山海關方向而去。

皇太極雖然精神很難支持，卻連發軍令，命令馬光遠、祖大壽等漢軍將領整軍備戰；又命炮隊連續開炮，不可停止。清兵陣中亦有這些年來自鑄和俘自明軍的數百門火炮，其中不少射程亦在五六華里以上，打起來，陣地中間濃煙滾滾，聲響震天，倒也是聲勢駭人。只可惜射速既慢，威力極小，距離漢軍陣地尚遠便已多半落下地來，只是徒勞無功罷了。皇太極之所以命令開炮，不過是因後隊滿人撤離，雖然相距離前陣很遠，亦要以此掩護罷了。

他此次出京之前，便已知道此次敗局已定，不但在畿輔立足不住，無力南下，縱是遼東老家，在數十萬漢軍出關追擊之下，也很難抵敵。豪格帶著幾百名殘兵疲卒逃回京師之後，整個駐京的八旗貴族無不驚駭莫名。豪格自幼跟隨父祖出征作戰，行軍打仗都是滿人中的翹楚，縱然是有些驕狂粗疏之病，也不會在與敵人的交手中敗得如此之慘。上三旗精兵全師覆滅，父叔輩及譚泰等滿人中知名的大將喪身，豪格就是個豬腦子，手中有著這些精兵強將，也不該敗得如此之慘。

待各路派往畿輔各處的八旗精兵皆是慘敗而回，眾滿人親貴均是慌了手腳。敵人的重步兵實力不在滿人鐵頭軍之下，火炮威力強過己方千百倍上，縱是弓箭騎射，亦有五六萬人強軍，那萬騎衛皆是高山土族，以射獵爲生，與滿人對射時毫不吃虧，甚至比不少脫離射獵爲生的年少滿人更加精準；又是剃髮紋身，看起來兇橫野蠻，不少年少滿人望之如同鬼魅，渾如當年的明軍與努爾哈赤起兵時的女真強兵相遇情形。

自代善以下，岳托、碩托、多爾袞、阿濟格等下五旗勢力皆是主張立刻退兵，搶光北京全城的金銀人丁，縱火燒城，要將北京城燒成一片白地，絕不留給敵人。皇太極雖不情願，主張集合八旗全部主力，在畿輔平原與敵接戰，以騎兵的迅速機動能力，抹消敵人強大的火炮轟擊。只是全數的滿人上層已被漢軍嚇破了膽，除了如皇太極等少數的傑出之士之外，大半的八旗貴族都並沒有進取中原的雄心。在他們看來，多搶一些錢財和漢人奴隸，保有遼東的富貴生活，便已是女真人的最大成就。而且八旗累次

征戰，都是臨時從旗下徵召健壯男丁，此次出師舉族動員，自十五至七十以下的男丁，能夠騎馬射箭的多被徵召，天津一戰折損三分之一，這樣慘重的損失令全旗上下哀聲四起，誠爲自天命汗起兵來未之有過的慘重損失。若不是皇太極爲汗稱帝多年，政務軍事上都是其餘親王貝勒無可比擬，是以雖然手中實力大損，倒還沒有人覬覦他的帝位。只是慘敗之餘，逃奔而回的譚泰舊部深恨豪格棄舊主不顧，上三旗內部都是暗流湧動，他以多年積威鎮壓內亂尚且吃力，想內排眾議與敵決戰，卻是有心無力了。

自漢軍四處出擊，隱然有包圍京師之勢態後，皇太極終於鬆口。以他之能，自然知道敵人漸漸合圍靠近，就是八旗全師與敵交戰，偶有小勝亦改變不了大局。若是再延遲耽擱，必成全旗覆滅之勢。因慮及此，便同意由代善父子當先出京，往薊鎮、永平府、山海關等人先行撤離。而由他本人，帶著殘餘的上三旗滿蒙兵馬，連同由關外出征及在京師附近收編的七八萬漢軍一同南下，會同通州城數千守軍，挖築長壘深溝，以遲滯漢軍腳步，爲掩護滿蒙八旗帶著降人官員及闔城漢人百姓逃跑多留些時間。

此令一下，當下便由多爾袞兄弟諸人領頭，放縱旗兵洗劫京師庫藏，拷掠百官私產，又命京師漢人剃髮相隨，健壯男女丁口及能工巧匠全數出關，體弱不降者或是屠滅，或是任其生死。

離京之日，京師內烽煙四起，自太和殿而始，禁宮內多處火起，闔城之內，亦是火光大起，到處都是滿人殺人放火。而即將被押送出城的漢人哭聲震天，不少人離家之日，抱門而哭。被滿人兵丁如同牲口一般強行鞭打驅逐，稍有遲誤者，必定慘遭殺害。而全城百姓雖然家產被搶，己身爲奴，遭遇如此之慘，卻鮮少有敢抵抗者。全城百姓連同官員士紳，皆是眼睜睜看著家人好友身死眼前，妻女被人淫辱，卻也只是戰戰兢兢於旁觀看，無人敢發一言。除非是豪富之家，以銀錢珠寶交付給入門的滿蒙漢兵，才能勉強保得一時平安。

五六十萬人的百姓在冬日的酷寒中踉蹌出得北京各城，在如狼似虎的八旗兵丁的看押之下，在白日化冰的泥濘道路中艱難前行，往著數百里外的山海關而去。不少人心中絕望，害怕到了遼東之後更加堅苦難捱，或是在城內便闔家縱火自焚、上吊投井而死，或是在行路途中捱不得辛苦，挺身而逃，被呼嘯而至的旗兵或是刀砍，或是箭射，一時間逃脫無路，均是身死路邊。

只是千算萬算，卻沒有想到漢軍會以強大的海運能力運送三衛主力至關門之內。在漢軍主力與皇太極所率的遼東漢人八旗接戰之前，一路兼程趕往山海關周圍警戒的八旗前鋒，已然在永平府周遭與漢軍小股部隊遭遇。原以爲小股騎兵與步兵漢軍交戰必定可以略撿便宜，誰料對方在沒有火炮的掩護下，以長矛、火槍刺刀方陣，輔以小炮、手榴彈、火箭、鐵珠、尖刺等各式各樣、希奇古怪的武器應敵，幾次交手下來，八旗兵每次均是死傷慘重，而適應了敵人戰法的漢軍死傷越來越低。天寒地凍下受創的八旗兵雖然不必擔心傷口感染，可是更因嚴寒導致醫治乏術，傷者身體越發虛弱，每次交戰下來，身體內佈滿漢軍槍子的滿人經常在痛苦哀叫中，在周圍夥伴的注視下極其痛苦地死去。

其爲如此，滿蒙八旗雖然人馬眾多，自前鋒過後，大軍齊集，人數越來越多，只是心忌漢軍火力過強，若是占據了山海關天險，縱然是己方人數占優，卻亦是殊無把握。各人一時半會都是拿不定主意，而一向當家做主的皇太極卻又不在此處，各人無奈之下，只得先在永平府一帶安身，一來四處劫掠

財物人口，二來派人速往通州尋皇太極，詢問他該當如何是好。

與漢軍僵持一天之後，一直處於半昏半睡之中的皇太極在大帳中接到了來自永平的軍報。信使在半途中遇到了豪格，原本就不想撤退的肅親王正好得到這個理由，當即便駐屯於京師城下，等候其父的命令。

「事不可爲矣……」

眼見皇上面色蒼白，輕輕將代善等人親寫的急報扔在地上。軍帳內等候皇太極處斷緊急軍情的使者急得滿頭大汗，被他掀開的帳門被寒風拍得啪啪作響，冷風不住吹進來，夾雜著嗆人的硫磺味道。

自清早接戰，此時已是山暮斜陽，清軍陣中炮聲越來越稀疏，自漢軍調準焦距，撲天蓋地的炮彈傾倒在清軍炮隊之中，剛剛與敵手學會集中火炮做覆蓋射擊的清軍，承受不了如此猛烈的打擊，炮手紛紛陣亡，火炮不是被敵人炮火炸毀，就是承受不了高密度的轟擊，自行炸膛毀壞。

因爲火力越發微弱，前線清軍已經抵擋不了漢軍的進逼，幾個時辰下來，漢軍前鋒已經將清軍的第一道防線打垮。若不是因爲皇太極早有準備，徵集通州附近的民伕挖開凍土，以長溝、木柵、土壘，配合各式各樣的小型火器及弓箭手苦守，在十餘萬漢軍步騎大軍的打擊之下，如此堅實的防線仍告不守，而其餘延伸的防線遠遠不如前方，只是天色漸漸黑暗，漢軍不爲已甚，已經開始在突破處打掃戰場，穩固防線，騎兵開始往清軍陣後移動，準備包圍攻擊敵軍側翼。

「皇上，您拿個主意啊！代善王爺，還有睿親王、英郡王都拿不定主意，咱們是強攻關門，還是繞道草原回遼東？」

皇太極目光一閃，原本半躺在床上，卻突然推開侍從遞上的湯碗，半坐起來，向那使者道：「他們是豬腦子麼？代善哥哥年老糊塗，莽古爾泰遇事無謀。可是多爾袞他們呢？敵人若是此時到了關門，你們還不快些放棄百姓，只攜帶糧草，快些入草原回遼東，還在那裡耽擱遲誤！」

他說到此處，已是氣喘難耐，頹然倒在床上，揮手向那使者道：

「要他們和蒙古諸王好生交結，多送金銀給科爾沁等幾位蒙古汗王。如是遼西不可安身，漢軍一路攻殺過去，就往老林子裏退。別顧著盛京了，帶著族人一直北退。前年，我派人攻伐苦兀島，殺了通古斯野人的幾個族長，他們都害怕，帶著東珠毛皮來請降。你告訴禮親王，密林和島上雖然困苦，不過土人勢力很弱，漢軍又不便以火器大隊進擊，可以安身。別再惦記盛京繁華，那已不是故鄉，若是戀棧不捨，會害死全族的。」

見那使者仍然呆立在帳內，皇太極怒道：「還不快走！告訴豪格，他要是還不捨得走，只怕也走不了了。」

「是！奴才這便去辦。」

皇太極閉目不語，耳聽得那使者靴聲橐橐，漸次去遠了。大帳裏的近侍領班費揚古一面命人撿起適才摔破的湯碗碎片，一面跪在皇太極臥榻旁邊，向他輕聲道：「皇上，不如現下就由奴才們服侍皇上

起身，趁著敵人未能破陣，先往京師與肅親王會合一處，然後沿著草原退往遼西吧。」

「我是不成的了……你帶著我的擺牙喇侍衛，去追豪格！」

「大汗！」

皇太極適才說了那麼多話，其實已是迴光返照，再難支持了。他原本就是油盡燈枯，又爲此事耗盡心神，想到八旗大軍很可能被人全數消滅在關外，而遼東故地亦是很難保有。他與努爾哈赤父子兩代幾十年的心血，以建州女真全旗這些年來無數人的鮮血生命換來的成就，卻在這短短幾年內，被一個漢人小子輕鬆抹消，此時身爲將死之人，種種回憶紛沓而來，走馬燈似地在眼前晃動不休。時而是父親威嚴自信的神情，仿似在責備他不能保有父業；時而是那些戰死在戰場上的八旗子弟的身影，一個個滿臉鮮血，身上全是刀槍箭矢，向他們的大汗責怪，怪他不能領著旗人攻伐天下，反而連原本的基業也保不住；而想到宸妃之時，又是嘴角微微露出笑容，想到就要去與愛妃相聚，心中不但不怕，反而充滿喜樂之情；只是他到底身爲女真全族之主，不能沉溺於兒女情懷之中。想到最後，終於又想到八旗大軍現下被阻在關內，不能返回。

想到此處，只覺得又急又怒，卻又是全無辦法可想，喃喃語道：「我死後，女真人誰能撐得住大局，誰能領著族人對抗張偉？不成，我要起身，我要領著大夥！有我親自過去，一定能想出辦法來！」

他霍然起身，半直著身體想往臥榻下跳，費揚古忙上前攙扶，向他道：「皇上莫急，咱們這就起身，由皇上領著，女真人一定能重振雄風！」

說到此處，卻又感覺皇太極搭在自己臂膀上的手越來越沉重，整個身體又斜倒下去，費揚古心中暗嘆，知道適才只不過太過激動，才能差點兒站起來。因又湊上前去，正欲安慰，卻見皇太極兩眼緊閉，口鼻間已是一絲氣息也無，面頰間一縷潮紅，顯然是已經逝去。

回頭轉身看向帳內侍立的諸侍衛，費揚古沉聲道：「不准哭，不准喧嘩。把準備好的棺木馬車弄過來，一會兒天黑透了，咱們就走！」

因爲皇太極是以重病之身前來，對身後事早有準備。所有的近支親貴都不曾帶來，上三旗的大將大臣亦是全數跟著豪格退走，就是一向得他喜歡的侄兒薩哈廉苦苦求告，亦是不曾讓他前來。是以此時身死病故，各侍衛雖然悲痛難抑，卻是迅即將他小殮後收入棺木，放在一輛運送糧草的馬車之內。各侍衛將大帳內的燈油添上，帳門緊閉，留著幾個不知情的小侍衛把守帳門，其餘人等皆是裝成押送糧草的兵士，趁著夜色悄然而行，待繞過通州城池，一路打馬狂奔，由京師之側直奔山海關方向而去。

他們日夜攢行，哪管身後八旗漢軍死活。自從這一眾侍衛將皇太極屍身運走，大帳內外皆由一些小侍衛嚴密把守，任是誰求見亦是不可。馬光遠統領數萬人的天助軍，十餘年前就開始跟隨努爾哈赤左右，很得皇太極的信重，竟也是閉門不納。

一眾漢將倒也不氣，心中卻隱隱然覺得不對，是以不斷地請安問好，期望皇太極能夠接見一次，以定軍心。

第六章　八旗之滅

到得第二天清晨，八旗戰馬凍死無數，自畿輔搶掠而來的糧草已然告罄。自總兵官以下，不能飽食，亦無有柴草供暖。八旗士卒呵手呵腳，擁擠躲藏於軍帳之內，饒是如此，仍然耐不住寒，一夜天光之後，已是抬出無數凍餓至死的屍體。

待到得第三日天明絕早，由馬光遠親領過百將軍，在皇太極帳外長跪哭號，請求皇上召見。那大帳內卻是一點聲息也無，不但皇太極不肯接見，就是那幾個常露面的侍衛亦是不見蹤影。待逼問那些把守皇帝御營的小侍衛，卻是一問三不知，只是不准這些將軍進入，其餘一概不管。

此時，不但馬光遠等人知道大事不妙，縱是祖大壽等新降漢將亦知道事情不對。這幾天來，漢軍不住地狂轟濫炸，清軍雖然殊死力戰，奈何漢軍不但火器遠過清軍，就是勇猛敢戰，臨陣肉搏，亦是不在這些遼東漢子之下。漢軍陣地不住前移，將清兵強迫民伕修築的長壘壕溝不住填平，眼看炮彈已經在皇太極的御營附近不斷落下，幾天下來，七八萬清兵已然死傷近半，眾將顧及身後的滿兵和皇帝，只是咬牙苦頂，並不敢退後。況且此次交戰乃是取的陣地固守之勢，若是四散而逃，漢軍遊騎前幾天就在兩側遊動，以步兵的兩條腿能跑得過人家的騎兵麼？只怕逃不到十里路，就全數被砍翻射倒了。

各人均是又急又怕，不知如何是好。是以眾將合議，這一日決意不管如何，一定要請見皇帝。

此時御營內寂靜無聲，守門侍衛不為所動，眾將在皇太極的積威之下，竟然不敢如事前商議好的那般強闖進去。

「站住，你們都過來！」

馬光遠正無奈間，突見一眾往皇帝大帳送吃食的伙頭小軍，他不敢向皇帝的侍衛發火，卻指著他們，疾聲厲色喚將過來。

一眾小軍哪敢違抗他的將令，立時抬著食盒小跑過來，向馬光遠道：「總兵大人有何吩咐，立請示下，小的們這便去備辦。」

「我問你們，皇上這陣子胃口如何？飯進的可香，一頓吃多少？」

那小軍頭目凝神皺眉：「吃的不少，今兒早上的一大碗老米粥全吃光了，一條鹿腿子也全留下來了。其餘幾個小菜，也吃完了。」

「皇上胃口是今兒剛好的，還是一向如此？」

「回總兵大人，這幾天來一向如此。每次送飯，在帳外有人接了，然後都吃得光滑乾淨，小的們

見皇上胃口這麼好，這幾天加倍巴結，皇上都進了，小的們都很歡喜。」

馬光遠聽到此處，已知道皇帝非死即逃，心中又急又氣，當即將那伙夫頭子推到一旁，揮手向自己的親近屬下道：「軍情緊急，皇上就是臥病在床，也得請見，大夥兒隨我來！」

說罷，引領著一眾漢軍推開侍衛，一行人等急匆匆奔進御營之內，在皇太極大帳外猶豫片刻，便由馬光遠先行掀開，眾人一股腦兒撞將進去。大帳雖大，卻是容不了這麼許多人同入，一時間帳內帳外百多名大將站立等候，一個個心中惴惴不安，唯恐聽到皇太極的斥責聲。

過得半晌，卻見馬光遠等人面色灰白，如喪考妣。祖大壽心中明白，卻假做不知，急步迎上前去，向馬光遠問道：「皇上呢？是否正在歇息？」

被他一問，回過神來的馬光遠忍不住頓足罵道：「娘的！皇上沒影兒了！」

各人均是大驚，齊聲問道：「皇上跑了？」

「現下還不知道，待問一下帳內的貼身內侍就知道。」

眾人扭頭一看，見隨同入帳的天助軍的眾將軍將兩個皇太極的貼身內侍，擒小雞一般地拎將出來，扔在眾人面前。

祖大壽上前一步，踩著其中一個侍衛的小腿，向他獰笑道：「快說，皇上哪兒去了？你要是敢虛言欺詐，胡說八道，老子就在你身上穿上三刀六洞！」

那侍衛跟隨皇太極多年，最是忠心不過，此次主子病死，早有殉死之意，是以自願留下來倒掉送來的飯食。此時見祖大壽一臉兇惡，卻也不懼，只冷笑道：

「你們漢人一向自認爲心思狡詐，陰謀詭計厲害，這一次，卻還不是被皇上料到，白白在這裏填了餡兒。告訴你們，皇上兩天前便病逝了，現下龍體約莫已經過了京師地界，往山海關那裡去了。」

祖大壽尙未答話，馬光遠等歸附多年的舊將卻都大叫道：「混帳！老子們自跟隨老汗起，爲後金和大清賣了十幾二十年的命了，皇上爲什麼要這麼瞞著咱們？一定是你們這些侍衛自做主張，當真是可惡之極！」

「呸。現下你們叫喚幾聲，不過是一時氣憤難耐罷了。皇上前幾天說了，切不可讓你們聽到消息，如若不然，他當日亡，你們必定當日降。對面的軍隊，也是你們漢人，皇上說，漢人有話，非我族類，其心必異；此時大難臨頭，指望你們效忠是別想了，只盼著能瞞住你們，多拖幾天，就算是你們盡了忠了。」

各將這才恍然大悟，知道這確實是皇太極親口所言。馬光遠等人鐵青著臉並不說話，祖大壽與吳襄等新降漢將卻齊聲道：「既然如此，大家不如就降了吧。」

見馬光遠仍不發話，祖大壽又道：「馬總兵，你也是漢人，當年不過是被老汗俘住，爲了性命降了。這些年隨著佟養性跟著女真人賣命，殺了不少本族之人，現下若不趁著咱們有些本錢，降了還好說話；若是戰陣之中被人逮住，那時只怕性命難保。」

馬光遠默然佇立，並不作聲。祖大壽等人著急，正欲再勸，卻見他猛然將腰間佩刀拔出，一刀一

個，將那兩個近侍殺死。眾人知道其意，便紛紛抽出刀來，將周遭所有的滿人侍衛全部殺死。

此事做完之後，幾名統兵大將方命各人返回營中，部勒下屬。又派出使者赴漢軍營中，請求漢軍接納他們投降。

使者過去不過小半個時辰，漢軍的火炮便已停止射擊。這幾天來一直縈繞在諸人耳邊的轟隆隆的炮響終告停止，各人都是長嘆口氣，命令所有的清兵丟盔棄甲，放下手中兵器，拆毀阻擋漢軍前進的路障，填補挖好壕溝。過不多久，便見一隊隊的漢軍開拔進來，三萬餘漢軍將灰頭土臉的幾萬清軍分割成塊，分別看押。

祖大壽等人倒並不驚慌，關寧軍系與張偉交情深厚，想來必定不會與他們爲難。馬光遠等人乃是投降多年的漢奸將軍，歷次從征入關，殺掠無數。與明軍一系仇怨甚深，對漢軍亦是全無交往。待看到漢軍一隊隊開進營來，將自己的心腹手下全數隔開，雪亮的刺刀逼住投降的清兵上下，各清兵都是垂頭喪氣，蹲在地上，一語皆不敢發。

馬光遠心中害怕，因見祖大壽相隔不遠，便悄然走到他身前，向他道：「祖將軍，一會兒漢帝過來，還請將軍爲我求情。若是皇帝要殺我，總望將軍能救得一條性命。大恩大德，將來必有厚報。」

祖大壽正待答話，卻見不遠處塵頭揚起，蹄聲得得，顯是有大隊騎兵過來。他便立時住嘴，知道必定是漢軍有大將過來，甚或是皇帝親臨。

稍頃過去，只見數百名束甲騎士奔騰而來，各人都是左胳膊上有一小型圓盾，右手按著漢軍的制式長刀，一個個虎視眈眈，看向被集中在一處的降將。

「這是漢軍的禁衛騎兵，盾牌上飾金龍，胸前鐵牌上刻的騰龍亦是鍍銀。諸位小心，此番過來的必定是漢帝。」

祖大壽小心提點完畢，便一意凝神遠望，只見不遠處在眾騎環繞之中，果有一人身著明黃龍袍，頭戴翼善冠，上繡金龍，腳著朱履。這般打扮，自然是張偉無疑。那些遼東的在旗漢軍也罷了，此時的清兵陣中，尚有近半是在寧錦一役中隨著主將投降的前明關寧鐵騎，看得完全漢軍帝王打扮的張偉騎馬過來，各人都是感奮，心中興奮，不由得蹲在地上，與漢軍一齊高呼萬歲，其餘清兵亦是相隨，一時間方圓十數里內，皆是高聲大叫，聲威震天。

諸降將因見如此，原本尚存的羞愧之意與矜持之心盡消，眼見張偉行得近了，便亦都跪下行禮，高呼萬歲不提。

他注目看去，見各人都低頭跪在道路兩邊，便高聲笑道：「諸位將軍深明大義，幡然悔改，自今日起，先是我大漢的子民，又是我大漢的將軍，不必再做罪囚模樣，請都起來。」

見各人都叩首後站起，張偉與祖大壽曾在遼東會晤，算是熟人。因向他略微點頭，便又道：「若依照我原本的想頭，是巴不得各位繼續打下去。那麼，我可以在破陣合圍後，將各位悉數坑之，一個不饒！」

他厲聲道：「何也？舊明的士兵降將，除了罪大惡極之輩，我皆是信重使用，並不爲難，爲什麼

一心要殺掉你們，甚至這幾萬人一個不留？皆因各位棄故國衣冠，剃父母所留之頭髮，事異族蠻夷征伐故國，殺害同族，當真是可惡之極，思之令人痛恨！」

這些降將自馬光遠以下，皆被他訓得膽戰心驚，害怕之極。雖然張偉話中並沒有再爲難殺害之意，只是惹得皇帝如此動氣，只怕將來也未必能有好果子吃。當下各人又全數跪下，低頭齊聲道：「臣等罪該萬死，請陛下誅戮，以正典刑，以爲來者之戒！」

「不必！各位中有祖大壽祖將軍，他先是在大凌河被俘，詐降出逃，又在錦州堅守一年，糧草耗盡，外城失陷，無奈之下這才請降。即便如此，亦在暗中與漢軍聯絡，希望有一天能收復漢人失地，消滅東虜。各位，這才是漢人中的好將軍！今日且看他的面子，不再爲難你們。下去安撫士卒，聽著漢軍指揮行事，都去吧！」

斥退諸將，張偉便又向祖大壽與吳襄等關寧諸將道：「皇太極死了麼？」

祖大壽等人聞言愕然，卻不知道他何以得知。當下由祖大壽出前一步，向他答道：「陛下，皇太極確實是死了。未知陛下何以得知，尚乞明示？」

張偉先不答話，只向他們道：「領朕去看！」

由一群將軍引路，數百名禁衛騎士簇擁著張偉一路向前，直到了皇太極大帳之外，方始停住腳步。

張偉神色黯然，入得皇太極帳內，親視其留下的物品。只待看到一張大弓，上纏金絲，知道是皇太極的御用之物，便輕輕取將下來，吹去上面浮塵之後，將弓箭遞給身邊的王柱子，向他笑道：「柱子，你力氣很大，拉一下給我看看。」

王柱子也不打話，伸手拉過長弓，展開臂膀，用力一拉，那弓卻只是半彎，那王柱子拚命又拉，臉上青筋暴起，額角汗氣蒸騰，卻再也休想拉動分毫。

張偉輕輕擺手，止住他繼續。將那弓又拿了過來，向隨行進來的降將們問道：「有誰來拉？」

眾降將皆搖頭道：「末將等皆不能拉動，不敢獻醜。」

張偉扭頭見王柱子仍是一臉不服氣模樣，便向他笑道：「柱子，別不服氣。這弓是皇太極一生最愛，其力甚大。尋常的滿漢將軍都拉它不動。你的力氣已經算大，還能拉個半圓，換了其他人，想它動動，也是難呢。」

說罷，先吩咐人將這弓箭好生收起，方又大馬金刀，坐在帳內皇太極平素議事時所坐的座椅之上，向著祖大壽等人道：

「皇太極不死，爾等就只能死戰。他一日不死，爾等便不敢言投降一事。今日既然降了，想必是發現他已經死去。若是我所料不錯，想來他的棺木，此時已被萬騎或是飛騎截著，帶將回來。」

祖大壽聞言驚道：「陛下，難道早已料到此事，這幾日在咱們大陣兩側遊騎的，只是小部騎兵，大部已然往京師一帶追擊滿人了？」

「不錯。半月之前，漢軍主力三衛已至山海關一帶佈防。五天之前，萬騎與飛騎的主力已然往京

師一帶堵截防備，與駐在薊鎮與永平府一帶的八旗兵遙遙對峙，使得他們不能輕鬆後退。漢軍的龍武和龍驤兩衛十餘萬大軍早就由大同出兵，占了京師西北的沙井、萬全等處，在草原邊上連打幾個勝仗，把那些蒙古部落攆得遠遠的。然後我又命他們沿著長城直撲薊鎮之北，設防佈陣，等著追堵滿人敗兵。」

此時，這軍帳內都是自幼便在行伍軍營中長大的遼東大將，對邊境情形自然是知之甚詳。略一思索，便已知道漢軍佈陣情形。祖大壽因道：「陛下佈置甚是妥當，已將八旗大軍合圍關內。咱們不如即刻揮師直追，與萬騎與飛騎會同一處，直殺到關門之下，到時候幾路大軍一起動手，足矣將敵輾成齏粉。」

「敵人不戰而逃，如之奈何？」

祖大壽瞠目道：「滿人一向勇武……」話未說完，便猛拍自己大腿，慚笑道：「他們被陛下打怕了。咱們被他們打怕了，還以爲是當初縱橫遼東，所向無敵的八旗大軍呢。既這麼著，依臣看來，滿人多半會不攻關門，由薊鎮一帶直入漠北沙漠，然後逃往遼西。周將軍與孔將軍對付數目差不多的八旗軍，雖然必定能戰而勝之，不過想全數殲滅，只怕很難。滿蒙八旗都是騎兵，多半是一人雙馬，甚至有一人三四匹馬，奔騰起來快不可擋，縱然是能將其擊敗，亦很難追擊得上。而需防禦的地方又是很大，很難面面俱到，只怕此次還是要放虎歸山，將來再殺到其老巢之後，方能全數殲滅這些丑類。」

此時，帳外傳來一聲聲的集結軍人的號角，清軍降部各依將軍所令，只是攜帶隨身物品相隨出營，由漢軍安插至各處宿營，等著改編。張偉聽得聲響，出營觀看。只見一股股頭戴紅纓笠帽，腦後垂辮，身著青綠箭衣的降軍拋弓棄劍，乖乖的隨著人數遠少於自己的漢軍往大營之外行去。

張偉因扭頭向著諸降將道：「人若是無愛國忠義之心，枉顧民族大義。縱然是兵甲精良，人數眾多，亦是一團散沙。其實當日我與皇太極會晤之後，便得到山海關傳來的軍報，知道滿人前鋒已至。在此處於我師交手的，想必是你們這些漢人降軍降將。到了最後這一刻，滿人自然是只顧自己性命，再也不會理會你們。」

眾將心中並不服氣，總覺自己投降，一則是遭了滿人背棄，心中亦不願為敵效力；二則是漢軍火器犀利，實難抵敵之故。不過這一層卻也並不敢說，只是隨著張偉話頭，齊聲答是便罷。

卻聽張偉又道：「至此之後，凡有敢投降異族，甘心棄故國衣冠，為禽獸裝扮者，再也不容。馬光遠之輩，與卿等原不該一體對待，只是此輩雖然可惡，我卻不願有殺降背信之名。雖然如此，此輩漢人卻不可再用，以為垂例。」

各人聽他如此嚴厲，便都更加了幾分小心，因都答道：「臣等知罪，日後便是斧鉞加身，亦不敢投降異族，甘為鷹犬。」

張偉卻不理會，又重回座中坐定，方又說道：「我已接到前方軍報，京師大火，太和大殿被焚，前朝宮室也有不少損壞。所幸滿人急著逃走，並沒有大舉縱火，宮室十之八九尚且完好。雖然如此，城內民居亦有近半燒毀，城內居民只留存一半不到。其餘或是被殺，或是被滿人強掠出城，隨同往永平府方向去了。此時的北京城內，疫病流傳，屍骨遍地，十室九空，民無所食。」

他越說越是臉色鐵青，神情嚴峻，眾將都是心驚肉跳，又聽得他接著道：「滿人入城之初，家家戶戶燃起香燭，以黃土鋪路，高呼萬歲，歡迎這些蠻夷入城爲主。城內的士大夫平素滿口仁義道德，君臣大義，待強兵一入，立時背棄舊主，不顧倫常，投身以事胡人，太過無恥！我每思京師慘局，未嘗不心中難過。然則又想起這些人以爲侍奉委身便可脫難，不顧祖宗，不顧家國，只想以身而免，如今遭遇之慘，竟讓我微覺痛快！我已命人將京師情形繪畫成冊，刊行天下，教天下漢人得知，委身以事胡虜，到最後是個什麼下場！」

「是！臣等知道！」

祖大壽等人一語說完，方覺自己聲音之大，已是把自己都嚇了一跳。各人現下看到張偉神色，心中已然絕對沒有適才的如沐春風，只覺得此人陰狠刻毒，太過可怕。各人都是手心中微微出汗，老老實實躬身聽訓。

正惶恐間，卻聽得耳邊窸窸窣窣一陣聲響，張偉已是起身，向眾人道：「爾等下去，慎思己過。將來還要用你們，是以要嚴訓，爾等知過以後，仍可爲漢軍的好將軍，爲大漢開疆闢土！」

又向祖大壽及吳襄勾手示意，將二人喚到身邊，先向祖大壽道：「你即刻下海，帶些親兵衛士，往軍前效力。擊敗關門的滿兵之後，大軍勢必揮戈直撲遼東，寧錦、廣寧、左屯衛，一部漢軍已由朝鮮過鴨綠江，直撲瀋陽。關外戰事頗多，你是關外的老行伍，曾爲總兵大將，在遼東很有名望。你一來領路參謀，二來安撫所克城池，你可明白？」

「是，臣必定竭忠效力，不負陛下厚望。」

張偉向他看了一眼，猶豫片刻，方始下定決心，向他道：「我已有手詔給前方諸將，自你一到，召集遼東漢人，指認各處滿人，老幼婦孺盡皆歸入一處關押。青壯男子已多半在軍中，不必多說，若是偶有漏網者，你指認出來，一一誅殺。攻克瀋陽等處後，還需向奴兒干都司舊地進兵，那時由你做主，焚毀各地城寨，誅殺部落青壯男子，遷婦孺至內地，到時候與滿蒙遺民關押一處，遷至內地混居。凡此種種，你可明白？」

祖大壽汗流浹背，心中只覺驚怕莫名，見張偉用懷疑的眼神看向自己，他立時覺得後背一陣發麻，忙大聲答道：「臣明白，一切依陛下指令去辦！」

張偉咬牙道：「我亦知道太過苛酷。不過，滿蒙青壯男子，哪一人手上沒有漢人的人命？憑他能殺得，我便殺不得？況且東北極邊酷寒之地，我雖決意開邊，要把雙城衛、赤麻河衛、囊哈爾衛、兀的河衛、斡難河衛等明朝舊地悉數收回。除此之外，要把草原肅清，在和林之西、之北，建城守衛，將蒙古人的舊地亦全數收為大漢疆土之後，滅韃靼，在舊瓦剌駐軍之所，立軍設衛。如此廣大的疆土，開初之時，便要以嚴苛立威，絞殺那些密林深處桀驁不馴的蠻夷異族。」

聽到此處，祖大壽與吳襄雖然仍覺太過慘酷，卻亦不覺為他的打算而折服。兩人由衷答道：「陛下神武，若當真是如此，自此華夏不復為邊境蠻夷所苦矣。」

吳襄曾為武舉，肚裏還有幾分墨水，因又道：「明朝二百餘年，除了成祖曾開邊外，無不為蒙古

所苦。至神宗年間，遼東之事疲壞，又被建虜所辱。今陛下有意開邊收回蒙元未有之廣大疆土，臣身爲武臣，不勝期盼欣喜之至。唯願陛下使用，能效犬馬之勞矣。」

張偉點頭笑道：「正要說到你，祖大壽赴遼東，你去京師爲鎮守總兵，憑著你是舊明武臣，快些收攏殘局，穩住人心。我撥給你糧米，你在京師發賑，那些趁亂虛冒，或是趁火打劫的流氓無賴，給我狠殺。」

見吳襄稍覺失望，張偉又道：「不必著急。你的次子吳三桂此刻正在遼東，爲漢軍引路立功；賢父子不久後重聚，誠爲我漢朝武勛之家第一，如此榮光，還不滿足麼。」

吳襄並不知道此事，此時聞言大喜，急忙跪下叩首謝恩，眉宇間已是喜上眉梢，難以掩飾。

祖大壽家人弟子甚多，已打定了主意此次要帶著一同前往，使他們建功立業。此時雖見吳襄如此，也並不眼紅，只隨著向張偉行禮如儀，便待叩頭而出。

卻因心中一事委實難以放下，雖見張偉已是轉身待行，仍忍不住問道：「陛下，適才說在山海關與敵接戰，難道滿夷敢強行以騎兵攻入關門麼？」

他心中奇怪，也不顧君前失儀，緊隨兩步，又凝神細思，喃喃說道：「他們皆是騎兵，關門處三衛漢軍卻全是步陣槍兵，火器犀利之餘，又有山海關天險可守。難道滿人發了瘋，要衝關而入？」

張偉見他如此癡迷，倒覺好笑，因停住腳步，向他微笑道：「將軍倒也有趣，怎地，怎麼也想不通麼？」

「是，臣愚昧，無論如何也想不出滿人何以敢攻山海天險。」

「他們不敢攻，咱們不能放麼？」

見他仍是不解，張偉大笑道：「將軍還是太過拘泥！滿人不敢攻關，是因山海天險，漢軍依關而守，以火器之利，城池之險，攻關乃是自尋死路。若是咱們後退一步，讓開關門，示敵以弱。他們明知道對面有大股漢軍，不過自恃騎射之精，你道他們會不會試著入關之後，衝陣打上一仗試試？」

祖大壽此時已是茅塞頓開，恍然大悟。略一思忖之後，便知道此舉雖然冒險，卻是絕妙之舉。山海關一帶地形甚窄，比之在漠北一線堵截，可以最大限度的殺傷敵人。一戰擊敗八旗後，八旗敗兵又需與孔有德及劉國軒所部交戰，然後才能殺出生天。幾次三番之後，滿蒙八旗又能有多少人逃到大漠草原？如此設計，雖不是精妙絕倫，卻又是自己的漿糊腦袋想不到的。

至得此時，遼東關寧舊將不但害怕張偉之手腕酷烈，亦是心服其戰略奇思，自此心服口服，無有他意了。

整個北伐戰役自通州一役後，已然是大局已定，除了等候山海關大捷的戰報傳來，其餘戰事均殊無懸念。

張偉先是派遣左良玉爲京師鎮守總兵，令吳襄等前明降將跟隨襄助，迅速安定北京局勢。三衛漢軍讓出關門後，滿蒙八旗經受不住突破敵防就直回遼東的誘惑，各旗主親王、貝勒合議之後，趁著關門

空虛，直撲入內，妄圖打破漢軍防線，直回廣寧，然後再看局勢如何發展。

漢軍退入關內，沿途佈置防線，在滿人必經之地設防固守。滿蒙騎兵連同歸來的豪格所部，仍近十萬。八旗兵並不先行攻擊，而是驅使一路掠來的數十萬百姓以爲前驅，原以爲必定可以擾亂漢軍防線。誰料漢軍幾個前線的大將軍均是親身參與過當年襲遼之役，當下不管不顧，全師陣線一齊開火，百姓四散而逃，反將滿蒙八旗自身的陣腳衝亂。各旗無奈之下，只得冒著敵人火力猛攻，卻根本靠不到敵人的邊。如此幾次三番，各旗上下均是死傷慘重。綿延數十里的戰場之上，四處均是滿蒙戰士的屍體，受創者得不到醫治，輾轉哀號，痛苦萬分。

豪格此時實力最弱，其父已然死去，十幾年的積威經歷過若干次慘敗後，威望大減，此時不但沒有歷史上幾十位兩黃旗大臣立誓要保皇太極之子繼位，反而是對豪格等諸兄弟意見叢生，甚難服氣。然而正因其實力最弱，聲望最低，在王大臣會議之後，各親王貝勒均道：

「他父子二人把事情弄壞，現下弄得咱們進退不得，該當讓肅親王帶領本部兵馬，爲八旗全師開道。」

代善與碩托等人雖然與豪格交好，當此生死存亡之時，卻也顧不得許多。豪格百般求告無用，知道此時是虎落平陽之際，若是自己此時惹發眾怒，老賬舊賬翻將出來，再有其父執政多年，雖然很得眾人信服，卻難免也有得罪之處。這些說不清道不明的東西一股腦兒壓在他的頭上，到時翻了出來，別說保住旗主親王，只怕是保住性命就是謝天謝地了。

無奈之下，只得統兵往前，拚死而戰。連續數日，不住前插狠攻。憑著手下都是精壯能戰旗丁，對面漢軍防禦地域過大，火炮又有過半留在天津戰場，這幾天來在他的狂衝猛打之下，卻也能夠前進一些。只是越往前去，漢軍火力越猛，作戰亦是越發勇猛。

此次前來堵截滿人歸路，又先示敵以弱，引敵出擊的漢軍乃是三衛主力，衣甲精良，訓練有素，又有作戰經驗，休說是以優勢火器對敵，便是純以冷兵器對戰，面對八旗亦是不遑相讓。

這一日豪格親率五百精騎，當先衝入敵人陣中，呼喝大叫，揮刀猛劈。以期望後面的部下能夠感奮，一扭頹風，隨之衝上。誰料入得敵陣不久，便被敵人以火箭、手榴彈、撞針槍，將自己身邊的親兵紛紛打落下馬。豪格本人身著重甲，雖然亦中了幾槍，卻無大礙。眼見敵人均是手持著如長矛一般的長槍，雪亮的刺刀寒光四射，逼得人睜不開眼，如同刺蝟一般的槍林不住進逼，幾百兵騎兵根本逼近不了敵人身邊。

豪格左揮右擋，手中的大刀卻根本劈不到敵人，卻在一不小心之下，被人以刺刀戳中胳膊，當即一個對穿。豪格吃痛不住，翻落下馬，被十餘名漢軍團團圍住，刺刀亂刺，將這位幼年從軍，征戰多年的肅親王戳得如同血葫蘆一般。

眼見主帥身死，各旗兵原本就是士氣不振，此時各自心膽俱裂，立時逃竄而回。後陣的其餘各旗接應之後，眾人都是愁眉苦臉，一籌莫展。

仗打到這個時候，八旗上下均無戰心，士氣大落。蒙古八旗乃是自努爾哈赤起時以恩惠、姻親、

結盟等種種手段拉攏而來，這些年來，滿人戰無不勝，開疆闢土，蒙古人此時四分五裂，各部均無大志，跟著衣冠相同的女真部落撈些好處，自然是再好不過。待此時滿人自顧不暇，蒙人哪裡願意跟著他們一同赴死？自從京師出逃日起，便有不少蒙人陸續逃離，帶著由畿輔附近搶掠而來的財物逃向漠北。

待出關之後，戰事不利，那些原本分散居住在遼東及遼西各處，以雇傭兵或是農耕爲生的散亂蒙古八旗，已經星散逃離，再也不肯爲滿人效力。到豪格身死之時，就是最忠實的盟友科爾沁部的萬餘騎兵亦是全數逃走，滿人挽留不及，自上而下，哀痛難止，種種不利如此，各人均覺末日不遠，都存了不再作戰，繞道逃回的打算。

大漢二年三月初四晨，山海關外天降大雪，數日不止，數日間，天地蒼茫一色，至夜乃止。

到得第二天清晨，八旗戰馬凍死無數，自畿輔搶掠而來的糧草已然告罄。自總兵官以下，不能飽食，亦無有柴草供暖。八旗士卒呵手呵腳，擁擠躲藏於軍帳之內，繞是如此，仍然耐不住寒，一夜天光之後，已是抬出無數凍餓至死的屍體。

正是沒道理處，漢軍自朝鮮征遼東的援軍趕到，火力人數大增。神威大將軍江文瑨又仿當年韓信垓下楚歌之計。命人將俘自遼東各城的八旗貴戚、女子孩童押到陣前，鞭拉恐嚇，使其哭聲震天，淒慘之極。

眾八旗軍兵先是憤怒，不待長官命令便已集結一處，拚死邀戰。待打到晚間，卻仍是大敗虧輸，被人打得丟盔棄甲而回。晚上冰冷如故，四周陰惻惻都是婦孺孩童的哭號叫喊之聲。滿人心慌又難過，一夜間軍心喪盡。

第二天天明，漢軍進擊，滿兵潰敗不能抵擋，大部逃散。代善急病而死，岳托、碩托自請殿後，被漢軍狙擊手擊斃。阿濟格與多鐸奪路而逃，半途被漢軍尾隨入關的飛騎圍住，兩人不肯被辱，力戰而死。至於其餘的能臣勇將，死傷無數，已是難以盡數。

多爾袞在此時已是八旗中地位最高，威望最大之人，此時無人與他爭位，他卻也無意要這大汗或是皇帝的位子，只盼能逃出生天，就是邀天之幸。竄逃出海關之後，一路往漠北逃竄，又收羅了一些逃敗散兵，以三萬餘旗兵猛衝孔有德與劉國軒的防線，幸好地域寬廣，漢軍人數不多，死傷近半之後，終於被他們逃入大漠，追之不及了。

八旗兵潰敗之前，一眾明朝降官早已被棄之不顧。周廷儒、溫體仁、周道登、張縉彥、魏藻德、周奎等人或是明朝閣臣，一人之下萬人之上；或者是明朝勛戚、鐘鳴鼎食之家，一眾人等自清兵攻入北京城後，便賣身投靠，成爲新朝新貴。

清兵戰敗之後，匆忙撤離，拷掠百官，逼迫私產。這些官總因賣身的早，當時局勢尚未敗壞到遼東亦不可保的地步。離京之日，眾官員帶著家人僮僕，跟隨在大軍之後，仍然是鮮衣怒馬，豪奴景從。到了永平府後，因百姓太多，好容易搜羅的糧食草料漸漸不敷，開初是令普通百姓自尋生路，漸漸連這些投降的明朝高官亦是棄之不顧。

此時這些前朝高官無衣無食，奴僕逃散，家人亦在亂軍中不知所蹤。起初跟隨左右拍馬奉迎的小

宦亦是逃之不及，消失不見。此時在這冰天雪地之中，眾人擁在一處，起初尚因黨爭而彼此傾軋，十數天日子下來，眾人都覺苦不堪言，此時倒漸漸摒棄前嫌，相互扶持，趁著清兵並不理會他們，一同往關內方向逃去，只盼能夠逃到漢軍治下，就算是逃出生天了。

起初約有三五十人一同出逃，待到了關內永平府地界時，卻只餘下十餘人，一個個骨瘦如柴，疲敝不堪。各人的厚衣華服都拿去與八旗兵換了吃食，現下吃盡了那些粗糧，又無冬衣禦寒，在這冰天雪地的薊遼大地上辛苦跋涉，沿途不住有人倒斃在地，餘下之人只是憑著一股求生的勁頭，繼續艱難前行。

「呵……」

周奎平素太愛享樂，哪裡受過如此苦楚。勉強靠著這些年來積聚在肚裏的肥膘撐到現在，十幾人縮在用石塊、瓦片挖出來的雪窩裏過了一夜，第二天便發現這位正牌的國舅老爺已經凍得直手直腳，兩眼翻白，一隻被凍得烏青的手伸向半空，不知道是在夢中撕裂烤鴨，還是摸向身著紗羅的美人？

各人也顧不上他，就地將他抬向一邊，扔在雪地之中。這些天來，無數前朝的名臣親貴就這麼倒斃於途，至於周奎時，各人早就麻木，原本的兔死狐悲之感蕩然無存，反而有人就順手將周奎身上的貼身保暖衣物剝將下來，能穿的便穿，不能穿的，就著雪地下一些枯草，點火燃燒，以爲取暖。

第七章　定鼎中原

自明朝京師一下，張偉便下令改京師為北京，並沒有遷都的打算。北京當時仍無自足能力，若是定都北方，每年仍如明清，至少四萬石的糧食由漕運北上。這麼賠本不當的事，張偉可完全沒有這種打算。明朝之所以定都北京，一者是朱棣當初立藩於此多年，很有感情；二者他好大喜功，以為可以憑一己之力，平定邊患。

溫體仁在諸人中年紀最小，身體最壯，清早在挖出的雪窩中起身後，便被各人公推派將出來，蜷縮著身子，一同出去尋找一些可以果腹的東西，就便四處走訪，看看有無人家，或是尋找官府。各人尋得一些舊衣物，又在雪底尋些枯草樹枝，續起昨夜的火來，圍坐一處，呆呆地向火不動。

周廷儒素重保養之道，這些天來雖然也冰餓難過，身子骨倒還扛得住，看到溫體仁在雪地裏艱難而行，他嘆一口氣，知道這人看似年輕強壯，其實很難堅持得住。心裏略一猶豫，便掙扎起身，戀戀不

捨地在火堆旁邊又烤一把火，然後起身追趕，氣喘吁吁跑到溫體仁身後。

「玉繩兄，你有心了！」

看到周廷儒上來相幫，溫體仁眼角微濕，縱然他心地奸狡陰狠，當此之時，卻因無用武之地而全無用處。而一路上，眾人由互相爭鬥而必需轉爲互相扶持相助，以前的那些恩怨早已消泯無蹤。各人都心中有數，若是還如同當年那樣，只怕沒有一個人能夠在這冰天雪地中走回關內，勢必將倒斃於途。

「長卿，昨夜你雖然位置在中，我卻聽你一直氣喘咳嗽，現下就剩這麼幾個人，夜裏越發難熬。只得咱們這些健壯些的，多吃些辛苦罷了。」

溫體仁點頭道：「周老先生年紀最大，此時已是年近七十，也難得他熬了過來。」

周廷儒亦是一笑，將手和脖子縮上一縮，方答道：「老先生平生最愛女色，家中寵妾數十，能熬到現在，確是難得。」

輕輕冷笑幾聲，溫體仁終究忍耐不住，向周廷儒道：「老頭子偷偷藏了幾塊馬肉在身上，每天半夜就嚼上幾口，還有早前拿金銀珠寶換得的人參，也貼身藏著，沒事就弄一片含在嘴裏，這麼著，才吊命到現在。若是不然，早死得挺直了。」

周廷儒先是吃了一驚，繼而稍覺憤恨，一時間低頭不語。兩人在齊膝深的雪地裏走了五六里路，已經是胸口氣悶，眼跳心慌，再也動彈不得。極目看去，四周卻仍是蹤影不見。一株株樹木掛著冰雕也似的樹枝，零星散亂地鋪排在四周。遠方有若隱若現的房屋屋頂出現，雖然相隔甚遠，卻總比前幾天奔行在無樹無人，天地間只蒼茫一色，只有若即若離的野獸嘶吼聲相隨左右的情形好過許多。

兩人隱約間看到房屋，一時間欣喜若狂，相視一笑之後，周廷儒便待繼續往前，卻被溫體仁一把拉住。

「長卿，那一處想必是個村莊，再往前就有集鎮。只是看起來近便，實則最少還有七八里路程。現下咱們已是累得不行，走到那邊縱是有了吃食，待回頭去尋他們，也必定是趕不及了。不如現下就回去，帶上那幾人一同上路的好。」

周廷儒看他一眼，點頭嘆道：「當日咱們若是如此，和衷共濟爲國做事，大明又何至於亡國！」

溫體仁低頭一嘆，答道：「到得此時，無衣無食，沒有家人僮僕，沒有錦衣車駕，那名利心反而淡薄許多。每夜凍餓難捱之際，想起那些起而造反的賊兵，未嘗不是餓極了、冷極了的人！咱們二人身爲大明內閣首輔、次輔，一心黨爭，收受賄賂，上對不起天子，下對不起黎民。又以衣冠以事蠻夷，雖死而莫贖矣。此次只盼能重回大漢家國，返回故里看看家人，然後尋新朝官府自首，以此身抵罪待死，方能一贖前罪。」

「兄言甚是，弟每常思己前過，亦是愧悔無極，今番得脫性命，一定投官自首，以補前衍。」

兩人談談說說，在路邊尋了幾棵小樹，剝下樹皮在口中嚼食，以抵擋胃中絞痛。一面往來路急回不停，此時心情興奮，提起勁頭來，不過兩個時辰，便已回到清早的宿營之處不遠。兩人看到營內煙火，均是興奮，一面高呼大叫，讓各人準備起身，一邊碎步急跑，往眾人烤火處直奔。

待跑得稍近一些，溫體仁眼尖，立時呆住不動，再也不前行一步。周廷儒心中奇怪，卻不理會，自己稍走幾步，卻見早晨走時還向火而烤的諸人全數歪倒在地，各人身上均是鮮血淋漓，已是死得僵直。

略微檢視一番，便知端底。原來是周道登今日越發虛弱，忍受不住，白日間就拿出馬肉乾烤食，其餘諸人見肉起意，先打死了他，繼而又互相爭食，你戳我砍，一夥人互相拚鬥，已是全數身死當場。

兩人看到如此慘景，原本還溫馨興奮的心思已是蕩然無存，相視苦笑一眼，均是頓足嘆道：「眼見前面已是光風霽月，一片坦途，這幾人卻糊塗至此！」

雖如此說，卻均是凜然自忖：「若不是我出去探路，知道前面就有村莊，留在此地看到人搶奪食物，我能忍得住不動手麼？」

當下收拾好這些人遺留下來的物品，撿起幾件貼身飾品以爲信物。因天色已晚，兩人體弱不敢在晚間走路，唯恐迷失道路；便又多尋了些柴草，點起火頭，兩個舊明大臣相擁而臥，擠在一處睡了一夜。

第二日天色一亮，兩人分食掉周道登遺留下來的肉乾參片，向著昨日踏出的足跡一路行去。一路上你攙我扶，踉蹌而行。得到傍晚時分，終於走近那村莊的路頭。看到莊內有炊煙裊裊升起，兩人喜極落淚，也顧不得擦拭，跌跌爬爬往莊內行去。

到得第一戶人家門前，便慌忙拍門叫喚，引得那人家內的狗兒不住叫喚，不多時，整個莊上數十戶人家的狗兒一齊叫將起來，甚是吵鬧。

若是以前，這兩人聽得這麼鬧騰，只需略一皺眉，自有成百的家丁豪僕上前，斥責這些人家速速將狗喚住，若是稍遲，不免就是拳腳相加。此時聽聞這些狗叫，又感覺到房內有人慢慢走近，前來應門，這兩人聽得真切，直如同天籟之音一般。

兩人聽得那房內腳步聲越來越近，竟致緊張得全身微微顫抖，溫體仁只覺得兩眼一陣陣發黑，又是一陣陣的頭暈，心裏只是在想：「這會兒可不能暈了，那也太過丟臉。」

待那房門吱呀一聲打開，兩人定睛一看，正是想像中的一個莊稼漢的模樣，年紀約與他們差不多大，手腳卻是粗壯有力，青筋暴起，兩隻眼睛卻是煙薰火燎般流淚不止。

若是平時，這兩人如何能將這螻蟻一般的農戶看在眼裏，此時卻如同見了如來佛祖一般。當下整衣揖首，齊聲道：「這位老丈，晚生等有禮。」

那農戶呆立半天，方知道這兩人原是在向他行禮。當下嘻然一笑，答道：「兩位秀才，俺也有禮。」

一邊掌著油燈將兩人往房裏讓，一面說道：「適才正在引火燒飯，熏得兩眼難受。正沒道理，偏兩位秀才駕到，這個真是……」

他憋了半天，才想起來，大笑道：「嗯，是了，是有失遠迎，失禮失禮。」

周溫二人哪裡與他計較這麼許多，隨他進房之後，北方人性喜燒炕，此時這兩人已被讓到炕上坐

定。只覺得全身上下溫暖之極，一股股暖流溫繞全身，當真是說不出來的舒暢。

他二人都是南方人，卻知道北人好客，況且村夫農婦最喜來客，並不如同城市小民一般傲客。當下也不客氣，先是喝著大碗粗茶，繼而又與那農夫及其二子一同進食，雖然只是一般的粗糧糙米，吃起來卻很是香甜，一直到那戶人家鍋中見底，這才作罷。

溫周二人雖然疲累，吃飽飯後又在這暖炕之上，兩隻眼皮不住打架，仍勉強提起精神，與這農夫虛與委蛇，閒聊片刻。

周廷儒因見這農家內雖算不上家徒四壁，卻也是除了一張炕，幾張破桌爛椅之外再無別物，因長嘆道：「老丈生活想來很是辛苦，此次相擾，甚是過意不去。」

也不待那農人說話，便從衣衫夾層中掏出精心收起來的幾枚崇禎當年賞賜的金瓜子，向他道：「些許薄贈，不要嫌少才是。」

那農夫也不推讓，當下接將過來，在手中略一摩擦，那金瓜子便閃閃發亮。他倒也識貨，笑道：「這原來是金子！」

略微打量一下兩人，也不多話，只道：「俺老婆不在，正好方便大夥擠在一處睡覺，天寒地凍，秀才們想必累了，我去添點兒柴火，便可以安睡了。」

「這般天氣，夫人亦遠出了麼？」

「不是，鎮裏漢軍交派下來，漢軍衣著單薄，著令永平府各處急備禦寒衣物，咱們村子裏也攤著差事，婦女們都集中一處，趕製冬衣去了。」

溫體仁嘆道：「新朝氣象不該如此，農人生活本就不易，怎可如此攤派。」

「秀才大爺，這便說得不對。漢軍雖然攤派差事，不過棉花布匹都是發將下來，中間也無人敢剋扣，加工一件成衣出來，亦有厚賞。況且，先是吳三桂鎮兵過境，其間夾帶著關外幾十萬百姓，好不容易安穩下來，又是滿韃子過境，騷擾搶掠。他們入關之後，又有幾十萬畿輔一帶百姓流落此間，無衣無食。咱們永平府一向窮困，哪裡負擔得起，若不是漢軍趕到，發放賑濟，只怕連餓帶凍，這方圓幾百里，要死多少人？兩位今晚吃的米飯，還是前陣子官府發下，若是不然，咱們鄉戶人家，哪裡吃得起大米！」

他嘖嘖嘴，披衣出門，前去尋柴來添火，一邊走，一邊說道：「可惜發的是米，咱們北方人吃不慣，若是發些白麵，蒸些饃饃包餃子，那可多美。」

周溫二人聽得好笑，一面睏意上來，立時躺倒睡覺，片刻間鼾聲如雷，一覺好睡直至天明。待第二天天亮悠悠醒轉，正欲出門，卻見村頭來了一隊兵馬，兩人注目一看，已是驚駭莫名。

那一隊漢軍是自南方調來，原是駐防襄陽附近的廂軍，帶隊的是一位將軍，正好路過此地，那農人天不亮便出門首告，半路遇著，便將這群漢軍引來，抓捕這明顯是前明逃官的兩人。

周廷儒眼見對方身著黑色長襖，頭戴漢軍制式圓盔，胸佩的卻不是騰龍鐵牌，乃是廂軍特有的長戈與盾牌搭在一處的標誌；他久看軍報，知道這是漢軍的地方守備部隊。雖然如此，卻也是衣甲鮮亮，

神采軒昂，兼之又全是騎馬而來，教他們如何逃走？當下憤憤然看了那引路的農人一眼，兩人整理衣衫，迎上前去。

那漢軍將軍仍是騎在馬上，並不下馬，兩人覺得自尊心很受傷害，當下俱是冷哼一聲。昨日他們肚皮未飽，身上冰冷，是以俱是謙卑，此刻肚中不饑，身上暖和，便又情不自禁將前明閣部大臣的架勢端了出來。

那將軍原來是在鳳陽之戰中立下赫赫戰功的李岩。張偉因其戰功，原本是要將他與心腹手下改編入漢軍，補充陣亡的漢軍編制；李岩本人，亦可由廂軍將軍轉為漢軍將軍，地位一下判若雲泥。只是李岩慮及明朝已亡，當年反事亦可消弭。漢朝大舉救災，使民工興修水利，抗旱滅蝗。原本在明朝可使百萬人逃難的災患，在漢朝不過略費周折，就可無事。他本是書生，並不願意戎馬一生度過，是以婉拒帝命，仍以廂軍將軍的身分從師北伐，只待天下太平之後，或是即刻退伍返鄉，或是以將軍一職終老，也就罷了。

此時他看到眼前的這兩個中年書生傲然直立於前，雖然模樣很是狼狽，卻仍不改富貴驕狂氣息。當先那人，雖然衣衫破舊，頭上的頭巾正中，卻是鑲著一塊上好方玉，手中和頸項間亦是白潤細膩，顯是身處上位、養尊處優之人。

見兩人仍是拿大，他深知明朝官場習氣，也並不惱怒，只笑問道：「這兩位，想必是前明大臣，這便請報上名來吧？」

「學生乃是大明內閣大學士周廷儒，見過將軍。」

「學生乃是大明內閣大學士溫體仁，見過將軍。」

這兩人雖然問候行禮，神色間卻努力做了不卑不亢模樣。雖然知道罪不可免，心中亦有領罪打算，到底是多年高官做下來，傲氣仍是難免。兩人被困於此，心中卻暗暗慶幸，將來史筆上記錄，也是落入漢軍的將軍之手。若是被尋常小吏捉住，將來史書有載，也是太過丟臉。此時昂首報出自己官職姓名，也是讓這尋常將軍不能處置，送往漢帝面前，縱是死了，總算也不曾受刀筆吏之辱。

李岩聽得兩人名號，只是略一皺眉，便道：「你們曾經身附東虜，本朝不能任用，這便隨我回將軍府，給你們蓋上關防印信，回鄉去吧。」

見他們吃驚，李岩又解釋道：「陛下有令，當日北京失陷之日，前明眾官雖然投降，不過有些是實心投附，有些事出無奈，希圖保命耳。投誠日短，不曾為害天下，姑且赦之！然則此輩甘心投效蠻夷，不可再用，凡前方捕獲前明舊官，不論官職大小，一律發還回鄉，交由地方官看管，若再生事，全家發往南洋煙瘴地面。」

他微微一笑，撫弄著自己腰間劍柄，向他們笑道：「雖然兩位身為閣院學士，不過亦脫不了陛下赦旨中的範圍，這便隨我去辦理關防，回鄉去吧。」

兩人如墮夢中，糊裏糊塗上了這位將軍送過來的戰馬，隨著這隊漢軍穿過村莊，集鎮，一直趕到永平府城乃止。

見一路上百姓行人不斷，雞鴨豬牛在路邊隨處可見，偶有漢軍官兵路過，行人百姓亦是不驚。又有些身著青綠官袍，頭戴角巾紗帽的官員指揮農人，在沿途挖溝修路，喝令勞作，甚是熱鬧。

溫體仁忍不住向李岩問道：「敢問將軍，這些都是官府下派的徭役，還是亦撥款而行？」

「漢朝無徭役，凡有差遣工程，俱是由官府按工給價。」

「聽說南方每年俱是如此，河南、山東等新附之地亦有大工，漢朝如何有這麼許多的銀兩？」

「別的不說，江南有絲廠過千家，南京港口每天出入海船過百艘，每船絲出海，便是半船的銀子回來。陛下又很重農桑，以孫大學士的農書爲本，加之自海外運回的諸多新式農物，以牧場、農場、桑場養殖活物。不但銀錢湊手，就是穀物畜牧，亦是滿山滿谷。」

說到此處，李岩不禁微笑，向這兩人道：「歷來新朝建立，總需若干年後，政治清明，元氣漸復，百姓方能富庶。現下這般，除了北方還有些殘破，西北還有流賊禍亂，百姓窮苦。自此之外，漢朝治下米糧滿倉，銀錢滿庫，已是從未之有的盛世！兩位，安心回家度日，爲富家翁不難矣。」

將兩人帶回鎮守將軍府邸，略加審問，將兩人投靠前後情形記錄完畢，又令兩人具結畫押之後，李岩命人開出關防，加上將軍印信，便算了結此事。

看著兩人坐上由商人設在永平府的驛站郵車，交付費用之後，便可一路換車，飲食俱無需再加費用，只是北方道路現下不如南方，這兩人還得受些顛簸之苦罷了。

此事完畢之後，李岩將前線軍報拿起觀看，知道其弟所在的飛騎已經往遼西方向而去。此時李侔已是漢軍衛尉，職位不低，滿人又是慘敗之餘，潰不成軍，安全方面自無問題。他心中略略放心，又看到《京報》所言，皇帝已從北京乘船返回南方，他心中奇怪，北京局勢已然穩定，雖然紫禁城有小半被焚，其實損壞並不很大，張偉卻好似不喜這個遠比南京宮室壯麗豪華的禁宮，只在宮內處斷了山海關一帶軍務，穩住北方大局，便決意坐船返回南京。

此時明朝已亡，殘餘的八旗和西部流賊都無大患，張偉前幾日卻下令成立虎賁、虎威兩個新衛，在福州成軍。此事風聞天下，漢軍及由南方調來的官員都是議論紛紛，不知道這位開國皇帝又將揮戈何處。

他自是不知，張偉決意敉平滿州之後，繼續北上，將原本的奴兒干都司舊地全數收回後，繼續往西，一直將烏拉兒平原全數收入中國囊中，那時方能停下腳步。至於歷史上割讓中國大片領土的俄羅斯，因其太遠，現下的交通條件無法經得起這樣的遠征，也只得暫且甘休，若是不然，只怕幾十萬虎狼之師立刻揮師西進，沿著蒙古人當年西征道路，掃平俄羅斯平原去了。

自明朝京師一下，張偉便下令改京師爲北京，並沒有遷都的打算。北京當時仍無自足能力，若是定都北方，每年仍如明清，至少四萬石的糧食由漕運北上。這麼賠本不當的事，張偉可完全沒有這種打算。明朝之所以定都北京，一者是朱棣當初立藩於此多年，很有感情；二者他好大喜功，以爲可以憑一己之力，平定邊患。

其實他歷次入草原征戰，除了第一次外，每一次都根本見不到敵人蹤影。五十萬大軍勞師費餉，九邊重地敗壞無人過問。原本降附明朝，在河套地區的朵顏三衛先降復叛，成爲擾亂明朝邊患主力。至得英宗，京營大軍五十萬一朝覆滅，從此由攻轉守，每年被蒙古消耗大量錢財物資，北京重地，除了徒然消耗南方財力，殊無用處。況且此時漢軍實力強橫，以完全熱兵器的狀態，每年派遣大股漢軍輪流肅清草原大漠，以故明的九邊舊地派廂軍防禦，飛騎等騎兵兵種加深打擊。待數年之後，蒙古疲敝，再以和林等蒙古人聚集地駐城防備，將整個草原大漠納入治下，一直苦害中原王朝的邊患要從根本解決，又何必以京城重地來加深防禦。

他自北京永定河港口入海，乘坐御舟返回南京。初時滅掉明朝，消滅滿清的興奮已經漸漸退去。雖然多爾袞逃竄密林，卻是缺衣少糧，已往盛京城內錦衣華服多年的青年親王，又怎會如同其父祖輩那樣，在密林深處，以毛皮爲衣，以射殺野獸爲食？想必他忍受不了多久，便會出來征戰搶掠，漢軍先是穩固遼東及遼西各處城池局勢，往寧古塔、雙城子、瑷琿等地進軍，在各處建立城堡，以火炮配合炮壘守備，一步步將這些密林中的野蠻人絞殺即可。

他略算一下時間，此時在雅克薩附近或許已經有了流竄過來，掠奪居民財物毛皮，寒冬時甚至以人肉爲食的哥薩克兵。然則離築城守衛，甚至有官方支援的時間尚久，他諭令各衛漢軍，遇到這些食人野獸，不需交流，直接剿滅；若是敵人築城，便加以焚毀，一定不可讓這些雙腿野獸在大興安嶺附近立足。

張偉一路由海路返回，因是順風，不過十餘天時間便已回到南京。甫一入城，前方的軍報已由飛鴿送到。漢軍由神策衛一路北上，橫掃一切敢於抵抗的部落。六十餘萬八旗老弱已然全數送進關內，由地方官四處打亂安插。神威與金吾、龍武、龍驤諸衛趁勢進攻漠北，將喀樂喀與科爾沁諸部攆離草場，在原地築以高大堡壘，不使其返回。

漠北諸部哀聲四起，先前還是死硬，不肯投向漢人，待到得此時，已是後悔莫及。早有各部的王爺台吉向漢軍試探投降條件，各衛沒有張偉命令，俱不接納，仍然是橫掃猛打，在後勤補給能接濟得上的範圍內，將諸部蒙古打得落花流水，遠遠逃竄。飛騎與萬騎兩部奉命西調，準備入甘肅、寧夏等處追擊李自成與張獻忠等部流賊。

「爾之所奏甚好，甚得朕意。甘肅、寧夏等處吾民久苦，不可浪戰。爾部與契力何必所屬該當迅即進兵，窮追猛打。攻克蘭州之後，沿涼州衛、肅州衛、沙州衛、哈密衛等處，將流賊攆入吐魯番，由其與契力把裏諸部自相絞鬥在前，然後再行進軍，將原本大唐西域疆土全數收回。匆匆此諭，前方情事爾或可自行處斷，不必事事請示，欽此。」

他甫一入宮，尚未梳洗便入武英殿處理軍務，一直埋首苦幹，到了辰時方才停息。便揉揉發疲的手腕，向侍立一旁的司膳女官白沉香道：「皇后知道我回來了麼，怎麼不見她來見我？」

白沉香妖嬈一笑，款款答道：「陛下，皇后一早便帶著長公主與長哥兒去雞鳴寺進香，現下還沒有回來呢。」

「宮內有大高皇殿，何必辛苦出門。」

「皇后說了，陛下操心國事，她雖是皇后，卻因後宮體制，卻也談不到母儀天下一說，唯有爲陛下多上香祈福，照顧好長公主與長哥兒，這才算盡了爲妻的本分呢。」

張偉聽了一笑，突然想起李岩具摺稟報，道是周廷儒與溫體仁已安然回鄉，其餘出關眾官多半身死，其間便有前明大學士周道登。他當時心中一動，後來才慢慢想起，原來歷史上此人六十餘歲年紀時，曾納柳如是爲妾，十四歲時奪了她的紅丸，後來聽信讒言，又將柳如是賣給勾欄，很是可惡。

想到此處，張偉想起柳如是自嫁他後，溫柔婉約，不弄風月，不管政務，與歷史上所載的那位河東君殊無關係。有時思想起來，自己是因爲河東君的英姿爽烈才喜歡上現下這個柳如是，然而正因爲自己喜歡上現下這個柳如是，反而又將歷史上的柳如是消弭於無形，這當真是一筆糊塗帳，也是算不清了。

便向白沉香道：「既然她不在，膳食我亦不進。告訴皇后，我去太師府中，晚間回來，教她等我便是。」

白沉香此時年紀漸長，已知人事，自然知道張偉所言晚上等他是何意思，因扭捏答是，聲若蚊蠅，其神色扭捏嬌羞，紅暈上臉，倒也是嬌俏可人。

她如此作態，張偉自然明白，心道：「小妮子年紀大了，倒是留不得，不妨著如是小心查查，宮內女官有年紀到了，早些許配人家爲是。」

邊想邊行，至內殿換過衣服，稍加梳洗，便命一眾貼身衛士隨從，往何斌府中而去。

一路逍遙而行，顧目四盼，但見行人如織，四方各國的商賈不絕於途。他這幾個月來，心思全用在軍事上，此時泛泛看去，只見城內繁華如故，並不受北方戰事影響；與天津、通州、濟南、北京等曾受戰火蹂躪的北方都市相比，已有天上地下之分。

待到得何斌府門側門之外，守門的管家小廝哪裡認不得他，當即屁滾尿流，迎入府內。至得儀門之時，平素何斌早已迎將出來，此次竟是不見。張偉心中稍有不快，面上卻是笑嘻嘻依然如故，只輕步走到何斌書房門前，用力拍打，叫道：

「何太師，皇帝有旨，何斌橫行不法，收受賄賂，諭令有司入伊府中，查看家產，此諭！」

且不得他在這裏亂叫一通，房內何斌剛接了適才家丁通報，卻因房內客人身分很是特殊，是以並沒有出迎。此時突然有這諭旨，當真是叫他詫異莫名。

他只是略有些驚奇，卻並不慌亂，房內的眾客人雖然不懂中文，卻有雇傭而來的通事立刻翻譯。帶頭的那人立時叫苦，抱怨那通事道：「吳先生，你說這個人的地位在中國是最尊貴的，除了皇帝就是他地位最高，怎麼突然就會被查抄家產？這真是太不可思議，太難以想像了！」

他轉頭向同行的隨員道：「你們能想像麼？國王突然下令查抄坎特伯雷大主教的家產！」

且不提這些人正自慌張，何斌卻是一腳踏將出去，見是張偉笑嘻嘻站在門外，便向他抱怨道：「志華，你也太沒正經！」

「嘿，廷斌兄納了新寵麼？居然對人避而不見，還怪我失禮！」

何斌哭笑不得，卻也懶得理會，當即把張偉拉入房內，向他介紹道：「志華，這位是英國勛爵，遠東艦隊的司令，約翰・韋德爾先生。」

他與英國人、荷蘭人打了多年交道，此番介紹中規中矩，頗合外國人的禮數。那約翰・韋德爾當即站起身來，向張偉點頭致意，微笑道：「正如何太師閣下所言，在下是約翰・韋德爾，請問先生尊姓大名？」

這個約翰・韋德爾乃是英國下層貴族，富有資產。不過此人素愛冒險，不肯終老英倫。此番受國王之命，攜帶當年伊莉莎白女王的書信及現在英國國王查理一世的正式國書，前來中國，欲與這個傳說中強大而又富有，滿地都是黃金與珠寶，還有華麗絲綢的國家建立正式的外交關係。

他此次由倫敦出發，帶著六艘大船及兩艘小艇，趁著英荷海戰暫休的空檔，先到達廣州。在拜會了地方官員後，沿海一路北上，至南京進港後，便立時被沿江防禦的戰艦及訓練有素的水手震驚。

當日在廣東時，他已見識過全副火器裝備的漢軍步兵，便已是深深感到震撼，此時又在沿江海口見識到漢朝水師，更是爲他所想像不到。在他看來，除了歐洲之外，就是有些國家擁有一定的文明，亦是不可能有實力與歐洲幾個海上強國在海上爭雄。現下看來，這個神秘的東方古國竟有著不下於英國的海軍實力，又教他如何不驚。

當日英國東印度公司曾經賣軍艦給還在臺灣的張偉，此事後來雖然英國本土亦已知曉，不過想來一個小小海盜，買了幾艘戰艦又能如何？是以上層並不以此事掛懷於心，而如同約翰・韋德爾這樣的下層貴族，相隔數萬里之遙，又能如何知道。大開眼界之後，原本心高氣傲，以為自文明大國來到蠻夷東方的約翰牛立時低下頭顱，知道絕不可小覷了這個擁有強大軍事力量，又有著先進文明的強大國家。

他此時已經瞭解了中國禮儀，知道不可隨便握手，更加不可以隨便伸手向貴族大官握手。因而問好之後，便微笑拱手，以純粹中國式的禮節向張偉問候。

卻見眼前中等個頭，臉形在英國人看來所有中國人都一樣的這個男子微微一笑，伸出手來，以右手抓住他放下的左手，以癟腳的英文向他道：「歡迎你，大不列顛國王的使者。」

兩人握手寒暄已畢，約翰・韋德爾等人因見何斌對張偉甚是尊敬，將上首位置讓給張偉坐定，各人心中已是明白，來人必定是中國政府中數一數二的大人物，甚至是傳說中英武不凡的皇帝本人聞訊親自趕來。

想到此處，英國使團中自上而下，所有人等心中又是興奮，又是不安。這個古老王朝的一切都太過神秘，太讓人著迷，它既擁有著強過任何一個單獨西方國家的武力，又有著悠久的文明，既有著遠過於西方的富庶，又有著自己獨特的文化傳承。

一六三五年的西方已經獨步世界，南美、北美、東南亞、印度、非洲，白人的旗幟無論飄揚在何方，遇到的無不是落後愚昧的蠻人國度。就是印加帝國，印度的莫臥爾王朝，雖然國家疆域廣闊，人口眾多，有著專斷的皇帝、國王、數十萬人的軍隊……舉凡種種，卻無一不在文明上遠遠落後西方，使得

這些藍眼金髮白皮膚的高個子人種自信心超級膨脹，全體西方國家無一不以上帝選民的身分自居。他們以火槍、大炮、軍艦開到任何一個大國的港口，迎接而來的多半是衣不遮體的土人，對西方文明的任何產品都敬畏害怕。「砰」的一聲槍響，就能使南美土人誤以爲是神的霹靂，一個玻璃珠子，就能換來一個金礦。在黃金、香料、榮譽的吸引之下，無數西方社會中的下層階級毅然跨海出征，憑著一張白人的臉龐，就能得到在母國終其一生也不能得到的財富。

在一五八六年間，駐馬尼拉殖民政府首領、教會顯要、高級軍官及其他知名人士，召開馬尼拉大會，專門討論怎樣征服中國的問題。與會者在完全贊成武力征服中國的前提下，草擬了一份包含有十一款九十七條內容的征服中國具體計畫的備忘錄，並由菲律賓省督和主教領銜，糾集五十一個顯貴聯名簽署上報西班牙國王。

備忘錄一開頭便宣稱，中國幅員之遼闊廣大，中國糧食與果品之豐富繁多和中國市場之繁榮昌盛，由此，「憑著上帝的意志，這就是我們進入這個國家的充分理由」。而西班牙國王菲律伯二世在得到報告後，鑒於國內嚴重的經濟危機，對此份報告甚感興趣。中國龐大的土地，超過歐洲全部的人口，過百萬的常備軍隊都不能遏制住早期西方殖民者的野心。

國王親自批准了這個計畫，下令征服中國，成爲全球帝國，他本人則爲萬王之王。而這個歐洲小國準備征服中國的全部兵力，是準備了兩萬五千名軍人，相比於幾千人征服印加，倒也算是看得起中國了。只是與英國海戰失敗後，國力一落千丈，又被張偉打下呂宋，西人在亞洲被打得灰頭土臉，在歐洲還面臨葡萄牙人的反抗，所有的王霸雄圖，只落的個風吹雨打去了。

與此同時，在一五九六年時，英國女王伊莉莎白一世曾經親自致信給明朝萬曆皇帝，要求通商。此信在東南亞輾轉一圈，最終又回到英國，並未遞出。此後數十年間，因鄭芝龍與劉香等海盜巨寇的緣故，再有大量的南洋華人、華商對南洋的影響力，英國商船在南洋的巨大利益，再有張偉橫空出世，與英國半官方的東印度公司相與結納，甚至以一個地方豪強的身分，影響到了英荷兩國的戰局。舉凡種種，均使全英上下漸漸對這個東方古國產生了興趣。不過以當時西方人的自傲，料想這個老大帝國必定如其餘文明一樣，大而無當，沒有系統的文化與科技，沒有正規的軍隊和政府，與其餘落後的文明一樣，會拜倒在西方人的先進文明腳下。

英國人並沒有征服中國的野心，或者是暫時沒有。同時期的印度已經讓他們吞咽不下，與中國相比，印度混亂的土王制度，落後的國家政治，更令英國垂涎三尺，視其為禁臠。與印度相比，中國的領土令英國人興味索然，而龐大的人口基數帶來的商業利益，卻令整個英倫三島激動萬分。甚重通商的英國人一直願意與中國人建立國家之間的貿易聯繫，在國王查理一世親自投資一萬英磅的支持下，張偉眼前的英國下層貴族約翰・韋德爾終於成為第一個與中國官方政府正式會晤的英國官方代表。

他聽得張偉問話，心中驚異。國王查理一世剛剛在與議會的交手中勝利，得到了加稅造船，以準備進一步打擊荷蘭海上勢力的決心。眼前這個中國人卻不知道為何一語中的，當真是令他百思不得其解。

心中錯愕，臨行前受過嚴格外交禮儀訓練的他面上卻是古井不波，只答道：「英國政府前年剛與荷蘭政府締結和約，兩國因幾年的海戰受到了極大損失。我想，暫且並無與對方繼續開戰的必要，而且，亦無此必要。」

約翰‧韋德爾回答完畢，心中微感自得，覺得自己在國內時，別說與國王，就是稍微尊貴點的伯爵、侯爵都不曾與會，此時在這萬里海外，與大國強國的上流人物會話卻並不吃虧，進退自如。一時間覺得自己英明天縱，又禁不住向張偉問道：「閣下想必是中國政府的尊貴人物，敢問現居何職？」

他胡扯一通，張偉也不與他計較許多。後期的英荷海戰漸漸移到歐洲，亞洲的艦隊主力多半返回本土。此時就是他們再打起來，亦不會對自己的南戰戰略有何裨益，而縱然是短期的和平，撕破臉的雙方不徹底打服一方，也不會把主力派回東南亞海域。三年之前，荷蘭一方尚且有人監督張偉，不使他的海軍實力過大，到後來戰事吃緊，哪還有精力管他？幾年時光下來，漢朝的海軍實力漸次膨脹，主力炮艦的噸位已是整個南洋第一。只是因調集了大半軍艦往北方參與北伐一役，又需守備長江，派往南海的軍艦數量爲數不多，只是在福州與廣州各港口貿易城市駐防，巡靖海面，緝拿海盜。只是這稍許實力，讓約翰‧韋德爾等人看在眼裏，已是大爲吃驚，若是將漢軍三百餘艘主力艦船，配合過千隻的沿海中小型炮艦，只怕這位英國使者會更難以承受吧。

張偉無可不可，何斌卻在一旁答道：「請諸位起立行禮，此刻坐在你們眼前的便是漢朝皇帝陛下。」

可憐自韋德爾以下，這房內的五六個英國人在國內時哪曾見過什麼大官。進了何府後，已經被何府的華麗軒敞、居室房屋雕鑿堂皇，穿花蜂也似的上下幾百家丁、丫鬟驚得目瞪口呆。對何太師的富貴尊榮早已是敬畏懼有加，不曾想到中國不久就能見識到如此人物。誰料屁股還沒坐熱，這個龐大帝國的皇帝居然親自前來，就坐在他們對面！

當下各人連滾帶爬，全數站起，各人將適才脫掉的帽子又重新拿下，由韋德爾帶頭，結結巴巴說道：「這個，我們該當向皇帝陛下行什麼樣的禮節？」

何斌皺眉斷喝道：「我國上下，無論尊卑，見了陛下無有不跪者。便是你們國王，見了皇帝陛下亦需下跪行禮！」

第八章　英國來使

待英國使團將國書遞上，張偉雙手接過，因見使團上下做出如臨大賓、正式談判的模樣，張偉因失笑道：「我來此地，原是因許久不在南京，來尋太師閒話家常。爾等不必如此，通商一事，我自然是准的。至於細節，自有內閣政府負責，我們只管閒談就是。」

這禮儀之爭，在明末清初時還不是大問題，一直到馬戛爾尼時到達高峰。英使堅持不跪，中方官員堅持必須下跪。最後雙方折衷，英使一跪後，改以九次鞠躬，以示敬意。到了清末，中國越發愚昧落後，此時禮節問題已是小事，而以皇帝之尊會見蠻夷，接受國書，已經成了不可想像之事。二次鴉片戰爭，很大的原因便是因爲咸豐皇帝覺得外國使者見京是對大清帝國的侮辱，而以皇帝之尊會見洋夷，更是莫大的恥辱。華夏文明發展到那時，已是與非洲土著無異，而清朝諸帝與其先祖順治帝稱湯若望爲「瑪法」之比較，更簡直是天差地遠了。

而在明朝末年，在中國強大之時，皇宮內院都經常有外國人行走傳教，天啓帝就差點成爲教徒。各國的傳教士拜見中國官員亦是有下跪者，更別提見皇帝了。一眾英人一聽得帝國皇帝駕臨，早已是心慌意亂，被何斌一喝，也不等正使吩咐，自副使斯當東爵士以下，各人立時亂七八糟跪了一地。

何斌見那韋德爾仍然呆立不跪，詫道：「怎地？你爲何不行禮？」

韋德爾滿心不情願，覺得雙膝跪下太過屈辱，況且何斌話語中有國王亦當下跪之語，甚辱國體。只是當此之時，何斌斥責不說，看到張偉微笑端坐於前，卻亦令他感覺到無與倫比的壓力。

他不敢再反抗，只得隨著眾人一起跪下，向著張偉叩頭了事。待禮畢起身，卻聽張偉向何斌道：「英倫國王自成一國，豈有向朕行禮的道理。此類話，你下次不要說，亦不准人說，天朝雖是上邦，卻亦不能以大凌小，強壓別人。」

何斌老臉微紅，向張偉應諾一聲，便也罷了。

韋德爾聽通事翻譯完畢，心中一陣感動，心道：「這位皇帝陛下倒比國王陛下好說話的多，一會兒談判起來，卻要好生試探一下。」

待英國使團將國書遞上，張偉雙手接過，因見使團上下做出如臨大賓、正式談判的模樣，張偉因失笑道：「我來此地，原是因許久不在南京，來尋太師閒話家常。爾等不必如此，通商一事，我自然是准的。至於細節，自有內閣政府負責，我們只管閒談就是。」

南京夏日酷熱，冬季卻是陰冷濕寒，眾英人自外面冰呵呵進來，此時房內有鎏金銅爐燃炭取暖，

其中埋以寸香，房內馨香溫潤，各人只覺得一股異香和著暖氣在臉上身上浮動，當真是舒服異常。待看到房內檀木桌椅，四面閣窗木架上皆是精奇珍玩古董，當中條案上供奉一面玉佛，其側放置著一枚黃玉如意，都是上好玉質，所價不菲。一眾英人看得眼花撩亂，也顧不上佛像是偶像崇拜，褻瀆天主，只想抱將下來，好生把玩。

韋德爾一面觀察著房內陳設，看到几案上有一十幾磅重的金蛤蟆，上鑲寶石，直看得嘴裏恨不得流出口水來。聽得張偉說起時只是閒談，又凜然惦記起正事，便屁股一抬，向張偉道：「皇帝陛下，未知貴國願意劃出多少港口用做通商？」

「我國之內，凡有港口者，皆可通商。只是不論到何處卸貨，皆需交納關稅，貨物要由海關檢定，其餘不論。」

「那麼是否可以劃出某地，讓我國駐兵，建造炮壘，保護私產僑民？再有，是否允准英人入內陸自行居住，允許傳教？這些都是吾國國王鄭重交代，希望大皇帝允准。」

張偉心中怒極，心道：「這些混帳和兩百年後的子孫倒是一點沒有區別，想的就是利用別國的好意和寬容將自己國家的利益最大化。這些早期的西方冒險者，均是蹬鼻子上臉，一點好臉色都不能給才是。」因冷冷答道：「英人行商，均需遵守吾國法律，犯罪者，雖公侯而不赦。傳教者，我已將在中國的教士成立主教聯席會議，在中國選舉大主教，署理教事。自此以後，凡入中國之教士，一律受中國教會的統管，其餘諸事，一概不准。」

見他還要說話，張偉又道：「細節諸事，需與專署衙門商討決定，然後簽訂條約，自此以後，成為兩國交往根本。」

韋德爾臉上一陣尷尬，卻只得閉口不語。他心中只是納悶，卻怎麼也想不通，這個幾千年的古國，在以前的資料中的對外關係，要麼是頤指氣使，只顧面子；要麼是大而化之，賞賜蠻夷，卻不想如今這個皇帝在禮節上容忍許多，然而在利益上卻又寸步不讓了。

張偉卻不管他如何在肚裏暗罵，悠閒捧起蓋碗，向他問道：「爾國國王可好？」

「國王陛下身體安康，一切均好。」

張偉吹開浮在上面的茶葉，突然向那韋德爾問道：「聽說貴國的上層王公和貴族對國王並不心服，前次與荷蘭交戰，因要加稅一事，貴族與國王鬧了生份，直鬧騰了大半年，可有這事？」

此時的英國國王查理一世便是第一位登上斷頭臺的英國國王。他在位期間，曾經多次因徵稅與議會產生衝突。而就在他派出船隊往中國的這一年，英國議會通過法案，取消了國王的終身徵稅權，每次徵稅，便需議會同意方可施行。查理一世本欲解散議會，卻因與荷蘭的戰爭迫在眉睫，只得暫且隱忍，先將錢拿到手再說。

這些事原是英國內政，韋德爾不曾料想張偉亦是知曉。他是下層貴族，對王室的橫徵暴斂極是反感，此次雖然被英王任用，卻並不能使他在政治上改變立場。

聽得張偉訊問，他便傲然答道：「自有《大憲章》後，吾國貴族對國王的權力開始有了約束。權

力有了約束，將國王關入籠子之內，乃是英國獨一無二的成就，亦是對人類民主進程的最大貢獻！」

張偉見他神色如此，心中頗是納悶，卻因爲人家說的是事實，在中國皇權日重，除了帝王都是奴才的時候，人家不但在軍事與經濟上不斷發展，待後來，政治體制與科技文化亦趕超中國，中國自領先世界的領頭羊位置上跌落下來，讓位給了英國。

何斌見他默然不語，一時間氣氛冷場，便湊上來問道：「尊使一路過來，在中國生活可習慣麼？有何不妥或是需要什麼東西，盡可開口。」

「多謝太師閣下的關心，使團一切都好。出脫了船上貨物，我們很有盈餘，一切生活用具都很充足。貴國物資豐茂，百姓生活富足，環境優美怡人，生活在這裏，並沒有什麼不便之處。」

何張二人正在得意，江南之繁華富裕，日常物資之充足，街道路面之齊整乾淨，道路之寬敞堅實，這都是他們治下的功勞。

卻聽得使團中有人道：「只是貴國居民早上倒馬桶時，臭味實在太大。成百上千的人從家中出來，將馬桶放在路邊，等著糞夫來收取……倫敦自從在伊莉莎白時代有了沖水馬桶，就已經沒有這種景象了。還有，貴國用水都是水伕挑來，一路上風塵雜物甚多，不很乾淨。而在倫敦，已經全數使用了銅管的自來水管，一扭就開，清水自水管中放出，又方便，又乾淨。」

他只管說得得意洋洋，卻不顧張何二人神色由愉悅轉爲不悅。韋德爾等人看在眼裏，心中著急，禁不住都在心中大罵：「這個蠢才！人家不過是客氣一問，你倒是當真，若是惹翻了他們，把你拖出去塞在馬桶裏才好！」

張偉雖然心中不悅，卻知此人所言是實。倫敦雖然此時仍然是石頭城一個，比之中國城市的富麗繁華相差甚遠。直到十八世紀，有中國人至英國時，還是說此城死氣沉沉，沒有活力。然而據十八世紀中國商人謝清高的記錄，英國所有的城市系統都有自來水設施。

「以法輪激水上行，以大錫管接注通流，藏於街巷道路之旁。人家用以，俱無煩挑運。以各小銅管接於道旁錫管，藏於牆間，別用小法輪激之，使注於器。」

在十七世紀，與謝高清所記錄的時代不過數十年間，其間英國的種種民用生活設施已經開始有了質的轉變。一慣野蠻和落後的蠻人漸漸恢復其祖先在古羅馬時的文明和榮光。而在此時的中國，種種愚昧落後的生活習俗卻漸漸深入民間，直到二十世紀，中國民間仍有洗澡影響傷元氣之說。而直至二十一世紀，在中國大部分農村，還使用不了馬桶和自來水。

若不是張偉的努力，此次英國使團來訪，看到的必定是街道上擁擠混亂，充斥著小腳和驢馬糞便的中國城市，道路不修，一遇雨水便是滿地泥湯。人民以驢車牛車代步，以流傳兩千年的獨輪小車推運物品，而更過不了多久，連衣冠和髮型亦是改變，拖著豬尾巴和戴著瓜皮小帽，抽著鴉片的中國人，在西方的眼中，所有的輝煌和形象俱是萬劫不復。

想到此處，張偉未免有些興致索然，便向一眾使者們道：「十年之後，中國亦是如英國一般行事。至於其餘，則遠強於英國矣。」

又問道：「英荷戰事之外，歐洲各國的混戰如何了？」

韋德爾大是佩服，忙道：「陛下對歐洲局勢如此清楚，真是令人佩服。嗯，就在年初，法國國王路易十三正式向奧地利和西班牙兩國宣戰。支持法國的有英國、荷蘭、俄國、威尼斯、匈牙利等國。」

「依你看來，哪邊能得勝？」

「自然是英法聯盟這一邊。自擊敗西班牙與荷蘭後，英國的海上實力成爲歐洲第一，無有敵手。而法國的國力在紅衣主教黎塞留的治理下，亦是蒸蒸日上，擁有著歐洲最強大的陸軍。我們聯手而戰，哪有不勝的道理？」

張偉聽他吹牛，也懶得理會，卻只聽到法國與西班牙展開大戰的消息。自此之後，西班牙與葡萄牙越發衰落，早期殖民的力量消耗怠盡，成爲歐洲的二流小國。

他想到歐洲在近期內無力顧及其他，所有的力量都用在這後世史稱的「三十年戰爭」之上，在此時兵向南洋，拿下麻六甲、爪哇等處，待歐洲人回過頭來，只怕整個東南亞早已落入漢朝手中了。之前張偉已將水師南調，至台南、臺北、福州、廣州等港口停泊暫歇。除此之外，早有一支分艦隊在呂宋待命，準備隨時依南洋局勢變化而發兵。

「高傑爲什麼還沒有動靜，這該死的狗東西！」

還在北伐之前，張偉已經派了高傑往南洋運動，誰料直至現在，仍然毫無消息，南洋爪哇島上風平浪靜，巴達維亞一切運轉正常，每常想起來，當真是氣得抽筋。

也不理會諸人詫異，張偉站起身來，向何斌道：「使團之事，交由理藩部的寧完我處置，讓他好生接待，與人家簽定正式條約之後，咱們也派遣使團往英國，記得讓他大辦，派軍艦和大船過去，讓洋鬼子見識一下天朝上邦的禮儀規制。」

見何斌點頭應諾，張偉向他點頭笑道：「有一件事，本來是過來要親口和你說，既這麼著，你在府裏等消息就是。」

何斌也不理會，只向他笑道：「又有什麼新奇物事？這麼些年，我早習慣，倒是那幫子前明儒臣，聒噪地委實教人難受。志華，前幾日陳復甫來尋我，說是他現下不理官學的事，不過也知道官學內教導國學的趾高氣揚，很不成話。學生們還是重經書，不重西學。這股風氣不扭過來，想得人才難矣。」

他咂咂嘴，搖頭道：「我雖是商人，亦知道天下事不可以論語治之。偏這些老先生們，枉讀了一肚皮的文章，卻只是食古不化。三王之治都是好的，人心不古，道德淪喪，聽起來好生令人惱火，卻是拿他們沒有辦法。」

見張偉低頭沉思，何斌失笑道：「自朱洪武以八股取士，天下讀書人只管按章讀經，哪管文章出處，把別的都看輕了。你現下重提六藝，宣揚西學，讀書人都說是百般退讓了，萬萬不可再打什麼主意，使得天下騷然。」

張偉點頭答道：「這個我自然省得，你放心，我有手段治得這些腐儒。」

說罷，向房內諸人略一點頭，便起身離去。何斌出門送他，韋德爾等一眾英人直待靴聲漸遠，聽

聞不見，方才敢重新坐下。此後何斌與他們虛於委蛇，好生款待一番，然後交由理藩部尚書寧完我接了過去，細談條約，商訂通商事宜，卻也不必細述。

待這些使團先行回國，面稟國王之際，那查理一世卻甚是鬱悶，向他們道：「既然中國如此強大，擁有這麼多的戰艦，那麼遼闊的領土，運轉高效的政府，卻爲什麼不在海外占有殖民地，奪取金銀？嘿，還說他會英文，這必定是你們沒有到達，胡編了來騙我。」

韋德爾當即翻翻白眼，向國王道：「國書與印信俱實，中國的使團隨後便會趕到，到時候真僞分明，陛下自然知道。」

見查理一世仍是若信不信模樣，韋德爾等人不禁齊聲道：「陛下，之前的原因我們並不知道，不過，依我們的觀察，這個東方巨龍出來搶奪殖民地，爭取利益空間的時間，已經到了！」

在張偉親赴何府過後三日，由內閣首輔吳遂仲親捧詔書，至得何府，宣讀詔旨：

「昔君天下者，必建屏翰。然居位受福，國於一方，並簡在帝心。太師何斌，今命爾爲公爵，永鎮翼國，豈易事哉？朕起布衣，與群雄並驅，艱苦百端，志在奉天地，享神祇。張皇師旅，伐罪吊民，時刻弗怠，以成大業。今爾有國，當格敬守禮，祀其宗社山川，謹兵衛，恤下民，必盡其道。體朕訓言，尚其慎之。」

何斌接後方才明白，原本張偉因天下已定，除民爵外乃大封貴族。首封便是當年從他齊至臺灣、一起白手創業的何斌、施琅、陳永華、周全斌等人。他因功受封公爵，並不希奇，奇就奇在封了他一個冀州做爲封地，允准他收取賦稅，建立衛隊保護領土，這乃是中國千年來未有之事。

封建制度雖然歷朝都有，卻都是錫封而率土，明朝諸王很是尊榮，百官不得抗禮，卻亦是有兵而無名，不得干預政治。張偉此封，除了受封的各國不設正式的政府外，卻是與當年周朝的封建制度一般無二了。而這冀州乃是古稱，國在何處亦是不得而知，當真是讓漢朝新任公爵大人一頭霧水。

一眾功臣受封之後，也並無別話，然則朝議紛然，所有的儒臣皆是群情激憤，以爲張偉恢復舊制，錫土封矛，必爲後世致亂之由。

亂了幾日後，見張偉全無動靜，亦無解釋，何斌等人按捺不住，當即彙集在京諸受爵的大臣，一同進宮求見。

因都是從龍勛舊，立刻准見，眾人一路迤邐而行，隨著禁宮侍衛直至乾清宮內，見張偉膝下一左一右，一男一女兩個小娃兒正在嬉戲。

何斌心中歉然，忙向張偉道：「志華，你難得有幾天天倫之樂，倒是我們來的孟浪。我原說你怎麼一點消息也沒有，原來是在膝下弄子。」

自陳永華以下，各勛臣皆欲在向張偉行禮後再向這兩個小兒行禮。張偉雖然錫封，眾人卻都覺得一者是長公主，一者是皇太子，此事不必張偉宣示天下，已然是定論無疑。

「爾等不必如此，這兩個小兒年紀尚幼，有何福德承受大禮。雖然身分不同，卻也不必老是跪來

跪去；再過上幾年，我必定廢了這跪拜之禮，凡軍民人等，均不許跪拜才是。」

「陛下又有宏論了，不過禮儀關於大義，只怕眾臣未必能如陛下之願。倒是臣的梁國在何處，今日要向陛下問個清楚明白才是。」

張偉哈哈大笑，揮手命保姆將子女帶下去，然後方向陳永華答道：「復甫兄，其實我這幾天，只是在等眾人說話耳。既然話說的差不多了，自然無需再打啞謎，梁國之封，便是呂宋的安南城左近，方圓百里！」

見陳永華一陣愕然，他又笑道：「復甫兄莫要小瞧了它。其土地膏潤肥沃，上有銅礦。除了不能鑄錢，你鑄成銅器出賣，每年要賺多少？」

見眾人面露豔羨之色，張偉又向各人道：「大夥兒都是在臺灣隨著我打江山來的，現下我成了天子，難道能薄待諸位不成？各人的封地，都各有出產，決計不是無用的荒涼野地！」

張偉一番話說將下來，乾清殿內立時氣溫升高，一眾老夥計和伴當們自然不會將心中所思完全浮現在臉上，不過皇帝如此仗義念舊，分封給諸人這麼大的土地，無論如何都讓眾人感動不已。

當下各人也不打話，由何斌領頭，眾人一起跪定，向張偉道：「臣等叩謝陛下深恩！」

張偉高興地臉上放光，右手在唇下新留的兩撇小鬍了上摸了一把，爾後將胳膊虛抬，向眾人道：「不必如此，咱們都是從布衣一起打滾出來的，我有今日，諸位都是首功之人，又何必如此生分。」

他大踏幾步，至得何斌身前，向他道：「廷斌兄初見我時，我正立身於海水之中，四顧無人，幸得鄭老大和廷斌兄搭救。後來又與我一同奔赴臺灣，在一塊荒地上做出好大一番事業。廷斌兄爲太師，爲翼公，都是當之無愧！」

何斌原本就是家資萬貫，前些年爲政府墊付的銀錢已多半交還，而臺灣大半的工石礦山都有他的股份，日進斗金已不足形容其富。他又有船隊奔行海上，是以世間無論是何珍奇之物，只要他何太師想要，自然沒有得不到的。他的官位又是太師、閣部大臣，位極人臣之首，無法再有寸進，到得此時，一頂公爵的帽子又落在他頭上，看陳永華的封地如此，料想自己的更勝過他。財富也罷了，只是以他一個閩省走私商人，能成爲新朝公爵，將來包矛封圭，建宗立廟，追祀祖先，如此榮耀之事，又比發財難得的很了。

想到家鄉的鄉鄰父老必定交口稱頌，而老父雖亡，老母卻在，到時候必定喜不自勝。他心中歡喜，收斂起嘴角的一抹笑容，向張偉道：

「陛下，說臣功高，賜爵封地，臣不敢辭。不過，自西漢七國之亂，晉有八王之亂後，封建之事再未行之。明太祖雖然封藩諸王以爲屏衛，卻亦不能裂土而授，臣雖然一定忠於漢朝，卻不敢保後世子孫不貪圖富貴行不軌之事，且封授海外，兼併之事中央或難制止，若是到時候獨立於漢朝之外，爭鬥不止，豈不是負了陛下的深恩厚德？」

他退後一步，跪將下去，鄭重道：「臣請陛下收回成命，只封爵而不授土。」

「臣等亦請陛下封爵而不授土。」

無論真心或是假意，各人均立時隨同何斌跪下，一起向張偉同聲道：「若爲子孫後代計，中央集權之制最爲妥當。」

張偉先令各人站起，繼而向呂唯風問道：「唯風，你在呂宋時，最難爲之事爲何？」

呂唯風不知他意，因掂掇半晌，方答道：「爲難之事甚多，難則最難者，在於土人刁頑，平素目無法紀，嘯聚爲盜，大軍一至，則星散而逃。現下呂宋漢人不過二十餘萬，且多半居住在衝要城池中，土人人數約莫兩百餘萬，雖然定居耕作的已服王化，學漢語，寫漢字，衣冠髮飾漸從漢人，然則居於草野水澤的土蠻野人最是難治。官府諸多繁雜事物，甚難將全力用於剿平匪亂。此事，爲呂宋治平最難矣。」

「唯風，你受封侯爵，你之侯國便在西班牙人所謂棉蘭島之上，其島爲呂宋離島，土人勢力甚強，漢軍駐軍不過數百，只有一州、三縣，漢人不過數千。你的侯國方圓數百里，可比六合一縣，只憑著當地官府，彈壓得住，保有得住？我爲你選的，乃是有著各種珍奇異產，山林魚產豐富的上佳好地，就這麼放給土人糟蹋？」

呂唯風原是世家子弟，然則家境早已破落，這些年來投效張偉，一直奔波勞碌，俸祿雖高，卻仍不足恢復其祖上家業榮光，此時聽得有可堪比擬內地一縣的如斯上好美地，只需用心加以經營，別說恢復原產，只怕原有的明朝藩王，亦是不如。

他心中激動，卻不敢表露半分，只又向張偉道：「雖然封藩可以鎮壓地方，亦可使臣等尊榮富貴。

然則葉伯巨前言猶在耳，臣等不敢因私廢公。請陛下多置官府，多設流官，數十年後，呂宋自安。」

張偉橫他一眼，又向殿內諸人掃視一周，冷笑道：「漢高祖當年封爵時，諸臣私下議論紛紛，唯恐天子不公，對不住自己的功勞。不成想我新漢的諸公都是如此高風亮節，推讓不受，這真是讓朕歡喜死了！」

他口說歡喜，其實臉色已冷將下來。殿內的諸臣都隨他已久，除了何斌等寥寥諸人之外，各人都被他看得膽戰心驚，唯恐皇帝這股怒火落在自己身上。

何斌見他生氣，忙上前圓場道：「吳、呂諸公都是為了陛下身後千百年計，陛下不可縱性使氣，涼了眾人的心才好。」

「不然！這世間利字當前，生死大事尚且不顧，哪裡就能忠忱至此？我自起事日起，就曾有言在先，我張偉用人，一定要使人富貴尊榮，是以這麼些年，從未虧待過諸臣工。今日如此，他們或許有些為後世計的想法，但多半，還是憂讒畏譏，害怕眾臣議論，將來吏筆如勾也罷了，倒是眼前亂蜂螫頭，很是難過。」

他用目光掃向吳遂仲、呂唯風、羅汝才等人，逼問他們道：「子女衣食人所愛之，反常即妖！爾等不欲受爵錫土，難道要我這個位子麼？」

此類話最是敏感不過，饒是吳遂仲等人乃是自臺灣相隨的重臣，亦是抵受不住，各人連忙跪定，向張偉泣道：「陛下此言，臣等不敢受。若是陛下相疑，賜臣等死就是。」

張偉仍欲斥責，卻見何楷從容上前，奏答道：「陛下，趨福避禍，此人之常情也。若是有人反亂，或是不利於陛下，臣等身爲齏粉，亦不敢稍退半步。而現今是太平時節，臣等憂懼清議，一則愛護己身，二則爲陛下弭謗，陛下又何怒之有呢？」

陳永華亦道：「陛下自處死巡城御史事後，每常自悔，不肯輕易罪責大臣，亦絕然不肯以言罪人。民間報紙清議如潮，臣等亦是讀書人出身，擔心身後罵名，是以不肯受封，此亦人情之常，何謂反常？」

這兩人雖然位分並不如吳遂仲等人爲內閣大臣一般高高在上，其實在張偉心中，兩人以明朝舉人進士的身分在早期投台效命，其實遠較吳遂仲等人更受信重。此時雖然話語之中並不客氣，倒也使得他怒氣全消。

因笑道：「兩個老夫子說話，罷了，爾等全部起來，待我講說。」

此時大殿內早有宮女雜役搬上座椅，張偉命各人坐下。正欲說話，突見羅汝才歪斜著屁股，只有三分之一坐在椅子上，扭來扭去好不難看。因奇道：「汝才，做這怪模樣是爲什麼？」

各人此時亦都看到，俱是奇怪，卻見他憋紅了臉，扭捏著答道：「前幾天在宮門處遇著理藩部的郎中吳應箕，他向臣道：諸公都是從龍勛舊，在陛下爲布衣時便相隨左右，最受寵信；然則有利便有弊，因受信重，難免放浪形駭，常有違制越禮之處，時間久了，難免有禍。臣聽了之後，覺得很有道理，是以陛下雖然賜座，卻不敢放肆坐實，緣故就在於此。」

張偉聽完，只覺哭笑不得。明清之際，任何親貴大臣，在皇帝面前都只能跪，而不能站，尊榮之人，或許有軟墊墊膝罷了。他不但不令人跪著回話，反而恢復前制，大臣與皇帝長時間談話，都有座位。舊明大臣當慣了奴才，跪著習慣，此時屁股下有了座椅，反而萬分的不習慣，甚至有人很是不滿，覺得皇帝不像皇帝，大臣不像大臣，有逾禮制。張偉每常看到那些大臣斜欠著屁股坐在椅子邊上，就會想起阿Q的那句：跪慣了，還是跪著的好。明朝之際，人的思想僵化與奴性之重，當真是令他匪夷所思，難以理解。

因沉著臉向羅汝才喝道：「你要麼現在就滾出去，再也不准陛見，要麼就給我坐實了！」

也不理會羅汝才苦著臉又坐將進去，自己只管侃侃而言，將封授海外土地的利弊一一向諸人解說，只說了半個時辰，方才解說清楚。

說畢，他飲茶解渴，向陳永華道：「復甫兄，你說說，雖然或許會有勛爵之後反亂的事，不過是否利大於弊？」

陳永華沉吟道：「不錯。依陛下所言，漢晉之際以土地為力量，掌握人中，修繕甲兵，煮鹽鑄錢，力量過大中央難制。而現今，以憲法為制，中央又有絕對的力量，各公侯國除了有衛隊外，不得私設官府、鑄私錢，而且土地為常例，不准兼併。呂宋雖在海外，四十天內消息便可傳到京師，有敢違制者削地剝爵，又可以令各公侯國鎮壓土人，擴大我天朝實力，利大於弊矣。現下又都以火器成軍，所耗甚大，且又力量極強，海上水師亦非任何一公侯國能置者，國家亦不許。如此，凡有叛亂者無可以對抗

中央，又有何患？」

「公侯諸國可以建立軍隊，然公國不過三千，侯國不過兩千，伯子男只一千，若中央下令，則各國需將軍隊交由各處總督將軍指揮，而平時敉平叛亂，各國亦可向中央求救。強幹弱枝，永爲垂制，則不必擔心各國禍亂中央。」

「各國可依具體情形自立律法，然不得與中央法律相抵觸，各國除了田賦外，其餘各稅與中央依例分成，中央多而地方少；各國官員，亦編入中央體制，可與中央互相調用。此確實中央權威，比之唐朝藩鎮，中央無財權、政權、軍權截然不同。」

「由都察院派駐監國御史，可以隨時監視彈劾不法，無懼於後世子孫胡作非爲，此亦甚妙。」

「封國不得在內陸，封地只在海外。在海外爲官時，不得臨其國；在中央爲官者，亦不可臨其國。待咱們子孫輩時，勢必在朝，在地方時，由公侯國組成會議，決斷地方大事。凡地方稅務、法律、軍務，均由公侯會議決斷而行。如此，可以集思廣益，可以由地方總督、巡撫監視公侯，亦可由公侯會議防備督、撫權勢過大，或是爲害地方。」

張偉聽諸人議論紛紛，知道一者是自己的這些打算確實有理，使得這些跟隨自己多年、腦子並不僵化的重臣們心悅誠服；二來也是重利所在，大家原本就是半推半就，害怕人言耳，此時有了反駁理由，自然個個氣壯如牛，樂意受命了。

他止住各人的話頭，微笑道：「就這樣，公國方千里，約等內地一府，侯、伯約等內地一縣，子、男、國士，約等內地數鎮。如廷斌兄的翼國，方圓過千里，已有人口過萬，內有金、銅數礦，還有山林、漁場，弄好了，每年可以白銀過百萬。廷斌兄，你現在諸多公務纏身，你的長子現下不過十歲出頭，不能當家理事，不妨派遣心腹之人，由你設府立縣，派駐官員，編入中央官制，招撫流民赴呂宋爲你墾荒。如何料理，想來你必會辦得妥妥貼貼，要不了多久，我大漢子民必可充斥南洋等諸處，南洋諸處，亦必定成爲我大漢的囊中之物。」

此次大封功臣動靜甚大，凡新朝建立，所有上下的功臣勛舊無一不盼望此事。與諸人期望有所不同的是，不但新朝有明朝公侯伯沒有的子爵與男爵等諸多新爵之外，所有的爵位與春秋時相同，皆是授土封矛。

比如施琅，乃是武臣第一，除何斌外，就屬他隨張偉時間最長，是以他的封地與何斌類同，皆是呂宋最爲膏潤之地，出產甚多。此人一向懼內，又不善經營，家產不足何斌的百分之一，他現下駐節福州，甫一接到恩旨，全家上下皆是感奮之極。因施琅官身在身，現下不能親臨封地，於是立刻由其弟帶著家人先去探勘，待落實地界之後，便可先鑄城募兵，招募無地佃農前往耕作。

自施琅而下，周全斌、江文瑨等人則受封侯爵，封地略小，出產卻亦是很多。各人都是平常人家出身，得了偌大封地，其中各有特產，只需用心經營，均是百萬數十萬金的收入，一下子富貴至此，人生已是無憾。況且封地之上，除了需遵守中央法度外，各公侯就是國主，比之明朝的虛爵又強過許多。

周、江二人追擊滿人已至黑龍江之北，聽得信息，均是感激之極，行軍打仗越發用心。而他二人

屬下中，亦有不少受封爲伯、子、男者，均是各有封地賞賜，全軍上下接令之時，當真是歡聲雷動，直入雲霄。與此兩衛相同，在草原剿擊蒙古的劉國軒與孔有德，駐防北京的張鼐，深入甘寧的張瑞與契力何必諸人，或前或後均是收到恩旨，各封侯伯，領受封地。

一時間，不但南京城內冠蓋雲集，欣喜若狂，全國各處，制服造冠者亦是甚多。中國古制，帝冠十二梁，王九、公七，侯伯下皆五，自授爵那日起，南京內外珠光寶氣，冠蓋輝煌，自張偉攻下南京後稱帝日起，此時方算是真正的有了新朝氣象。

與從龍勛舊的喜氣洋洋不同，前明降臣受爵者甚少，除了首降的鄭煊被封伯爵之外，其餘雖然可能位至閣部、地方巡撫，但是因其功勞不著，降附時間很短，並不能與臺灣勛舊相比。倒是前明降將，因投降後大多立下軍功，漢朝軍功比之文官政績強過許多，不但那些早降者有不少受爵者，就是吳三桂這樣的新降之人，亦因在朝鮮遼東有功，受封伯爵。

於是原本就一直攻訐分封制度不妥的前舊眾臣雖不敢當面反對，卻是唆使門生故舊，或是直言上書，或是在報紙上議論攻擊，將自西周、兩漢、西晉，乃至明朝的分封弊端一古腦端了出來，長篇大論的奏報上去，言語間雖是恭謹，卻又將明太祖處死葉伯巨的舊例提將出來。言下之意，張偉拒不納諫，必蹈明太祖當年分封之覆轍。

鄭煊乃是前明舊臣中投降最早，最得重用，亦是受封伯爵。此時一眾儒臣不敢公然與張偉唱對臺戲，亦不能攻擊何斌等臺灣系的重臣，只得將火力對準了鄭煊，每日攻訐不止。

第九章 大封功臣

張偉亦知其意，知道他害怕分封一事引發後世紛亂，如西晉八王之亂，使國家立國不足百年，就頹然傾倒。其實中國歷史，權臣篡國之事筆不勝書，然則得國久些，便是聖君，得國短的，舉朝無好人。

漢興二年春四月，南京的天氣已是甚是和暖。清明過後，秦淮河兩岸的楊柳已是稀稀疏疏地綠成一片。張偉與柳如是並肩立於河中畫舫之上，攜手觀看兩岸風景。

柳如是見人潮如織，行商洋夷不絕於途，向張偉笑道：「陛下，雖北方戰事未止，南京卻並不受絲毫影響。難怪近來常聽人說，南京乃是六朝金粉盛地，王氣直沖雲霄，陛下決定定都於此，甚是英明。」

她從未曾在政事上有過什麼見解，張偉此時聽得她說，甚覺奇怪，因向她笑道：「這話是怎麼說起的，妳每常都在後宮，怎麼聽到人說起這些？」

「妾身可不是妄評政治，只是此時天下安定，四海晏然，萬國來朝，忍不住誇讚陛下幾句。」

張偉知道她在此事上十分謹慎，此時雖從容說來，卻已是垂首低頭，仿似做了錯事一般。她現下雖是兩個孩兒的母親，卻亦不過是二十出頭年紀，居於深宮，保養和妝容甚好，張偉低頭看去，只覺眼前的她看來不過十七八年紀，皮膚細嫩白皙。此時被他看得有些嬌羞，臉龐上微微透出一股紅暈來，忍不住伸手在她臉龐上摩擦上去，只覺得滑膩柔軟，甚是舒服。

正欲就手往下摸去，卻被柳如是一把打落，向他嗔道：「這成什麼樣子，河上原本就船妓甚多，你又這樣，讓人家看到，當我成什麼了。」

又道：「還有她們，難免背後議論。年輕的也罷了，稍大一點，異樣心思甚多，不定做什麼怪呢。」

說罷，嘴巴微微一努，張偉已知是隨行出宮的一眾宮女們在身後竊笑。張偉心中明白，因自己後宮只有柳氏一人，不但是朝中的老夫子們甚多話說，就是後宮的那些女官們，亦是心中很有些別樣心思。

他臉上不動聲色，回頭向倚在船艙兩側，正捂著嘴嬌笑的一眾宮女們斥道：「笑什麼！朕與皇后在此，你們也敢如此？」

柳如是正欲勸解，卻聽張偉又令道：「來人，將她們都帶下去，每人掌嘴二十！回宮後，著即發出宮外，令伊等父母領回。」

耳聽得這些花季少女低泣哀告，柳如是心中不忍，向張偉道：「陛下何必如此。她們都是半大孩兒出來，也隨了我這幾年，也該稍存體面才是。」

張偉低頭向她道：「妳不要勸，這不過是立個規矩，讓後宮知道綱紀。妳太心軟，後宮的普通宮女們都敢和妳頂嘴，甚至拿妳說笑。那六局的尚書，也很有一些對妳心中不服，有取而代之的心思。」

柳如是心裏一酸，知道他是爲自己著想，低聲答道：「臣妾出身娼門，太過寒微，也難免這些良家女子瞧我不起。況且，朝中大臣和後宮的女官們都說我狐媚陛下，不使陛下多納嬪妃，以致大漢國本虛弱，萬一陛下和皇長子有個好歹，卻致天下如何？」

她說到此處，忍不住將雙手握住張偉的手，懇求道：「陛下聽我一言，仿周朝古制，再納八個嬪妃就是了。臣妾明白陛下的心意，並不願意後宮爭風吃醋，將來諸子爭位，不過，煌煌二十二史，都沒有皇帝只有一個女人的道理。上個月煒兒突然生病，朝野沸然，若是國本不保，陛下又有個意外，天下大亂，那都是我一人的罪過了。」

張偉只覺得她雙手冰冷，簌簌而抖，情知是近來諸般事情都壓了下來，使她承受不住壓力所致。雖然古人道嫉妒是五出之一，要每個女子對丈夫捻花惹草都欣然接受，然則年輕夫妻正是情濃之時，又怎會真心願意多幾個女人出來與自己分享丈夫？

他想到此處，覺得很是心疼。自己未必沒有對她產生過膩煩心理，也曾經對後宮美色動過念頭，可是總覺得不可使這個小自己許多的妻子難過，又因國事繁蕪，時間一久，便也淡然。此時聽她娓娓道

來，更是確定不納後寵的決心。

他緊握著柳如是雙手，決然道：「妳和我都很年輕，這一年來，我多半時間在外面，以後我可都留在宮裏，時間長久，妳再多給我生幾個兒子，還怕什麼？」

見她又想說話，張偉將手指按在她唇上，笑道：「況且我也是三十多歲，男人精力越大越是不足，妳才二十來歲，滿足妳都還害怕心有餘而力不足，況且多納幾個。歷朝歷代的皇帝是很多老婆，但也大半活不過四十，前車之鑑不遠；明帝多荒淫短命，我可不想死在女人的肚皮上。再有，妳現下見識也多了，前天我還令湯若望進了一本西洋各國的圖冊給妳，妳看了沒？西洋諸國，國王都只娶一后，人家還不是傳國數百年，無有變亂者？不過此事並沒有這麼簡單，我以後一定要改良政治，皇子縱是尋常之資，亦可保帝位不失。」

「你說的倒是好聽，只是人言紛然，令人畏懼。」

張偉臉上一陣青色掠過，卻又隱而不言。他將柳如是輕輕摟住，只笑道：「這些事妳不必管，對這些大言炎炎的儒生，我最近就要有些舉措出來。嘿，我不肯以言罪人，這些人越發蹬鼻子上臉了。」

柳如是倚在他懷中，只覺得溫暖寬大，心中甚是平安喜樂。她心中高興，不知怎地，忍不住又道：「聽說在認識我之前，你還有個紅顏知己，是個番邦女子，長得很是漂亮。當年在福州，你見了人家，就魂不守舍呢！」

她見張偉不答，便笑吟吟追問道：「現下她在何處？年歲多大？若是你心裏不捨，不如派人去尋她。以你現下帝王之尊，還有什麼事辦不下來？若是她家裏以前還有嫌你身分的想頭，只怕現下只要你一句話，立時就將人送了過來。」

張偉原欲否認此事，料想是何斌或是施琅等人的夫人入宮時說了出來，若是否認，越發顯得自己心中有鬼，只得苦笑道：

「當年不過是年少荒唐，見了美貌女子就心生傾慕。後來在南洋曾見著她一次，她祖父亦曾有許配給我的念頭，只是她家在南洋勢力太大，當時我又勢力單薄，若是從了這門親事，只怕要受制於人的多。」

他鬆開柳如是，一個人走到船頭，傲然道：「想我張偉當時就有救國濟民、一統天下的心思，怎麼能為了兒女私情拋卻家國大事？若是當時允了這門親事，必定生出許多掣肘之事來，我若從之，則大業難成；若逆之，徒傷枕邊人之心，是以中夜推枕，斷然絕了這門親事。」

柳如是只覺心中略有些發酸，微一楞住，想起張偉待她之誠，便將一點小小不快拋卻，走到他身邊，柔聲問道：「那她現今如何，嫁人了沒有？若是還沒有嫁人，以陛下現在的身分地位，自然不必擔心這些小事，不如娶進宮來，我與她姐妹相稱，也省得人多嘴多舌，說個不休。」

張偉想起當年在吳府後花園見到吳芩的情形，心中亦微覺發酸，只搖頭道：「崇禎二年時她已是二十出頭，現下已有二十五六，只怕孩兒都能走路啦。」

說罷，並不再說話，與柳如是相互偎依一處，靜靜看著秦淮風景。

待夜色垂將下來，兩岸及河中燈火通明，狎客騷人船妓等淫蜂浪蝶開始充斥其間，二人耐不得如此吵鬧，柳如是又自小在此類環境中長大，很是不喜，便興盡而返，至得深宮之中，二人自有一番款洽，卻也不必多提。

待到第二天天明，張偉自宮中發出詔旨，召見此次所有反對分封的諸臣。不論官職大小，一律入宮至奉天門平臺召見。

此次反對最力者，乃是以錢謙益爲首的東林一黨，再有一些前明降臣景隨其後，鼓舞以壯聲威。東林以大義爲旗幟，正好對了這些人的心思。原本因爲分封的多半是從龍舊臣，前明一系的儒臣很少得到封授，眼見人家得了偌大好處，自個兒也是辛苦辦事，只是年歲太少，地位卻已是天差地遠，又教他們如何能夠服氣。況且此次分封，不僅是何斌那樣的商人得到實封，就是當年臺北火器局中幾個出力甚多的工匠頭目，竟然也有被封爵者。再有那些洋夷之人，不過因早年就在台辦差，亦可得爵。中華名器，竟然授與外夷，當真是令人忍無可忍。

此番得到詔旨，眾臣皆是興奮之極，以爲張偉就是不肯從諫，亦是知道清流朝議的力量，必然會對他們加以撫慰，甚至小有恩賞，亦未可知。

這些儒臣中，以前明督師輔臣、封疆大吏洪承疇身分最爲尊貴，其餘何吾騶、錢謙益、黃尊素等人或是投降侍郎，或是在籍冠帶閒居，雖然曾經任職中樞，到底不如洪的身分尊貴；至於鄭煊、孫傳庭、余大成、解舉龍等人，不過是地方守吏，雖然有位至巡撫者，與中央樞臣相比，又稍差一籌；其餘吳應箕、陳貞慧、朱國貞等人，只不過跟隨尾從，以壯聲威罷了。

這群舊明降臣，各懷心思，其實亦不如他們表面所呈現出的那般團結。鄭煊與黃尊素久被重用，鄭煊年富力強，又受信重，正欲大展其才之時，然而因爲受封爵位，賜土封疆一事，被前輩同儕攻訐不止，以前的門生故舊，亦對他非議甚多。如此重壓之下，他只得先上表辭讓，繼而又隨同諸多前明大臣一起反對分封。

此次群臣中，他以舊朝論，資歷平常，不過是掛布政使銜一應天知府；或是新朝論，他又是內閣大臣，新封伯爵，無論在前在後，都屬尷尬。好在黃尊素卻不過門生同僚的情面，雖然年老不欲問政，卻也勉力而來，與他地位相若，兩人站於一處，說話閒談，以解困厄。

至於投降後得到重用的洪承疇、孫傳廷等前明大吏，因投降日短並無封爵。此次錢謙益等東林黨人攪風攪雨，弄得朝局大亂，他們一則亦是文人進士出身，在舊有思維下很難接受分封制度，此時眾人一力反對，他們樂得景從隨眾罷了。

眾臣或是身著朱紫，或是衣著青綠，三五成群聚集在奉天門外，等候皇帝御東便門召見。各人都是絕早起身，四更便已準備停當，五更時分已到了奉天門外。漢朝規制，上朝召見都是辰時召對，此次卻命群臣於卯時即至宮門候傳。

這些大臣多半是年老體衰、養尊處優之人，又多半是前明的地方官員，舊朝的早朝不論寒暑，均

是天色黑沉時便需起身，天色微亮時已經快要散朝，乃是中樞官員最爲辛苦之事。此時衆人早早到了宮門處等候，初時尚因皇帝要召問大政而興奮，倒也忘了寒冷饑餓。

待等了一個多時辰，皇帝的蹤影倒沒看到，那些起身很晚，吃飽喝足後在溫暖陽光下來上朝辦事的中央漢官們卻是陸續來到，各人都是紅光滿面，精神十足，一個個路過宮門，看著這群又冷又餓的老夫子縮頭縮腦站在宮門廣場喝風，各官都是笑嘻嘻交頭接耳而過，邊行邊指指點點，令一衆以名臣大儒自詡的錢謙益諸人難堪之極。

各人正等得焦躁，看到吳遂仲與袁雲峰等人迤邐而來。見他們一衆自臺灣從龍的大臣皆是公侯大朝著裝，頭上冠冕堂皇，七梁寶珠隨著腳步搖曳而晃，被東方的朝陽一照，當真是耀眼眩目。

黃尊素看到孫元化亦隨同其後，冠帶輝煌，忍不住哼道：「徐元扈一生所學，盡授此子，學問是有，可惜品格……」

他搖頭嘆息，不肯再往下說。站在他身邊的吳應箕卻忍不住道：「此子也罷了，他早早就投效今上，今日此舉也不足爲怪。此時元扈老先生亦受伯爵之封，坦然而受之。其弟子受封侯爵，老先生卻是伯爵，這師徒二人見面，該怎麼處？」

黃尊素瞥他一眼，見他一臉激憤，知道此人在新朝並不得意，一向有些激憤之語，近來甚至有些遺少味道。自己看在他是後學弟子份上，提點過幾次，卻仍是不成。便向他溫言道：「次尾，你有所不知。徐閣部年事已高，老人家爲子孫後代計，有些糊塗是真，這倒也不足爲怪。」

「老師亦是過了花甲之年，卻仍然固辭封爵，不欲以田宅留給後人；這等高風亮節，他卻爲何做不到？」

說到此處，他偏過頭去，低聲冷笑道：「這還是學術不純所故！」

徐光啓乃是明末第一大科學家，其一生學術成就甚高，只是並非在傳統的儒學之上，而是如幾何等西學及農學上。其所著的農書現下是江南農業的參考教範之一。在張偉看來，他是無價之寶；然則在一些傳統的士大夫眼中，此人學術雜駁不純，並不值得欽佩。

黃尊素正待再勸他幾句，又見吳遂仲等人走近。他曾與這幾人同在內閣爲同僚，只得走上前去，敷衍道：「首輔大人，袁大人，孫大人，諸位這便下去辦事了麼。未知陛下何時有空召見咱們？」

吳袁二人只是向黃尊素略一頷首示意，便已離去。黃尊素正在納悶，卻見一向不曾與其交結的孫元化停住腳步，笑嘻嘻道：「老先生稍待，陛下適才在殿內召見我等，現下正在更衣，一會兒就在平臺見你們。」

他見黃尊素納悶，便又笑道：「學生辛勞這麼些年，自感心力交瘁，自封爵之命一下，便已向陛下請辭一切官職，願意之國藩屬。陛下適才已經答允。此一去家國萬里，與諸位老先生很難再見，心中正在感慨，能在此時見上一見，倒真覺得親切起來。」

黃尊素先是愕然，繼而莞爾一笑，知道這人是性情中人，忙碌之時冷面冷心，此時要之國就藩，方有此兒女情腸之態。因笑道：「元化兄藩封何地？」

「聽陛下說，是將宿霧島整個封給了我。那裡四季溫潤，水產海產甚多，還有椰子、捲菸等特產，全島方圓數百里，又是呂宋門戶。」

他搓手而立，當真是喜不自勝。見黃尊素面色慢慢沉將下去，便笑道：「老先生不必擔心。陛下向我嚀囑再三，宿霧乃是防禦呂宋門戶的重地。與其餘藩封不同，是以我此次過去，招募軍隊，鑄炮防備的重任，都由我一體擔當。而漢軍還有駐軍於島上，互為犄角，可使宿霧防務越發穩固，此是兩利的好事。老先生與宗羲世兄都受封伯爵，均是可立刻之國的上好封地，有什麼治政良策，不妨去試行看看。只要與國家大法相融，各國的國務均可自行署理。前日遇著世兄，他已決意不日就南下，我兩家到時候可一起同行，至南方招募人民，此等好事，老先生為什麼不能欣然受之？」

「義之所在，不可言利。吾兄不必多說，大家各存己論，由陛下裁奪便是。」

孫元化情知勸說不來，便向他微一拱手，轉身告別。

正欲行間，又聽吳應箕向他問道：「孫大人慢走，適才首輔大人他們亦是身著公侯冠冕，與大人一處，難道亦是要之國而去？」

「沒錯。吳大人與袁大人等人適才被陛下嚴斥，命他們退出內閣，即刻之國。」

「此是為何？」

這一消息立時讓過百名大小官員為之驚愕，吳遂仲的從龍舊派，與錢謙益等人的東林黨，再有前明文官自成一黨。這幾個黨派在政治上各有見解，平時裏互相攻訐，以打擊對方為樂事。張偉對結黨之事卻不如崇禎帝那樣敏感多疑，任由其便。這兩年來各黨派越鬥越兇，漸漸已到了危及政務的程度。

與西方政治的良性競爭不同，中國自牛李黨爭以來，凡是政治派別鬥爭，均不是以做好事來打擊對方，而是拚命攻擊對方做壞事，抓別派的痛腳陰私，或是以人身攻擊，輿論打壓爲主。張偉原本是想藉黨爭來確定民主黨派的發萌，到了此時，不免深爲失望。

孫元化見眼前的多半是東林黨人，各人聽聞消息後，先是愕然，繼而欣喜之色難掩。各人都道吳遂仲一派既然失勢，張偉寬宏大量，不像明太祖誅李善長、胡惟庸那般動手誅戮，卻也將首領放逐之國。閹黨中的吳派失勢，何斌對黨爭一事素無興趣，豈不就輪到東林勢大？

眼見各人都是一臉喜色，笑吟吟看向東角門方向。孫元化知道這群人利慾薰心，根本不曾看出這是張偉要拿黨派之事和阻礙分封一事拿他們發作，卻還一門心思想著升官發財，當真是愚不可及。

他搖頭嘆息，也不肯再多話，只是決意儘快動身南下，奉著老師全家和黃宗羲等人一同往呂宋藩封，以他老師的格物致知工夫來治理封地，遠離此間是非之地的好。

眼見孫元化等人越走越遠，各人伸長了脖子等候宣召。直又等了一炷香工夫，方才有內廷衛士前來傳召，又有御史前來糾劾朝服儀表，亂了一氣，這才由黃尊素等人領頭，魚貫而入。

到得東角門平臺，見張偉正端坐以待，各人忙慌忙跪了，只一跪一叩首，便各自起身侍立。

黃尊素見張偉拿眼看他，便上前躬身道：「陛下，分封之事，臣有異議。」

「是麼？你的異議朕都見過。此刻不必再說，下去等朕發落。」

「臣請陛下聽臣一言……」

「先生不必堅持，此事朕已有決定。先生在臺灣時便襄助大業，出力甚多。此事不過是受人蠱惑，朕不罪你。不過，漢軍自有法度，本以霸王道雜之，奈何純任德教，用周政乎？」

不但黃尊素如受重擊，便是連站在其身後的洪承疇諸人，亦是一時色變。

張偉所言，正是當年漢宣帝所言，亦是成帝之前的漢室治政國策。漢初，以黃老之政治國，後來武帝獨尊儒術，罷廢百家，這才形成了後世儒學獨尊的基礎。而在漢成帝前，漢宣帝治政仍然是儒法並重，並不如其曾祖父那般獨尊儒家。在有大臣質問時，宣帝便是這般回答。司馬光修資治通鑑之時，便以此語貶低宣帝，謂稱此是宣帝政治生涯裏最大的瑕疵。

張偉此刻當著全數是進士出身的儒臣面前口出此語，便是確定新漢的治政方針。不但是諸人看不慣的雜學西學繼續留存，而原本有著獨尊地位的儒學，亦已淪落到平常學說的地步了。

眼見諸人都是一副如喪考妣模樣，眼見就要有人衝出來諫勸。張偉知道明際文官多半以文死諫爲信條，當初明皇大棍廷杖之下尚不屈服，自己的話又是改變自漢武以來獨尊儒術的國策，不但眼前這些士大夫很難接受，便是尋常的鄉下老儒，甚至普通百姓，也很難同意。

他卻也不急，轉頭向洪承疇問道：「你此次求見，是與他們一樣相同的看法麼？」

洪承疇原本就在心裏首鼠兩端，此時見了張偉神情，越發知道厲害。此時見他詢問，忙低頭躬身答道：「臣意並非不贊同分封，而是擔心漢七國之亂，明靖難之役耳。今陛下並非以國家私封血親，而是賞封功臣，又規定法條軍備，不但無害，反而可以裨益中央，臣中夜推枕，歡欣之極。陛下雄才大略，竟能思謀出如此良法，臣欽佩之至。」

「那麼，降儒獨尊，重興諸子百家，你意如何？」

說到此事，洪承疇卻無論如何不肯贊同。分封之事也罷了，若是此時他首肯張偉之說，出了宮門，便會被全天下的書生用唾沫淹死。只是犯顏直諫，他之為人卻也是做不出來如此激烈之事。低頭想了一會兒，方沉聲答道：

「陛下，永樂二年間，有饒州狂生朱季友上書朝廷，並且著書立說，毀謗儒道。他勸成祖棄絕科舉，廢罷儒學，不拘學說使用人才。此人狂悖如此，當時的禮部尚書李至剛，左春坊學士解縉等人皆是十分惱怒，上疏請成祖治其罪。成祖覽奏之後，亦覺其詞理狂悖，毀謗先賢。著令有司將其杖打一百，關押回鄉，不准其再著書教人；其著述文字，悉數銷毀。因著此事，大學士楊士奇曾道：『文皇帝之心也，孔子之心也。』」

說到此處，他忍不住為之淚下，跪下泣道：「臣，罪餘之身，以明臣事漢朝，原本便無顏立足冠帶之間。然則陛下卻是英睿神武，開創強漢之基，若是此時偃武修文，輕薄徭役，撫恤生民，上應天心，下睦賢哲，何愁不成為後世景仰之一代聖君？若是此時有不利儒學之舉，臣只怕陛下千百年後，會有身後名聲之累。」

他言辭懇切，神色真摯，確是為張偉後世聲名考慮，是以語出至誠，亦很有情感。身為前明大

吏，既然投身以事新朝，自然希望新朝皇帝是後世稱頌的仁君聖主。那麼他投降一事，就可借由張偉的聲名掩蓋，成爲上應天心，下順民意之舉。是以無論如何，他都不願意張偉在錯誤的道路上一誤再誤。

張偉亦知其意，知道他害怕分封一事引發後世紛亂，如西晉八王之亂，使國家立國不足百年，就頽然傾倒。其實中國歷史，權臣篡國之事筆不勝書，然則得國久些，便是聖君，得國短的，舉朝無好人。張偉現下不但分封，還要挑戰儒家兩千年來的獨尊地位，此事一旦施爲失敗，再有分封一事，雖然新漢現在氣象鼎盛，或許覆亡就在頃刻之間，以洪承疇等人的政治眼光，又怎能不憂急萬分。

「卿不必多言，此事朕已有了定論。千百年來，中國皆以儒術治之。歷朝歷代非讀書人不用，然則自西漢至今，讀書人投靠外夷者有之，黨爭禍國者有之，投身閹宦者有之！此尚且是大義所在，所謂讀書養氣，正己以正人，是所謂乎？」

說到此處，張偉忍不住站起身來，踱到錢謙益等人身前，訓斥道：「爾等以聖人門徒自詡，總是大言炎炎，動輒大義。我且問爾等，家中田畝不足百畝的，有幾人？家中僮僕不下百人的，有幾人？爭權奪利，貪圖享樂，爾等真是操心國事？笑話！」

他並不指斥黃尊素等人，卻將他們身後的一眾小臣挨個點出，這些人或是曾經貪汙，或是流連煙花之地，或是多置田畝土地，收取重賦。這夥人與吳應箕等人不同，雖然亦是進士出身，卻並不是將書中的那一套鬼話奉爲圭臬，爲人品格上多有缺陷，被張偉派司聞曹一一偵聞得知，此時當眾訓斥指責，卻令這些自詡爲正人君子的朝臣難堪之極，一時間無地自容。

黃尊素等人越聽越是心驚，委實料想不到自己的這些門徒表面上光風霽月，坦坦蕩蕩，背地裏卻是如此齷齪。張偉並不與他們辯論儒家經義，卻從人格上下手，一下子打得眾人措手不及，各人都難堪自己出醜，哪裡還敢出頭與皇帝辯論大義。

張偉心中得意，知道這一悶棍敲得不輕。明皇用棍子打不服朝臣，實爲自身不智。打擊這些所謂的正人君子，最好的辦法就是先在人格上將其否定，那麼以不現實的道德標準要求別人的他們，哪裡還有臉爲大義爭執。

錢謙益爲官多年，家裏有良田數千畝，雖然以明朝舊例，他還不能算得上是貪官。不過自身家產來路如何，自然是心中有數。此時見皇帝一一將黨羽的污點當眾拿出來斥責，他心驚膽寒，唯恐當年在崇禎朝以貪汙事被黜一事重演當場。當日事他雖然被汙，卻也是因己身並不那麼乾淨，若是依著漢朝的都察法令，只怕家產立刻被抄，自己亦要鋃鐺下獄。

此時群臣開初的幻想已然破滅，各人只盼皇帝能夠開恩，免了各自的罪過就已是皇恩浩蕩。黃尊素自身持正，卻不如那夥人一般害怕，因見張偉回座，他便冗聲道：

「陛下，眾臣多半有罪，臣亦心驚。然而聖人之教卻是沒錯，只要各人能修身受教，聖言煌煌，以天下學官教誨訓導，朝廷多有褒獎恩賞，數十年後，天下必然大治。若是將以嚴刑酷法治國，以法家學說與聖人並重，惑亂人心。臣只怕亂世不遠，治世寧有日乎？」

「儒法及百家並重，方才是治世之道。如卿所言，當日齊宣王並不信儒家學說，亞聖孟子上門宣

教，宣王亦曾受教聆聽其言。若是他除了法家一概不信，並不准儒學流傳，各國當時信儒者甚少，依例皆是如此。試問今日，還有儒家經典存於後世麼？當日各國國君尚能兼收並蓄，以使百家學說流傳，諸子遊說各國，君主待若上賓。當時學術之盛，賢人之多，乃中國從未之有的盛景。秦始皇焚書坑儒，除醫農諸書外，餘者皆毀之不存。今諸君只存儒而滅其餘，與秦始皇何異？」

見黃尊素等人目瞪口呆，張偉又道：「儒學一向師古尊周，三王之制和周公乃是儒家口中最受敬重的賢明君主。他們的治國方法，亦是備受稱道。王安石變法，後來成為儒家叛逆，師古法古，古人的一切都是好的？其餘不論，這一點朕就容不得。拘泥成法，不容變革，凡有更改前制者，都是大逆不道。既然如此，朕就詔命天下，自此之後，凡有言古制強於今制者，一律治罪。」

他冷笑一聲，命道：「今日眾臣，俱需手書王安石所言的：天命不足畏，祖宗不足法，方能得出。」

又命道：「將黃尊素帶下，其餘各臣，一體辦理。」

他說罷起身，返回內廷。留在平臺上的眾臣眼見黃尊素被衛士半拖半架，送出宮去。留下的諸人相顧失色，不知道皇帝要如何處置他們。只是今日之事太過重大，適才沒有犯顏直諫是因太過突然，此時若是服軟出了宮門，各人半生的名聲氣節卻是一朝無存。

於是各官依次由平臺而下，至奉天門外宮門廣場依次而跪，叩請皇帝收回成命。

好在漢朝沒有廷杖一事，明正德帝與嘉靖皇帝年間，都有過百名臣子在宮門外叩闕請命，嘉靖曾經一次打過一百三十餘名官員的屁股，當場打死十幾人。張偉對這一源自於蒙古的野蠻行徑很是痛恨，曾多次斥罵當年的明皇。各臣跪伏在地，心中安然，反正屁股不至於遭殃，比之前輩們，還是安全的多了。

待跪到正午時分，各臣都是頭暈眼花，腹中饑餓，皇帝不肯答允，亦不肯再行召見；不管不顧，將他們晾在此地。過了子時，眾人正沒奈何間，內廷方傳出詔旨，著令宿衛司將一眾大臣押送大報恩寺。

那大報恩寺乃是南京城內第一大寺，是朱棣在打下南京後，爲了確定自己正統苗裔的地位，報生父朱元璋及馬皇后的恩德而建。寺周長九里又十三步，華美壯麗，用銀百錠，民伕十萬，犯人數萬，歷時近十年乃成。

待一眾朝臣身著朝服，被內廷禁衛執刀持戟押解至中山門外的大報恩寺，一路上，城內百姓早已轟動，過萬的百姓沿途跟隨，看著過百名官員如同囚犯一般被押解於途。各官眼見這些黔首百姓沿途嘻笑跟隨，看馬戲一樣的圍看旁觀，各人都甚覺難堪，雖然天氣尚冷，卻都忍不住汗透重衣。

儒家學說最講君君臣臣，父父子子，張偉又是他們的君，又是父，是謂君父。這些人心中雖然恨極，卻亦是不能口出怨言。有心罵兩句：「奸臣惑亂君父，荼毒大臣。」卻又是想來想去，不知道這奸臣是誰。張偉施政，向來是乾綱獨斷，哪裡能有大臣左右到他。若是罵了出來，就是辱罵君父，也只得在心中默念幾句，便也罷了。

一路上人山人海，所幸並沒有人敢阻路礙事，一路上直行無阻，直至大報恩寺之內。待各官隨同禁衛入得山門之內，均是倒吸一口冷氣。

這大報恩寺大雄寶殿前的廣場極大，一向寬闊壯美，令人甫入山門就拜伏在佛祖腳下。此時這大殿前的廣場之上，方圓里許皆已被草屋茅舍占滿，這些草屋無頂無簷，只以木架鋪以茅草，便算成屋。

各人正在詫異，卻聽押解他們前來的那宿衛班頭展開詔旨，宣諭道：

「昔者，三王五帝之時，雖帝王之尊亦茅屋草舍，無鍋無灶，無有床榻，衣著以獸皮，食以野菜粟米，偶有野物果腹耳。今爾儒家有言，三代之治乃後世帝王應效之者。朕亦欲從卿等所言，煩卿等先行入住此屋，待熟諳彼時風俗，乃推行天下，咸使行之。欽此！」

這些官員儒者雖然平素裏滿嘴三代之治，此時張偉突然如此做法，卻當真令他們哭笑不得。各人跪在地上，叩頭接旨之後，參差不齊地立起身來，均是面面相覷，不知如何是好。

洪承疇見各人都在發呆，乃展顏笑道：「其實三代之治，大家誰也沒有見過。只是聖人說好，今不如古，這麼些年相傳下來不曾改易罷了。況且，聖人說的是古代禮法好，又不是說獸皮草舍好。」

他打了兩個哈哈，又笑道：「不過今上亦是聖人，讓咱們這些孔聖門徒來感受一下，亦是好事一樁。」

眾人被他安慰揉搓一番，卻仍是苦著臉看向那些小小的草舍。又有人往裏查探一番，卻發現內裏什麼物什也無，只有幾個陶罐，看來是用來煮飯喝湯之用，再有稻草一堆，獸皮衣物及被褥若干。正自苦惱間，卻又突見山門外熙熙攘攘，一群人皆著獸皮紛沓而入。待定睛一看，卻見正是各自家人，或老或小，全數已改著獸皮，一個個灰頭土臉，被禁衛官兵押解而入。

待一眾官員的家人妻女走近，均是破口罵道：「都是你們這些殺千刀的，成天的法古非今，又偏說漢王分封不對，成天的聒噪上書，惹得漢王惱了。現下將我們都趕了來，家產全部看了起來，說是過一陣子，房宅全被平了，改為茅舍！再把咱們的田土都分給農戶，重復井田。你們鬧吧，到時候什麼都沒了，那時候全家都餓死了算！」

各人明知道這是張偉拿他們做法，必然不會如此，卻又想到今上做事雷厲風行，向來很是專斷，說一不二。若是當真如此行事，自己不過是一介儒生，新朝的功臣和軍隊都有分封好處，必定是站在皇帝一邊，無人肯為他們說話。那些貧苦農民若是知道皇帝願意拿大臣富戶的土地出來分封，歡喜尚且不及，又有誰會支持他們？

想到可怕之處，一時間各官都是冷汗淋漓，不可遏止。正慌亂間，卻又有一群如狼似虎的禁衛官兵衝上前來，逼著各官將身上衣服換下，全數換上獸皮。一時間原本衣著光鮮，頭戴紗帽，腰纏玉帶，懸掛魚符的朝廷大臣們，全數成了率獸食人的野人。

自這群朝官始，凡是此次上書言事者，均被張偉下令擇地看押，換衣易食，全家上下，全數趕入草屋之內居住。一面以如此的強力手段對付儒臣，一面下令恢復法家的地位，並命各處官學講授韓非子等法家諸子的著述。

中國的法家精神，乃是以絕對的強勢法律，強橫專制的君主來制馭臣下，與西方的公平契約式的法律精神截然不同。張偉之所以現下大張旗鼓的恢復法家，一來是他現在的改革需要絕對的專制地位，把儒家的天命君人學說摒棄開來，更方便他施爲政治。二來法家學說中沒有儒家的糟粕，並沒有什麼議親議貴的破壞法制的說法，將法家精神中平等法制的精神宣揚開來，將有利於下一步的契約和市民平等精神的塑造。

此後不過一月不到，在各處吃野菜、以陶罐喝菜根湯、穿著獸皮睡在稻草上的儒士們紛紛屈服，再也不肯以聖人之教來非議張偉的諸多舉措。各人紛紛按要求手書完畢，將歷史上被視爲洪水猛獸，被後世儒家痛罵的王安石名言抄錄寫下，這才得以換衣回家。

張偉不以刀斧相逼，亦沒有嚴刑拷打，更沒有將眾人下獄，輕輕鬆鬆完成此事。事古而非今，乃是儒學中最頑固也是最落後的一面，然而，當每個人帶著全家老小親身試驗過一次之後，卻再也無人敢於嘗試第二次。至此之後，凡有新政舉措出來，各人至多敢以當時實際事例來反對，卻再也不敢以兩千多年前的聖人教誨和陳腐發霉的政治信條來做爲依據了。

第十章　打擊黨爭

待湯若望辭出之後，張偉見陳貞慧仍在發呆，便向他笑道：「年紀輕輕，切莫效老夫子！朕此次決意以過百艘寶船軍艦，載商人、儒、釋道及貨物軍士，共三萬人，往歐羅巴洲出使，宣揚大漢國威！而你，便是使團正使，李侔為將軍，統領隨行漢軍。」

陳貞慧自從交卸了押解犯人的差使，又重回內廷爲巡查御史。他因仕途得意，不免與新朝官員走得略近，三番幾次下來，新黨並不信納於他，東林上下對他又很有意見，兩邊落空，簡直快成了風箱裏的老鼠。

痛定思痛，在此次吳遂仲首輔內閣大臣被罷黜之後，呂唯風受命接任。此人一向久在外任，與臺灣系的官員關係很是平常。張偉任用其人，一是取其能力才幹，二來亦是打擊黨派，不使黨爭重新干礙朝局。此人果敢勇毅，不似吳遂仲那般權衡利弊，平衡實力，甫一上任，便大張旗鼓，興除積弊。

陳貞慧因首鼠兩端，辦事不力，呂唯風上任不及三天，他便被首相大人下令褫職候代。心灰意冷之餘，正欲還鄉閒居，卻又遇著分封之爭一事。他痛定思痛，決意抱緊老師和諸親朋友好的大腿，跟隨眾人與皇帝對抗到底。至及東林諸臣都服軟認輸，這陳貞慧卻爲了挽回往日聲名，一意孤行，並不害怕。

他現下父母雙亡，家中只有一個妻子，就隨他在這大報恩寺住定，其實全家老小俱在一處委實難受，只得一個個依著張偉命令，手書：「天命不足畏，祖宗不足法。」之後，狼狽而出。除了寥寥幾個死硬的老儒之外，年輕小輩中唯有他堅持下來，旬月間，外面天翻地覆，他卻不聞不問，只抱定了幾本經書，每天在茅舍中咿咿呀呀吟哦朗讀，倒顯得風骨極是硬挺。

此時已是漢興二年五月中旬，南京天氣已很是和暖。他身上的獸皮很是厚實，已漸漸穿不住。他的妻子乃是名門大戶出身，雖然也學過一些針繡女紅，只是那纖纖小手卻怎麼也不能拿來捉針改這獸皮衣服。到了晌午，他委實耐不住，只得將衣服脫下，只著一件繭綢中衣，挺胸凸肚坐在自家茅舍門前，手持一本周易，悉心研習。

正看得興起，卻聽得外面傳來一陣紛亂的腳步聲，他以爲是皇帝派來問話的禁衛，便也懶得抬頭，繼續觀摩。反正張偉有言在先，並不以言罪人，倒也不必擔心是派人來砍他的腦袋。流落至如此田地，他已是除死無大事，又哪裡有心思去理會旁人。

「定生兄，怎麼如此慢待客人！」

聽得聲音，陳貞慧愕然抬頭，正午時分，刺眼的陽光將他滿臉的大鬍子映射得虬鬚飛揚，若不是他臉色白淨紅潤，紅皮嫩肉的書生氣質，倒當真是一個莽張飛模樣。

他眯著眼注目半晌，方看出來是吳應箕與侯方域、朱之瑜等人站在眼前，忙起身笑道：「幾位年兄連袂來訪，愚弟幸何如之！」

伸手向茅舍內虛邀道：「諸兄請入內，咱們坐了說話。」

見各人呆立不動，他突然醒悟，臉紅道：「這個，茅舍簡陋，內無坐處，這可怎麼是好。」

他扭捏尷尬，吳應箕與朱國貞亦是臉紅。除了侯方域因護送老父還鄉，不及參與此事，吳朱二人都曾參與分封之爭，因耐不住全家老小蝸居一處，苦楚不可忍受，在此地又不是坐監下獄，亦不曾刑訊逼迫，既無皮肉之苦，又無血光之災。皇帝的詔書上聖言煌煌，是要煩勞諸君子先體驗一下三皇治世，若是堅持下去，既又博不到清名，又是苦不堪言。他們家中有老有小，委實耐不住，早早屈服，將自束髮讀書之日就有的信條拋棄，又是痛苦，又覺難堪。此時看到陳貞慧仍然堅守此處，兩人都很覺慚愧，因看到陳貞慧落落大方，滿臉書卷氣，閒適風雅，兩人想及自身，不免面紅過耳。

侯方域因其父侯恂罷職還鄉一事，幾個月間一直奔波於商丘與南京之間，於政事無暇過問，倒也能得脫事外。此時見各人尷尬，他哂然一笑，躬身進了那茅屋，在內裏大笑道：「咱們每常說，要是哪一天能脫塵世喧囂，歸野山林為一野人，乃是人生最大之快事。今日定生兄能夠如此，正是得償所願，咱們該為他賀喜一下才是……」

他正嘻哈打趣，卻突然噤口不言，滿臉通紅地竄了出來。因個頭稍高，在屋門處「砰」一聲撞在梁柱上，卻也不好呼痛，只站在一邊，默不作聲。

陳貞慧猛然醒悟，原來是自家妻子午飯過後，正縮在稻草堆裏歇息。侯方域冒冒失失撞了進去，卻是失禮的很。

他也不在意，向這三位好友笑道：「難得諸位年兄這麼好興致，咱們不如在這裏寺裏略轉一轉，如何？」

這大報恩寺是南京名剎，各人久居南京，這佛寺雖然軒敞壯麗，大雄寶殿規制與宮城內奉天殿等同，殿內佛像亦是華美精緻，金碧輝煌。奈何眾人或是來此詩會，或是與家人禮佛，入寺隨喜的次數太多，對寺內風景早已爛熟於心，已是毫不在意了。

幾人一路上說笑談心，正自歡愉，卻有幾個和尚身著青布僧袍迎將上來。幾人張目去看，只見爲首的那僧人正是寺內知客僧，與這幾個京城名流素有交集。便都向他笑道：「大師不必前來張羅，我等今日並不需筆墨茶水，亦不是進香添香油，只是略逛一逛，便即回去。」

那僧人雖聽得如此，仍然過來與他們稽首問安，寒暄了幾句方才離去。陳貞慧此時已披上獸皮衣服，與幾個身著綢緞長衫，頭戴方巾的好友站在一處，很是滑稽。那知客僧當面強忍笑意，待背轉身去，已是忍不住爆笑起來。

陳貞慧隱約間聽到那和尚壓抑的笑聲，見幾個知交好友亦是神色古怪，便笑道：「罷罷罷，我不來丟醜了。咱們還是回去，就在我房前說話的好。」

「定生兄，孔曰成仁，孟曰取義，你今日此舉，將來必定名垂青史，成為萬世典範，又有什麼丟臉的，咱們私底下說起你來，都只覺佩服得很呢。」

陳貞慧苦笑道：「我只是盡人事罷了。其實，陛下一意孤行。這陣子，韓非楊朱等人的學說刻印成書，編給學生們看。學校裏原本就講什麼幾何定理，現下還加了那些夷人的什麼哲學、法學。這樣下去，陛下現在正是春秋鼎盛年紀，待他龍馭上賓之時，全天下已經沒有讀書種子了。」

吳應箕亦黯然道：「誠然。陛下前日剛有詔命，在京師興建大漢學士院，不管是醫相星卜、瓦匠木工、火器鍛造、機器修理，還是正經的讀書人，只要學問和技藝超凡入聖，均可入貢其內。名額一共四十人，死一人，補一人，號稱不朽。現在入其內的只有徐光啓與孫元化師徒二人，還有江西教諭宋應星。陛下說了，日後有人在學識和貢獻上有超過或比肩此二人者，方能入內。入此院內，則親王公爵亦可抗禮，見陛下而不跪、不繳賦稅，由史館為其立傳。入院者，一律為大學士，由國家提供銀子，供其研究那些奇技淫巧的物什。學院正中，你們道供奉的是誰？嘿，是木匠的藝祖魯班，再有張衡、祖沖之等人。陛下如此行事，數十年後，匠人比讀書人都能顯耀，還有什麼讀書種子?!」

陳貞慧聽到此處，忍不住問道：「徐大學士一生學問雖雜而不純，到底是進士弟子，其弟子孫元化亦是進士出身，那個宋應星又是何人？一向聲名不彰，怎麼竟能有如此殊榮？」

吳應箕不屑道：「崇禎五年中的舉人！中舉後，任江西分宣教諭。不知道怎麼讓他著了一部淫

書，名曰《天工開物》，上書農工諸事，還有怎麼打彈弓的學問。」

他忍不住搖頭，向陳貞慧攤手苦笑，道：「長此以往，怎麼得了！」

侯方域亦皺眉道：「弟這次回南京，感覺與半年前又有很大不同。京師中有大賽馬場，凡比賽賽馬或是馬球之時，全城百姓爲之騷然，讀書人都是駕車佩劍，往之觀戰。比賽之時，呼喝叫喊，血脈賁張，甚於有拔劍揮舞者！如此不成體統，還說是從孔子習六藝，要恢復上古漢人尚武之風。除了賽馬、馬球，還有擊劍、射箭、火槍，如此執刀弄槍的，竟把書本拋在一邊了。聽說，陛下鼓勵人往海外，言道凡是在海外立功，爲大漢開疆闢土者，均不吝封爵之賞。如果，在海外發現島嶼領地，先發者可以任意圈占土地，立下標識，立了多少，多少土地就是他的。陛下如此窮兵黷武，以利誘民，不知道我華夏千載之下積聚的仁德之氣，還能留存多少。」

陳貞慧見這二人越說越氣憤，唯有朱之瑜默然不語，便向他問道：「魯嶼兄，你怎麼看？」

朱之瑜微微一笑，答道：「弟每常細思，覺得陛下這些舉措，未嘗不是有些道理在。比如法家，雖然失之殘暴嚴苛，到底亦有些可取之處。若是不然，當時諸國的國君，爲何多有信者。秦始皇之前，秦國即尙法家學說，直至一統天下，這法家未必就是一無是處。始皇殘暴，不恤民力，非法家之過。況且有百家爭鳴，不以學術罪人，只要有學識之人，足以傲王侯，等若上賓。陛下恢復此古制，多些學術流派出來，咱們儒家門徒又有何懼?咱們的學識是對的，則自有信眾；若是錯的，也能由別家指出，豈不更好？」

他見吳應箕等人漲紅了臉，意欲與他爭辯，忙擺手道：「不必如此。各人有各人的想法，我不勉強諸位仁兄，望諸兄亦不要相強於我。況且，不久後就要與諸兄長別，想再見弟，亦是難事了。」

陳貞慧驚問道：「賢弟要往何處，竟是長別？」

「弟聽說在呂宋和爪哇島左近，島嶼眾多，或是土人橫行，或是無人居住。雖然有前明太子殿下與諸多屬臣宗室發配，到底是人口太少。今陛下有命，凡在海外開闢新土者，可以賞賜給土地。弟與各位年兄不同，家境甚差，人稱是破落戶子弟；雖然讀書小成，奈何朝廷改弦更張，不再純以讀書取士。況且，就憑著俸祿，也很難富貴如昔。小弟雖不在乎，家中尚有父母妻兒，是以要帶些族人，往海外去試試運氣。」

陳貞慧等人先是詫異，繼而默然不語。以他們才子身分，平日裏語不言利，此時朱之瑜堂而皇之的將這些謀奪利潤的話赤裸裸說了出來，以彼此交情，又不能斷然斥責，是以只得用沉默以對。

侯方域父親是明朝尚書，家中良田萬畝，僕從過百，委實難以理解朱之瑜的想法。現下雖不好作聲，卻忍不住在心裏想道：「語不及義，黑眼珠見不得白銀子，讓阿堵物熏臭了良心，真是可惜。」

陳貞慧亦耐不住，向朱之瑜勸道：「且不說海上風浪危險，出海者十不歸一，就是那海外的諸島，蠻人橫行，毒蟲遍地，吾弟又何苦如此。」

朱之瑜知道這些人心中如何想法，因笑道：「大丈夫當佩三尺劍，橫行天下！區區蠻夷毒蟲，有何可怕？君不聞昔有投筆從戎之事乎？」

他話已說到此處，旁人自然不能勸解。眾人正自沒奈何，卻見不遠處山門外來了一隊禁衛班直，執刀持戟直奔眾人站立處而來。

陳貞慧見多了，倒也沒覺得如何。吳應箕等人卻立時臉上變色，禁不住向陳貞慧問道：「這隊兵定是來尋你的，難道陛下有旨意下來？」

「諸位年兄不必慌張，陛下這陣子，倒沒把咱們幾個冥頑不化之人給忘了，隔幾天便會派人來詢問一番。我只答難改初衷，他們自然就會回去覆命。」

說到此處，他忍不住笑道：「大概是哪位老世叔從中斡旋，我料想陛下哪有精神管我們這些微末小吏，他只要把章程交代下來就是，哪能如此關切。」

他並不知道，其實不但是南京城內，就是全國各地，因不肯同意分封，或是反對恢復百家，降黜儒學獨尊地位的朝官或是地方官，一律如南京城內一體處置。至於那些無官無職的儒士，則並無絲毫處斷，而是交由地方好生撫慰，並且交代讓他們在報紙上發言批評，然後再由支持改革的一派撰寫文稿反駁，不但沒有強制之事，就是一點過激的手段亦不准施行。總因儒學獨大了千多年，在國人心中地位太過尊崇，以強力手段對付官員則可，對付平民則萬萬不行。就是官員，亦得防備著他們受壓不過，不欲屈服又忍受不住原始生活，憤然自殺。所以此事張偉時時掛在心上，諭令各地負責此事的官員一定要好生照料，防止官員自殺。至於陳貞慧等人身在南京城內，他自然是親自關照，不使出事。

陳貞慧話雖如此，卻亦不能全然不將這隊兵士放在心上。一時間諸人不再說話，佇立原處，等著那位兵士迎上前來。

「陛下諭令，著陳貞慧換衣著公服，即刻至文華殿陛見。」

那帶隊的果尉已經往返多次，一向由他逼問陳貞慧等人是否改弦更張。此時見陳貞慧接旨後愕然失驚，便向他笑道：「御史大人，你已官復原職，這便請隨我入宮吧。」

「這是何意？若陛下以為復我官職便可以使我改志，那臣期期不敢奉詔！」

「大人，陛下非是此意，請大人隨末將回宮，自然知曉。」

陳貞慧有心再加拒絕，卻見那果尉身後有幾人捧著他身為巡城御史時所著的綠袍官服，其餘腰帶、佩劍、魚符、紗帽等隨之帶來。他心中嘆一口氣，知道自己再沒有拒絕的勇氣。因向吳應箕等人拱手道：「諸位年兄，弟皇命在身，不能再陪，請諸兄稍加逗留，弟去去便來。」

吳應箕等人忙拱手道：「不必，賢弟陛見天子乃是大事，吾等這便回去。等有了空閒，再來拜會就是。」

陳貞慧一邊換衣，一面匆忙與諸位友人道別；又特地與朱之瑜握手話別，勸他不必著急，最好不要輕身遠赴海外。

待一切收拾妥當，他坐上宮內特地派來的馬車，閉目思索。他久困於大報恩寺內，滿眼的黃瓦白牆，此時隨著馬車微微顛簸，車行至大路之中，車窗外風景變幻，片片綠葉和著濕潤的清新空氣飄揚進來，使原本滿腦子官司的他居然昏昏欲睡。一路行至金水橋畔，他跳下車來，看著不遠處的紫金山上綠

意盎然，不由得信口道：

「山上春色怡人，宮室卻又有股肅殺之氣，思之令人黯然神傷。」

正惆悵間，卻聽耳旁有人笑道：「范文正公曾道：不以物喜，不以己悲……大人此時的感慨，不似男子漢大丈夫啊。」

陳貞慧猛然回頭，見是一漢軍將軍站在自己身側，正笑吟吟看向自己。舊明文人很是瞧不起行伍中人，縱然是對方身居高位，亦是視做下作之人；概因武人中目不識丁之人甚多，又有數百年積習下來，武人地位遠在文人之下之故。新朝以武功立國，彰顯武人功勞，時人對武人的看法已多有改變。再加上對方名位遠在自己之上，陳貞慧只得拱手向那漢軍將軍笑道：

「將軍太過苛責，陳某不過文人酸丁，對景傷懷，文人本色耳。」

說到此處，忍不住又自嘲道：「漢皇思開國，我輩文人盡無用處。此朝陽升起之蓬勃盛世，正是將軍立萬世不易之功時，兩相比較，我自然差得遠啦。」

那漢軍將軍又微微一笑，向陳貞慧道：「一會兒大人就知端底，只怕到時候自然就會豪情萬丈呢。李侔要與將軍同行，是以用言語激勵，想讓大人提起興頭罷了。若是有言語得罪之處，尚祈不要見怪。」

「啊，我道將軍年輕英俊，風姿不凡，原來是有名的馬球將軍！」

陳貞慧雖然拘泥，卻也甚喜馬球之戲，對一些有名的馬球明星知之甚詳。他剛剛端詳這個年輕的漢軍將軍，只覺眼熟得很，一時卻是想不起來，待這人自報名號，他方才猛然想起。忍不住喜笑顏開，便欲上前與他討論球術。

李佴卻是一臉苦笑，連連擺手道：「大人不必如此，將來在一起同事的日子很久，海上無聊之時，咱們盡可研習，現下快些進宮陛見才是正理。李佴雖以馬球出名，卻委實不喜人以馬球將軍相稱，請大人下次不要如此。」

陳貞慧斜他一眼，心知此人雖是年少，卻滿懷大志，想要做一番正經事業出來，所以對馬球小術博來的名聲並不喜歡。因笑答道：「也是，讓陛下久候，很是不恭。」

兩人一路同行，自端門而入，直過金水橋、午門，自奉天門右轉，穿永巷直入文華殿而去。一路上，陳貞慧很是好奇李佴適才所言，百般打聽訊問，那李佴卻只是微笑不答。陳貞慧無奈之下，也只得罷了。

正納悶間，已至文華殿外。二人在外暫候，由殿前傳奉官先入內稟報，待內裏傳下諭令來，方才由殿前班直帶領入內。

陳貞慧只覺口腔發乾，雙手微抖，不知道皇帝將會如何處置自己。他雖然敢於抗命不遵，卻委實害怕與張偉面對面的說話，就怕皇帝發怒，自己未必有當面抗命的膽量。張偉身爲開國帝王，自身的威望和震懾力以及帝王的身分，自然要令這些普通的臣子害怕。

李佴卻不理會他這點小小心思，只是大踏步而入。靴聲橐橐，踩在以金磚鋪就的宮室地面上，不

消一會兒工夫，便已步入內殿。兩人一起躬身在御座前跪倒，報名行禮，便退回幾步，在御座之下分左右侍立。

陳貞慧不敢抬頭看向張偉，只是低頭站立，等著皇帝先說話吩咐，卻不料一直站立了小半個時辰。他低眉順眼地站了半天，已是疲累不堪，正欲抬頭張望，卻又覺得身邊窸窸窣窣，又有數人自殿外而來，站在他的身邊。

「各位都來了麼？」

陳貞慧正納悶間，卻聽到李侔大聲唱名，又一次跪下行禮。他慌忙隨之而跪，亦隨之行禮如儀。又聽得外間傳來腳步聲音，有人在殿內大步而行，直上了御座之下坐定。

他心中明白，想必適才張偉並不在殿內，現下召對的人悉數來齊，才有人自後殿中將他請出。隨著張偉說話坐定，原本就略嫌壓抑的宮室之內越發地沉靜肅穆，各人行禮起身之後，便各自噤口不言。

張偉心中明白，眼前的這些人，就算是年富力強，性格堅毅，具有西方早期殖民者的種族自信的湯若望也罷；或是年輕氣盛、披堅執銳浴血沙場的李侔也罷；還是學養超卓，郁郁乎文哉的陳貞慧自己，在自己帝王的威壓之下，全數無法以常人正面的心態來對待自己。再加上明太祖朱元璋爲了彰顯帝王威嚴而修築的宮室，一層層一道道的宮殿紅牆。就是這些建築，以遠遠高出南京城內絕大部分建築的高大巍峨，以一隊隊的金甲衛士，還有千多年的傳承，構築成了常人無可比擬的尊貴。

中國封建之時，雖然歷朝君主一向以儒術仁孝治國，然而法家思想的三大要素：法、權、術，除了法度被破壞拋棄之外，以權術駕馭臣下，以威勢壓迫臣下的方法，卻被後世君主奉為圭臬，甚至發揚光大。中國亦由國天下漸漸演化成家天下，正是法家中的這些陰謀權術起到的負面作用。自然，再有儒家的君權神授的演化打扮，比之秦朝時赤裸裸的暴力，卻又進步許多。張偉此時力圖恢復法度，將儒家中的仁愛兼恕等核心的文化基本留存，去除雜蕪，留其菁華是也。在國家政權沒有發展到平衡和穩定的君主立憲制度之前，這些用來駕馭和威懾臣下的東西，卻不能亦不可能廢除。

「陳貞慧，爾一意孤行，抗拒朕的旨意，難道不怕抄家殺頭麼？至不濟，朕亦可以在海外孤島為爾選一善地，於土人毒蟲遍佈之所，為爾全家建一茅舍，讓爾入住，至死不得還鄉，你道朕做不出來麼？」

陳貞慧聽得冷汗直冒，卻又不得不答話，心中掂掇半天，勉強答道：「陛下仁德的聲名遠播海外，全天下的士民在前明覆亡的時候無不奔相走告，歡呼鼓舞，以為又重歸太平治世，天下又有仁義聖明的主上。如若以陛下之言處置不同意見的儒生，那麼天下人會又以為秦皇的暴政將重現今日，膽寒戰慄，害怕到藏身草澤大山之中。就是後世之人，亦會非議陛下。臣一身死無足惜，惟以陛下計，如此處置臣下，並不能收服人心，尚請陛下收回成命，重新以聖人之教治國。」

說罷，伏地跪倒，滄然泣下，哀告道：「陛下，元世祖忽必烈射了孔聖一箭，全天下的讀書人都和他過不去，元朝因此不到百年而覆亡。前車殷鑑不遠，請陛下三思。」

張偉初時還靜聽不語，待到了此時，不免勃然大怒，斥道：

「純是胡話！元初，賣身投靠的文人士大夫車載斗量，不可勝數，以致南宋謝太后有言：吾家厚待士大夫，數百間不曾更易，今致如此乎？元世祖射孔子箭算不了什麼，倒是元朝立天下人爲十等，儒爲九等，位在娼優之下，僅在乞丐之上；又有南人漢人之分，殘政害民，這才失了天下。若是這些蒙古韃子尊禮士人，給讀書人免賦，讓讀書人做官，陳貞慧，你敢說不出來做官的讀書人有幾人？虧爾等成日將孔子掛在嘴上，不學無德至此，無恥之尤！」

陳貞慧被他如此痛斥，已是害怕之極，禁不住微微發抖，不敢再說話辯白，只是一直叩頭，不敢說話，亦不敢稍動，唯恐張偉盛怒之下，將其立斬。

張偉見他如此，心中冷笑，卻也不爲已甚。他心中已有定論，五年之內，要將法家的「信賞必罰，綜核名實」的最重要的核心部分確定下來，雖不必以商鞅的五十金扛木的形式，卻要以修改後，融合了後世刑法民法先進部分的漢律，以及嚴格的官員督查制度，再建立由中央政府投資確定的信貸制定建立起來，再以發達的郵政系統推廣宣傳，以這些手段來確定中央政府的權威和公信力，再來推行攤丁入畝，士紳納稅交糧等均平國策，到那時，全天下得了改革的好處，持傳統看法的讀書人就是不滿，亦是無法可想。

他嘆一口氣，向陳貞慧道：「卿且起來。」

見陳貞慧戰戰兢兢起身，張偉又向他溫言道：

「卿爲內城御史時，很有才幹見地，只是不幸身陷黨爭，有了避禍免身的想頭，遇事推諉，不肯實心任事，這才被首相免官。又因分封和復法一事，與朕頂撞，意欲博一個強項令的名聲。實則，朕欲不使天下人知，史書不載，卿即使身死溝渠，又有何益？當年秦國以法制國，六國出使秦國的官吏皆感嘆道：秦國官吏的勤謹，實在令人敬佩。當天的文書絕不肯拖到第二天才去辦，每天忙忙碌碌直到凌晨時分，每遇著國家公事，總是搶著去辦，絕不肯置身事外。卿自詡為聖人門徒，又曾飽讀經史，朕說的，可是實情？卿為國家官吏，領取俸祿，卻不肯實心辦事，寧無愧乎？」

「臣死罪！不敢再參與政治，惟願陛下放臣歸鄉，從此沐浴聖化，安度餘生。」

張偉不答他話，轉頭問李侔道：「李將軍，你可願意還鄉歸農讀書，從此苟且餘生，不問外事？」

李侔朗聲答道：「臣正是盛年，意欲為炎漢效力，開疆闢土！怎肯伏身於鄉間田頭，皓首窮經，行此無聊之事。壯士自當為猛虎蒼鷹，為國家萬里搏擊。比如湯教士那般，原是西洋貴族，為傳教漂洋數萬里而來，臣雖不信教，卻也很敬佩其人。」

說到此處，他搖頭嘆息，年輕的臉龐上充滿失望，向張偉恭聲道：「只可惜，中國之人願開拓者少，安守樂道者多。縱是貧病交加，亦不肯稍加更改，委實教人失望。」

張偉拍手讚道：「善哉斯言！只盼大漢子民，均能如小李將軍一般才好！」

待到得此時，張偉亦是興奮。他辛苦至今，除了一定要解決使中國陷入愚昧落後的滿清，就是要一扭明末頹風，鑄就炎漢尚武進取的精神。現下以周全斌鎮防北京，張鼐駐節瀋陽。漢軍的兵鋒已經衝

透重林，掃蕩著女真及各個蠻族的老家。而江文瑨等人十萬里兵掃蕩蒙古，步步進逼，已經打下和林，將各部蒙古驅趕出內蒙，又以堡壘火炮防禦後方基地，小股的敵兵來犯就迎擊，大股的蒙古兵來了，就退入堡內防守，以火槍和火炮將敵人趕跑。

失去了草場和牧畜的蒙古牧民大批大批的投降，現下只有少數蒙古貴族逃往外蒙。終張偉一生，必定能完全將蒙古草原納入治下，再有烏拉爾平原和西伯利亞亦歸爲新漢版圖，漢人的後方，再沒有游牧民族來騷擾禍亂。當此之時，進取南方，在海洋上博取更大利益，以貿易，以生絲瓷器，加上戰艦火炮，在海洋上與上升期的歐洲各國一較高下，先期奪取用以發展富強的資源。

一想到有著猛虎一般勇猛的漢人戰士持槍操炮奮戰於海上，炎漢的軍旗在各大洋的海面上獵獵飄揚，勤勞聰慧的漢人百姓移民海外，使得南太平洋成爲中國之內海，怎能不教張偉心旌搖曳，欣喜萬分呢。

想到此處，他看向一臉尊敬神色，恭恭敬敬站在陳貞慧身後的德國傳教士湯若望。

歷史上，此人曾經經歷過明清換代，以六十餘歲的高齡，持槍護衛自己所居的教堂。親眼看著一隊隊留著古怪髮辮的韃子兵衝入京城，然後進而統治天下。

蠻族統治了有幾千年文明的華夏文明，然後就是閉關自鎖，防範漢人，鉗制思想和科學。由康熙發配發明機關槍的戴梓，認爲他違背了「弓弩國家之本」。然後到雍正，真正實行了礦禁海禁，再有嚴禁傳教，以爲這些教士可以用來修訂曆法，令其在京中看管居住，不使其惑亂地方。除北京廣州等少數城市還可保留教堂，令教士居住外，其餘各處教堂悉數拆毀。再到後來，這些蠻夷之人拋卻了明朝就有的萬國輿圖，連歐洲國家的位置、來自何處亦不清楚。愚昧無能腐敗透頂，再加上髮式醜陋，精神萎靡，讓幾千年來一直是亞洲中心，人類最偉大的文明之一的華夏，成爲世界之笑柄。更讓這些以上帝選民自居，足跡最早踏遍全球，更是先期衝向宇宙，滿腦子開拓進取精神的白人看將不起，成爲黃種豬，東亞病夫。

當是之時，中國有著廣闊的疆域，強大的軍力，發達的海上貿易，先進的城市和鄉村通信系統，高效廉潔的政府官員。這一切的一切，自然讓這些來自歐洲，身著亞麻或是棉布衣服的西夷敬服，看到中國富人，甚至中產之家都可以使用華美的瓷器，穿著絲綢製成的華麗長衫，乘坐式樣與西式馬車截然不同，卻一樣高效舒適的馬車奔走於道路之上。而郵傳和驛站遍佈全國，可以容納四輛馬車並肩直行的大路直通全國南北，在不下於歐洲全境的遼闊土地上，大道和水網航線遍佈，人民較歐洲富足安樂。而更讓這些先行來到中國的教士害怕的是，原本在十年間還是純粹的農耕民族，對海洋和海外領土絲毫不感興趣的中國政府，似乎越來越重視與往昔華夏帝國所看不起的蠻夷爭奪利益。整個南洋的海面，現下已遍佈著中國的商船，在荷蘭等海上強國的海域之外，便是飄揚著中國水師軍旗的強大艦隊。

被張偉注視的同時，湯若望亦在思索眼前的這位皇帝。他剛剛年過三十，在政治家來說，尚且年輕。甚至對不少從小就受政治教育的歐洲貴族來說，這個年紀還是泡在舞會尋求伴侶的荒唐年紀。而此人，由下層平民，甚至據傳言來說，是不光彩的海盜起家。然而就是他，正在雄心勃勃的意欲染指海

外，稱雄於南洋。

與傳統的中國開國皇帝不同，這位皇帝在一統天下後並未馬放南山，而是在南方諸省整編軍力，訓練新兵，很顯然，這些召募自南方的士兵絕對不會是爲了投效在北方戰場，最可能的推想，便是皇帝意欲對南洋諸島，或是對安南等半島國家用兵。想到此處，他不免憂心忡忡，任何一個國家崛起都不足以與中國的擴張更令人害怕。這個國家有超強的凝聚力和重視家庭的生育能力，還有吃苦耐勞的民族精神，只要給他們一個空間，就會凝聚強大成不可動搖的力量。

正當他滿腦門子黃禍、文明崩毀之時，張偉卻突然開口向他道：「湯主教大人，朕令你挑選的通事官都在此處了麼？」

「是，陛下。懂英語的教士十人，懂法語、德語、拉丁語的教士五人，悉數帶到。」

見皇帝訊問，一直站在殿門處的一眾教士魚貫而入，一起向張偉躬身行禮如儀。卻聽得皇帝向他們問道：「你們都是來中國傳教，現下朕派你們回國，可有不情願的？若有，可挑選人替換，不可勉強。」

眾教士齊聲道：「臣等都很願意，並無勉強。」

張偉轉身向湯若望笑道：「湯教士，你可願意回家探望一下家人麼？不妨隨船同去。此次派往歐洲的使團所乘坐的大船，都是依照在南京工部所管轄的寶船司搜羅出來的圖紙所造的大型寶船，常年往返數萬里，未有海難而亡者，很是安全。最大的吃水兩千噸，站在船頭，如登南京城頭。如此安全，你不妨隨之還鄉，再在歐洲幫著招募一些教士、教師一同返來，如何？」

湯若望躬身答道：「臣自離開科隆家鄉，便以傳播上帝福音爲己任，不敢有一天懈怠。此時隨著使團至歐洲，還是讓這些想念家鄉的年輕人去吧，臣願意留下來繼續爲上帝和陛下服務。」

湯若望在心中略一思索，又笑道：「不知道陛下此次派遣使團，除了答謝英王好意之外，還有什麼政治上的考量。若是有，不妨吩咐給這些教士，方便他們更好的爲陛下服務。」

「你是擔心朕意圖染指歐洲麼？」

「臣並沒有這個意思，只是……」

張偉大笑道：「湯教士雖然以上帝使者的身分自詡，還是不能忘記自己是一個歐洲人，是一個白種人。當黃面孔的蠻人以強大的武力，以強橫的姿態橫空出世時，湯教士心中頗爲不安，是吧？」

見湯若望一臉尷尬，張偉斂了笑容，正色道：「其實你不必擔心，朕的胃口再大，亦不可能意圖染指歐洲。此時你們雖然內部打得乒乒乓乓，只怕朕的大軍一到，不，哪怕是朕的使團一到，感覺到東方黃禍威脅的歐洲各國，立時會攏成一團，一起對付來自遠方的蠻族威脅。況且，咱們此次過去，倚靠的就是你們這些教士做通事官，沒有他們的協助，使團能耐再大，也無法得到各國的確實情報，湯教士又何必擔心呢？」

說罷，走下御座，向那些將隨同中國使團遠涉海外萬里，爲中國與西方正式官方的溝通爲中間人的教士們一一執手問好。待那些教士一個個感激涕零，信誓旦旦保證一定會好好的幫助皇帝和中國政府

完成使命，張偉這才命他們退出，準備行程裝備。

他又與湯若望商議半晌，決定立刻在南京等衝要大城開辦通事學院，招募大量優秀官學子弟，專門學習英法德等歐洲諸國語言。

湯若望視辦學爲宣揚基督恩德的大好良機，而張偉則決意培養出一大批通曉外語，又並非是純粹只懂得口語的涉外商人，而是以優良國學底子，輔助以外語，再從中挑選一些人才學習軍事知識，到時候與歐洲互派使團之時，這些學子學業有成之後，便可以成爲中國擴張海外的耳目。

待湯若望辭出之後，張偉見陳貞慧仍在發呆，便向他笑道：「年紀輕輕，切莫效老夫子！朕此次決意以過百艘寶船軍艦，載商人、儒、釋道及貨物軍士，共三萬人，往歐羅巴洲出使，宣揚大漢國威！而你，便是使團正使，李侔爲將軍，統領隨行漢軍。」

陳貞慧愕然失驚，下意識向張偉道：「陛下，臣以爲不可。如此不過徒耗國力，疲敝民力，臣竊以爲陛下不智。陛下，豈不聞當年成祖事乎？」

「你懂什麼，鄭和的榮耀和光輝，千載之下仍可使後人銘記！朕派你爲使，是因爲你性格還有幾分倔強，又是文辭飽學之士，在國內就小有名氣，派你出使，亦不會失國家體面。朕不是明皇，好大喜功無能之輩。寶船上的貨物，帶到歐洲盡數高價出售，再以當地土產運回，一來一回，不但不致虧損耗費國家財力，還可賺回現下十個縣的賦稅。貿易賺的越多，收取的賦稅越低，甚至數十年後，完全不收田賦，亦是未嘗不可。漢帝以三十稅一名垂千古，朕未必不能做不收百姓田賦的千古第一帝！」

陳貞慧不是蠢材，知道率領如此大的使團出使，又是有利可圖之事；千百年後，後人亦會記得自己名號，又是皇命，不會被時人指斥，又何必再加頂撞。當下俯首低頭，向張偉道：「是，臣謹遵陛下聖諭，出使西洋，一定不會墮大漢國威！」

張偉滿意一笑，又向李侔道：「他不懂軍務，凡有迎敵作戰之事，你一力承當！你的年紀尚小，又不曾爲統兵大將，原本此事不該由你來爲主將。不過我想起你在開封一戰時的英勇機智，便決意給你這個機會。名將亦要人慧眼栽培！好生去做，朕寄厚望於你。」

李侔心中一陣激動，卻牢記乃兄吩咐，只抿了抿嘴，便向張偉答道：「臣鞠躬盡瘁，死而後已！」

第十一章 無雙艦隊

不消一會兒工夫，先是懷遠艦上當先開炮，繼而又是所有的漢軍軍艦及裝有大炮的寶船，三百餘艘艦船上的千多門火炮一同開火。沒有裝上彈丸的火炮在聲勢上卻仍然是驚天震地，一股股白煙自火炮炮口噴射出來，遮天蔽日，隆隆的炮響震動大地，離船隻稍近一些的人家，只覺得家中的桌椅板凳都在晃動，連房頂上細魚鱗似的青瓦都在一起晃動，一股股積年的灰塵自房上飄落下來。

待見這兩人亦退出殿外，張偉心中高興，拔腳便往坤寧宮而去。待到了宮外階下，他遠遠看到皇長子與公主皆在殿內，心中更是喜歡，急步而進，向暖閣內正倚枕看書的柳如是笑道：

「皇后，過幾天大船出海，陪朕去瞧瞧熱鬧。這次重鑄寶船，可費了不少精神銀兩；那些寶船都是千辛萬苦尋了圖紙依照原樣所造，只是改了船帆式樣，加了指南針六分儀在船上，其餘皆依古制，高四十四丈，闊十八丈，分爲座船、糧船、戰船、水船……」

柳如是見他高興如此，如同一個孩童一般，亦是隨之微笑。站起身來，向張偉一躬，笑道：「賀喜陛下，恭喜陛下。寶船出海，到達西洋之時，便是陛下的德威加之於數萬里之外，使得洋夷亦皆敬服大漢天威，臣妾亦著實爲陛下歡喜。到時，臣妾定帶著皇兒皇女，隨同陛下一起爲寶船壯行。」

「好，好好！」

張偉正欲坐下，那於正殿玩耍的皇長子知道父親到來，遠遠往這邊奔跑過來，他此時正是頑皮年紀，一路上小跑大跳，歡呼大叫，卻不防殿內地滑，一腳踏空，竟致跌倒。

見皇長子跌倒，躺在地上大哭，那些服侍他的伴當保姆和宮女立時大驚，又因皇帝在場，很怕受到重罰，各人慌忙跑上前來，就欲將皇長子扶起。

「不要動！」

一眾宮女保姆正在慌張，卻又被張偉一聲斷喝，各人忙直起身來，看向張偉，不知道他是何用意。

「不准扶他，讓他自己起來。」

見各人及柳如是都在詫異，張偉坐上座椅，端起新泡的熱茶，啜了一口，微笑道：「自此之後，皇長子漸知人事，凡有摔倒跌滑，皆由他自身爬起。有敢助其力者，哄拍誘導者，一律逐出宮去。不但是她，過兩年公主長大一些，亦是如此辦理。」

他見柳如是臉色漸漸蒼白，忙拍拍她手，笑道：「這裏面有學問，教養皇子方法我早有成算，待我同妳解釋。」

見她臉上漸漸回過顏色來，他便先不說此事，只是目視著兒子慢慢扭著身體爬了起來，微笑道：

「國事如此升騰興旺，我委實高興。不過在我身後，你也需得站起身子，自立自強才是。」

新漢二年五月中，正是一年中好時節。蘇州太倉劉家港碼頭草長鶯飛，鮮花著錦，小小鎮上聚集了來自全國各地的十幾萬人，聚集在屯泊船隻的碼頭上下，做著開航前的準備工作。

就在碼頭港口之內，三百餘艘寶船戰艦以燕字型排列，中央最大的就是陳貞慧等正使官員所居住的寶船，高四十八丈，寬二十一丈，吃水達五千餘噸的特大寶船居中，其餘寶船亦是相差不遠，在寶船周邊，又有眾多運載著糧食、清水、藥品的糧船、水船等輔助船隻。

做爲引導和護翼的戰艦，由十六艘裝備著六十四門火炮的主力一級大艦爲先導，其餘裝備四十四與三十二門火炮的二三級戰艦三十艘在兩翼展開。擁有著幾千水手的四千名陸戰水兵的強大武力，三分之一的漢軍水師實力聚集此地，預備繼鄭和之後，駛向更遠的，更現實意義上的西洋，向蠻夷宣揚大漢帝國的德威。

「皇帝車駕來了！」

與急著將最後準備工作做完的水手和隨船同去之人不同，這劉家港的鎮上百姓先是攜老帶幼，在碼頭四周觀看著這難得的盛景。待知道皇帝亦會親身來此，爲遠航的子民送行，整個鎮上的百姓誰不想一睹皇帝天顏，以爲將來吹牛的談資?鎮口處原本就聚集了不少等候的百姓，待看到遠方煙塵升騰，顯是大股車騎前來，各人交口相傳，都云皇帝車駕已至。

負責指揮步戰漢軍的李侔與遠征水師將軍黃龍並肩而立，在漢軍水師一級大艦懷遠艦的船頭，向遠方的劉家港鎮口處眺望。

這兩人一個是前明舉人，地方豪強名人之弟，又是漢軍名人，馬術健兒，曾以數百騎馬踏開封堅城，使得闔城大亂，勇毅不可擋的小李將軍；一個是前明旅順口鎮防的水師總兵大將，曾經統領明朝北方的主力水師，手下戰艦過千，人馬數萬。旅順被滿人襲破之後，黃龍僥倖逃得性命，因畏懼崇禎好殺，便投了當時實力超卓，已隱然有兼併天下之志的漢軍。隱姓埋名，為一水手，憑著自身才幹經驗，迅即由水手到艦長，現下又由艦長而指揮著如此強大的水師艦隊，又稟明張偉實情，恢復姓名，受封子爵，一時間風光之極，人生際遇如此，倒也算是恍如隔世了。

兩人一個年過中年，小心謹慎，一個雖然是青年才俊，敢打敢衝，卻也是機智深沉。雖然岸上的百姓奔走相迎，揚起了漫天的塵土。這兩人卻始終不曾有所動靜，只待在望遠鏡中看到了象徵皇帝權威的黃鉞與清遊旗的旗幟在微暖的春風中隨風飄揚，兩人才同時放下手中的望遠鏡，一齊微笑。

黃龍先道：「將軍提督遠征軍事，當以將軍主事，請李將軍下令發炮，歡迎陛下！」

李侔微笑道：「陛下是有軍戰之事我主的聖諭，然則現下非戰時，將軍年長於我，又是後進將軍，軍中資歷甚淺，不敢覷居將軍之上。下令發禮炮的事，還是煩惱黃將軍吧。」

黃龍雖然一早接到命令，與李侔搭檔遠征，他原本不知其人其事，受命後倒是有意瞭解，此時已

知李侔是得到皇帝賞識的青年俊彥，只是想不到他年紀輕輕，爲人卻如此謙和老成。

他忍不住先讚了一句：「李將軍兄弟二人都是國之幹材，爲人又如此謙沖，前路漫漫，你我二人必能和衷共濟。」

說罷，便揚手召來在身後候令的傳令中軍官，簡單交代幾句。

那中軍官得到命令之後，便跑到艦上旗手身下，大聲傳令。不消一會兒工夫，先是懷遠艦上當先開炮，繼而又是所有的漢軍軍艦及裝有大炮的寶船，三百餘艘艦船上的千多門火炮一同開火。沒有裝上彈丸的火炮在聲勢上卻仍然是驚天震地，一股股白煙自火炮炮口噴射出來，遮天蔽日，隆隆的炮響震動大地，離船隻稍近一些的人家，只覺得家中的桌椅板凳都在晃動，連房頂上細魚鱗似的青瓦都在一起晃動，一股股積年的灰塵自房上飄落下來。

鎮上所有的居民，還有隨同船隊遠航的商人、工匠、儒士、和尚、道士、各種擁有不同技藝的人群，一個個都被這火炮齊鳴的聲勢所驚嚇。除了那些挑夫仍然繼續往船上搬運著所餘不多的貨物之外，所有人都靜立不動，等著皇帝車駕的到來。

不一時，炮聲漸漸由稀疏到停止，濃煙亦漸漸散去，往天空深入飄揚不見。十幾萬人鴉雀無聲，漸漸聽到一陣陣平淡沖和的管弦絲竹之聲。適才被霸道之極的炮聲弄得有些心神不寧的人群，聽了這樂聲響起，方才定下神來。雖是如此，卻仍是無人敢亂走亂動，只是伸長脖子，往遠處看。

待音樂聲稍近一些，那隊中見過些世面的儒者們都道：「這是中和韶樂，皇帝出行之用。」

過不多時，張偉車駕儀杖終於入得鎮中，耳聽得鎮內外高呼海嘯般的萬歲聲，他卻回頭向身旁的柳如是笑道：「如此盛況，妳倒不方便出來了。」

說罷，長身而起，一腳踏在輅車之外，立於車夫身後，向眾人微笑示意。

江南當時抵抗朱元璋的明朝甚力，尤以蘇州爲甚。明初，蘇州負擔了明朝十分之一的賦稅，這太倉又負擔了蘇州的十分之一，賦稅負擔之重，直至明末尚未曾更易。待張偉打下江南，立刻先免一年賦，繼而又以三十稅一的輕賦徵收，幾年來風調雨順，政府又有許多扶持相助的水利工程，疏通了劉家港的水道之後，這個在明初，甚至明朝中葉之前都以「天下第一港」聞名的大港口終於重獲新生。這些百姓一則敬佩害怕這個傳說中被神話了的開國帝王，二來委實得了新朝好處，此時眼見天顏，各人都是感激涕零，跪伏於地，叩首歡呼不止。

「官第甲於東南，稅家漕戶，番商賈客，輻輳而雲集；糧艘商船，高牆大桅，集如林木；琳宮梵宇，朱門大宅，不可勝記，四方謂之天下第一碼頭。」

張偉面帶笑容，佇立於輅車之前，口中卻輕聲念誦吟哦。將眼前的盛景念給隨之而來的柳如是聽聞。等到了港口處，眼見大江內檣櫓如林，三百餘艘大船的桅杆直入天際，炎漢的龍旗與水師及步兵的戰艦漫天蔽日，一萬多漢軍將士持槍立於船頭，向來視察的皇帝高呼致禮。

他身後是自己的嬌妻，手中牽著的是成長中的一兒一女，見得眼前的盛景，心中自是激動非常，便低頭向不滿兩歲的兒子說道：「小子你記著，中國的土地再大，也不能放棄海上！」

那小孩又如何能聽得懂他的意思，只是此時站在高處，眼睛裏看的是大江上來來回回的船隻，上面又隱隱約約有一些螞蟻一般的小人在奔跑忙碌。再加上江風拍岸，夾雜著江水的腥味，與那岸邊濃密的綠葉蘆葦交相生映，倒令這小兒興趣盎然，拍手大笑。

待張偉與他說話，指向江上的船隻，一直生長在宮室之內的小孩便踮起腳尖，向父親嘟嘴道：「坐，坐。」

張偉大笑道：「過上十年，便讓你坐船！到時候，沒準你又有兄弟，讓你們哥幾個坐船巡查海外去。」

正說笑間，坐著舢板上岸的陳貞慧與李侔、黃龍等人已至，隨著一陣號令聲響，最後一些當用之物亦已搬運上岸。各人向張偉行禮之後，便均請示道：「請陛下發令，吉時將至，風向正好，此時正好可以起航。」

「很好！朕今日至此，就是要讓所有的人看看如此的盛況，待你們由海外返回，宣揚我大漢天威之後，再帶著滿船的金銀貨物充實國庫，那時候，朕還是要親自來迎接爾等。自今日起，便是漢人踏足海洋的肇始之日。」

「臣等必當竭盡所能，為大漢宣揚國威！」

張偉點頭一笑，向他們道：「想必與家中妻兒告別已畢？再到那邊的送官亭處，朝中七品以上官員盡數來此，與他們揖讓而別，就可以上船起行。」

三人得了命令，立時躬身後退，往還是明初時便建好專爲送行的送官亭處而去。朝中大官，自太師何斌以下，呂唯風等朝官盡數來到。這三人一個不過曾爲巡城御史，兩個爲漢軍將軍，此時這些位高權重，位登公侯之列的朝中大老盡數前來爲他們送行，各人心中激動，只覺得風光無兩，此生難以再有此殊榮。

「起錨，張帆！」

三人站在船舷之旁，向張偉叩首而別，又向送行諸官揖讓揮手致意之後，所有的隨行出海人員亦都上船。當下由黃龍發佈命令，各船依次張帆起錨，漸行出港。

待到了大江之中，此時正是春季漲水之時，又是順風，各船升上主帆，船隨風勢，順流直下，不一會工夫，首航的船隻已然消失不見，其餘隨行各船亦都慢慢消失於天際，就是張目遠眺，亦只是一個個的小點橫列於江上。

張偉想起適才與李侔面授機宜，此人丰神俊朗，兩眼深若寒潭，年紀輕輕已有大將之風，便派身邊的侍從官召來兵部尚書，向他問道：

「李侔受命出海，其家人可派了看顧？一定要好生照料，再有，所有出征的將士家人，亦需政府照料，不使出征將士懸心。這都是漢軍的老規矩，你想必知道？」

「是。此事就歸臣下所管，無論錢糧事物，還是著人及當地官府照看，這都是分內之物，臣下一定會好生料理；若有疏忽懈怠，請陛下治罪。既然陛下動問，容臣回去寫成節略，呈給陛下御覽。」

「不必如此。朕不過得閒吩咐你一句便是。有甚麼事，還是由首相處斷。他處置不了，自然會來稟我。」

見那尚書要退下，張偉突又招手將他喚上前來，向他問道：「這陣子，朕覽閱各地軍報，一直沒見李岩消息。半年前朕親命他北上遼東，編練遼東廂軍。他的差事辦得如何，怎麼沒有消息？」

可憐那尚書腦子裏的將軍名字幾百名，漢軍、廂軍、水師、前明降將，一時間哪裡能想得出李岩是誰。見張偉臉色漸漸沉鬱，他急得一腦門子油汗，突然腦中靈光一閃，拍手道：

「陛下原來問的是李侔將軍大兄！他的差事早便辦妥，因閒置無事，便辭了軍職，回杞縣老家招攬部眾出海。其部下廂軍中有三百餘人隨之退伍，再加上招募之人，足有千人。適才最後上船的，便是他們。」

張偉驚道：「他爲何出海？沒有朕的詔命，沒有內閣允准，李侔怎敢私自帶他出海？」

「回陛下，李岩已辭卻軍職。陛下曾授他伯爵爵位，可食實封。就在呂宋本島之上，他本欲安居杞縣，不料其家鄉曾駐明軍，已被殘壞，李岩心灰之下，又復有開闢海外之意，正巧陛下派了其弟出海，是以便造了兩艘大船，與其弟一同出海。此事臣原本亦不知道，是適才送別之時，李岩將軍立身於其弟之側，曾經與旁人說到此事，臣聽了幾句，這才知道。」

他說罷抹汗，生怕張偉因此事震怒。軍將便是退伍，亦該著兵部統管，在鄉或是出外，都需報備朝廷知道，一是爲防微杜漸，二來亦是爲國家萬一有事，可以迅速徵召後備兵員，由退伍的軍官統領，是爲後世的預備兵制度。但李岩因爲有爵位在身，兵部居然疏漏此事，由管理貴族事務的宗正府處置了事，追究起來，仍是有罪。

正惶恐間，卻聽得張偉笑道：「算了。他在海外，只怕比在遼東更有用處，由著他放開手腳，卻也罷了。」

他面帶笑容，又不自禁張目望向遠方江中，心道：「無數中華好男兒投身海外，嘿，不論是英國佬還是荷蘭人，到了讓你們領教中國人智慧與勇力的時候了。」

就在張偉記掛李岩，詢問其去向之時。這位前明舉人，漢朝的廂軍上將軍正扶著船舷，眺望遠方。

「和風熏面，草與水同色。」

輕聲稱讚一句江南美景，他返身回艙，四處巡視。此次出海是爲了整治自家的封地，短時間內很難再返回中原。他自幼在河南生長，若不是杞縣曾經被官兵焚掠，自家的田宅家產殘破至難以收拾，縱然是皇帝封了他偌大一塊封地，他亦很難下定決心。

因爲李岩在當地很有聲望，手底下一眾廂軍士卒跟隨他征戰多年，不欲分離。此次出海開拓新土，幾百名舊戰士退伍跟隨，又有李氏宗族及一些鄉民隨同。李岩知道雖然呂宋與內地海運很是方便，卻是費用昂貴，一應生活用具，或是自己鍛造，或是此時就多帶一些，比之以後不足時購買更加合算。

他傾盡家資，連同其弟這些年的宦途所得，再有征戰軍功的賞賜，打造了兩艘福船大船，夾在出

使的使團中一起出海，一是捨不得李侔，一向戎馬生涯，兄弟倆會面甚少，此次一去家國萬里，日後再見不知是何時，是以要在海上多相處一些時日。二來隨同船隊一起，有甚意外也可照料，當時出海風險仍是不小，萬一觸礁沉船，或是遇著颱風，單獨的船隻很難脫難。相隨大型的船隊一起出外，自然是更加保險。

他步下中艙，在儲藏物品的各個艙室巡視。此次出海，除了攜帶米糧麥及疏菜種子，還有各式各樣的農具、生活用品、軍器。那四門購得的千斤大炮，還是李岩以退伍將軍的身分自火器局購得，加上幾百支火槍，費了他大半家財。是以他特別重視，防著出事。

負責看管武器的是他的族弟李俊，很是機敏能幹。見李岩俯身下艙，忙迎上前去，向他笑道：「大哥，你放心好了，這些都捆綁好了，一點疏漏也沒有。要是出了岔子，我跳海謝罪。」

李岩也被他說得一笑，在他肩膀上親熱的拍了兩下，仍是踱到用鐵鏈捆好的火炮旁邊，細心檢視。直過了半晌，他才直起身來，向李俊笑道：「不是我信不過你，委實是大意不得。這火炮重過千斤，萬一捆得不穩，海上風浪很大，火炮在艙室內四處亂撞，沒有幾下，咱們就都得陪著它見龍王爺了。」

李俊老老實實低頭聽訓，待他說完，方沉聲答道：「是，我一定小心。從今兒起，每天都來查視幾次。」

「這便好，等到了呂宋安南城碼頭，卸它下來，才能放心。」

「大哥，咱們李家的封地有多大，有咱們李家堡大麼？」

李岩聽了一笑，拍拍手上的浮灰，邊沿著木梯向上爬去，邊答道：「我封的是伯爵，封地方圓三百餘里，只怕比咱們杞縣還要大上一些。」

李俊聽得一驚，繼而又喜滋滋道：「這可真了不得！周王也沒有封地，信陽的唐王也沒有。這些王爺的王莊田地多的不過十幾萬畝，少的幾萬畝，咱們這麼大的一塊封地，總也能耕出幾萬畝良田來吧。乖乖，這可比得過一個王爺了。」

「其實不止。我的封地，沒有別物特產，唯有平原，而且膏潤肥沃，悉心開墾的話，足可得良田百萬畝。」

李俊聽得一驚，立時往李岩臉上看去。見他鄭重其事，並不是說笑，因驚問道：「皇帝封這麼多良田美地給人，爲的是什麼?當年明朝太祖爺分封諸王，也都只有封爵，沒有土地，不准臨民。今上不怕諸侯坐大，日後兼併爭戰，弄得天下大亂麼?」

兩人一路行走，此時已回到李岩居住的艙室之內。此時中國大興航海之風，全國各處都有意欲發財的商人，破產的農民，冒險的野心家毅然出海，往海外蠻荒之地尋求成功的機會。然而海船易造，水手難得。原本沿海的弄海人地位早就水漲船高，熟諳海事的水手早已不敷使用，有經驗的船長更是難得。此次李家大舉遷往海外，歷經千辛萬苦方才覓得一眾手水，與兩個出海數次的老手船長一同出海。是以這大船上最好的艙室不是地位尊榮的伯爵大人居住，而是讓給了需要良好休息與懸掛海圖空間的船長居住。

因空間逼仄，李俊並無坐處，只站在李岩身旁，見他坐定喝茶，一派氣定神閒模樣，便急道：

「大哥，據我所知，開國帝王對功臣良將沒有不起猜忌的。陛下現下要開疆闢土，所以大封功臣，等過上十年八年，天下穩定，他手底下又有幾十萬精兵強將，足以守禦疆土，到了那時候，原本的功臣們就成了眼中釘。陛下還需防著他身後宿將功臣們作亂，大哥你坐擁如此肥沃廣闊的土地，還可以自建軍隊，判定法例，收取賦稅，將來若是陛下動手，那可當真是大事不妙。」

「不妨事。」

李岩見李俊仍是一臉不解，又有些害怕，只得嘆一口氣，站起身來，向他笑道：

「陛下分封，其實是要在海外分官員的權。以貴族對抗官員，以官員監視貴族，兩邊平衡，什麼事也沒有。況且日後都是火器爭戰，我那麼點土地，再大上幾倍，沒有錢，沒有工廠礦山，我能養活多少軍隊，又能掀起多大風浪？陛下才不會害怕封地貴族，倒是害怕官員胡來的多。呂宋諸島孤懸海外，若是官員貪墨不法，激起民變，那才是要命的事。」

見李俊仍不明白，因向他問道：「你想一下，一個常人，辛苦多年才能爲官，他最急迫的，是想自身富貴，還是要致民富貴？」

李俊認真想了一回，方答道：「或許有聖人如海瑞一般，不過，多半還是自求富貴的人多。」

「就是這個道理。想前明官員，都是科舉出身。宋真宗有勸學詩曰：書中自有黃金屋。就是說讀書做官後，就能發達。所以，自唐宋以降，直至明朝，官員鮮有不貪汙者。眾人只為升官發財，就是辦事也是為了博取政績，至於後任如何行事，不關我事。如此下來，地方水利無人過問，命案由宗族自斷，遇著災荒便要餓死人，正是因為政府官員多半不肯出力，甚至會上下其手，中飽私囊的緣故。」

李俊瞠目道：「那此事與分封有何關係？與其分封，不如設嚴刑酷法，或是多派官員監督，不是更好？」

李岩嗤道：「若是有效，明太祖剝皮之刑又如何？天下貪墨如故！況且監查官也是人，也是自平民而為官。雖然陛下一心以制度來肅貪，然而沒有幾十年工夫，這制度也立不起來。再好的制度，也需有人才成。咱們這些人，就是如此目的。你試想，讓你做縣令，你自然是想的升官發財，可若是那個縣就是你的，山川樹木、河流土地，一切均是你的，可以傳諸子孫，國家在，則你的封國在；那麼，你是否一則好生打理封地，以圖自身尊榮富貴；二來效命國事，期盼國家長泰久安？況且貴族與官員很難勾結，兩者互相不喜，用來遏止對方，最好不過。漢朝之時，國家侯爵亦有封地，遇事為國效命，平時之國，在朝的官員要麼是貴戚，要麼也需是家中恆產者方能為之。而貧苦之士，只能以舉孝廉的方法做官。這樣，為官的多半不是為財，而是為家族榮譽；而舉薦上來的，也是鄉里有名的賢良方正，或是孝悌之人。後世以科舉選官，雖然選中的都是有才華之人，也令許多貧苦之人有了進身之階，不過說將起來，這吏治上就難為許多。做官的想頭，也變了許多。千載之下追昔往今，這兩者互有優劣，陛下現下的做法，不過是將兩者結合，也虧他想得出來。」

他正說得興起，卻不防外面有人叩門道：「大爺，二爺那邊有旗語傳過來，說是這邊艙室狹小，二爺又想與大爺朝夕相處，就近請教。說是這便請大爺動身，坐舢板過去。」

李岩先是應諾一聲，著人就去準備小船，一邊站起身來，向聽得發呆的李俊笑道：「這些想頭，都是我一個人琢磨出來的，你別同旁人亂說。伯爵可以封授武職勛官，我已請兵部行文，給了你雲騎尉的勛職。到了那邊，對付土人，防備外敵，你是吾家千里駒。」

說罷一笑，也不顧李俊興奮，自己彎腰出門。自舷梯處下船，登上小船，由十餘名水手划著小船，直奔不遠處的李侔座船而去。

他雖是自幼富貴，卻並不曾一日為官，此時得了偌大封地，錢財什麼的無所謂，倒是可以治政理民，建立軍隊，使他一展抱負，從此不必理會地方官員，一心使轄下居民安享太平之福，想到此處，亦禁不住血脈賁張，興奮之極，直欲仰天長嘯，方能一舒心中快意。此時小船行至江心，周圍檣櫓如林，長帆遮日，一眾大漢子民相攜出海，各有志向，思之亦令人覺得快意。

因心中恍惚，沒有注意這小船在江浪中快速划行，不一會兒便到了李侔船前。李岩被水手點醒之後，方才踏上大船上放下的升降吊籃，直登上這一列船隊中這最大的寶船。

上得船後，因這寶船高聳堅固，船頭仿著城樓模樣建造，幾隊漢軍士兵在船頭巡弋，雖然船在行駛，因船身重量緣故，竟使人並不感覺晃動。待看到這城樓與軍士，直使人不覺得在船上行駛，而是置身地上某大城的城頭一般。

李岩看將過去，知道這便是仿造當年鄭和下西洋時式樣而建造的寶船，一時間好奇心起，竟先不去李侔艙中，而是東走西顧，張望打量，待跑到船頭敵樓張望，因城樓甚高，再加上船身高度，一眼望將下去，原本浩蕩奔流的大江，亦如同尋常河流那般雌伏腳下；張目看向四周，大江兩邊的風景依稀可辨，只見兩岸原本高大的堤岸和山川此時亦顯得渺小卑微，令人覺得一腳踏將過去，便可以踩在腳下。

他看得心曠神怡，忍不住道：「今日方知天地廣闊，江川秀麗！大丈夫怎可蝸居斗室，做井底之蛙！」正感慨間，卻聽身旁收攏纜繩的水手頭目接話道：「大人，這裏算不了什麼。等過兩天咱們過了江口，到了大海深處，那時候海天一色，蔚藍一片，海上都是些珍奇海魚，還有成片的飛鳥跟隨其後，到時候大人站在這城頭四處一看，當真是可以一快心胸。」

李岩不曾想到這船上尋常水手亦有如此話語，正思謀著答話，卻聽得引領他前來的那傳令兵上前笑道：「大人且慢賞景，李將軍已經詢問數次，問大人怎地沒來。小人回稟將軍大人已至，卻並未進艙，被將軍著實埋怨了幾句呢。」

待他說完，李岩微覺不悅，只覺這個二弟現下升至漢軍將軍，年少得志，未免有些輕狂。長兄上船，自己不來迎接便也罷，居然還擺譜拿大，訓斥屬下軍士。他心裏拿定主意，不論二弟做到什麼官位，始終亦是自己親弟，一會兒見了他，還是要好生教導訓斥一番，才能盡到做大哥的本分。

因有此一事，不便再在這船頭耽擱，便向那傳令兵笑道：「既然如此，勞煩你帶我過去便是。」

及至李侔艙門之外，只見房門緊閉，裏在鴉雀無聲，李岩更是心頭火起。只是他一向穩定深沉，

雖是乃弟亦不肯輕易發火。只是屈指輕叩，等候裏面有人出來開門。

他只輕叩數下，就聽得裏面傳來腳步聲音，待聽到內裏木門銅搭扣被輕輕拿起，李岩料想是其弟過來，便以責備的語氣輕聲道：「你現下怎麼如此拿大，究竟什麼事，派人催我過來？」

卻聽得開門那人笑道：「林泉兄好大火氣。可是很少坐船，有些頭暈麼？」

李岩定睛一看，原來是漢軍水師將軍黃龍笑吟吟站在自己眼前。見他發呆，黃龍躬身一揖，又向他笑道：「林泉兄，遼東一別足有半年多，一向安好？」

李岩忙亦躬身施禮，笑道：「老兄怎地不在旗艦上指揮水師，卻跑到二弟這裏？可是有軍務要商議，若是如此，岩先請告退。」

「不必。原本這機密軍務不該請老兄前來，不過陛下知道老兄亦在船上後，親命人過來傳旨，我們著手之事，可請林泉兄一同參詳實施，不必隱瞞。」

李岩知道所謂「請」他一起，多半是客套之辭。想必是皇帝知道他在船隊之中，有旨意命他一起辦事。帝命既下，做臣子的自然不能抗命。

因笑道：「既然如此，弟隨著諸位一同參詳。只是弟雖然曾在陸上作戰，海戰卻是分毫不通，若是胡言之處，諸君不要失望責怪才好。」

他們邊說邊行，早已過了艙室甬道，李岩一眼望去，只見除了其弟李侔正在親手懸掛海圖，其餘十餘名漢軍陸軍及水師的將軍、衛尉、校尉等高級軍官環列周圍，雙手搭膝，房間之內鴉雀無聲。見自己隨著黃龍進來，其間有些軍官在遼東征戰時曾經相識，交情甚好，此時亦不過點首致意。

他心中明白，定是有什麼機密軍務交辦下來。是以各人在開航不久，還未入海，便已齊集於此，一同商議。他心中掂掇道：「莫不是陛下意欲在沿途用兵征戰？這樣雖然可收出其不意之效，卻不免落人口實，有失天朝上國的信義仁德的形象。雖則這些不過是腐儒所見，然則國家受人崇敬和受人懷疑鄙視，在海外行事的效果可大大不同。」

也難怪李岩這樣的機變不拘之人都有這般的懷疑，中國歷朝政府，對待藩屬和海外貢國都是以仁義爲先，一定要做到盡善盡美，儘量滿足對方的要求，方能顯得中國是天朝上國，不以外國的土地珍寶爲念。隋煬帝曾經下令在京師數十里內懸掛絲綢錦緞，唐朝時曾經包養所有的海外使者衣食，明朝政府船隊出海，或是海外有堪合貿易，政府都寧願賠錢，也要讓這些蠻夷交口稱頌，歡呼而去，方能顯得中華上國地大物博，中國大皇帝仁德博愛。

就是到了近代現代，中國政府仍然有這種以大撫小之舉。以不現實之態度，傾人民之財力，意圖邀好鄰國，實則霸權國家以實力說話，反而讓人敬畏不敢冒犯。以銀錢邀好這樣的舉措，不過讓人以爲中國人軟弱好欺，日後更加變本加厲罷了。

李岩滿腹心事，一時間默然不語。待李侔將木圖掛好，也不同李岩說話，只向兄長一笑，便張口道：「依陛下聖諭所命，使團船隊過南洋境時，相機處斷，將葡萄牙及荷蘭人逐出南洋。」

他手指木圖，向諸將道：「咱們出了江口，下海之後由一路往南，至瓊州府補充停泊，然而一路

由萬里石塘過石星石塘、曾母群礁，直至巴達維亞方才停歇。陛下有命，要咱們趁著在南洋停歇的時間，與司閩曹的高大人一同起事動手，或是先將爪哇全島拿下，或是先與荷蘭人虛與委蛇，甚至借助其力，攻下麻六甲城，奪取海口。」

說到此處，李侔掃視全場，與會諸將皆已是歷經滄海成了精的人物，如何不知道他目光所至的含意所在？

因各自點頭，俱沉聲道：「末將等絕不敢有所洩露，以致貽誤軍機。」

李侔冷哼一聲，接口道：「不是李侔我信不過大夥，實在是此事干係甚大，委實小視不得。陛下在我臨行前，特意交代。不但是動手前要小心謹慎，不使消息走漏；就是得手之後，亦需緊守其秘，終身不得外泄。」

他眼露寒光，厲聲道：「若是有人敢洩露此事，陛下定然取及首級，流放其全家老弱！各位回去之後，亦需提點下屬，此事乃是國家機密，不但不能與外人說，就是家人父母，亦不可言。諸位，可記住了？」

「是，末將等謹遵將令，決不敢洩露軍中機密！」

李侔頹然吐氣，回身坐到李岩身邊，向他微笑道：「大哥，適才怠慢你了，不要生我的氣才好。」

李岩低聲道：「這事不必再說。倒是攻略南洋，陛下用意自然是出其不意，以使團的力量順道解決，比專門調兵過去好上許多，可收出其不意之效。只是，此事具體如何來做，卻很教人爲難。」

第十二章　南洋攻略

說到這裏，他冷笑道：「我決意赴呂宋前，曾用心打探過南洋諸國情形。那馬打藍和萬丹，甚至是什麼馬來國、柔佛，都曾經是麻喏巴歇帝國治下。兩百年前，這帝國內亂，他們才分裂開來。現下各國中除了亞齊一國強盛，曾經挫敗葡人入侵，甚至曾遠征麻六甲，欲與葡人決一死戰之外……」

說到此事，他不禁沉吟道：「咱們雖然是使團，那荷蘭人與葡萄牙人又能放心不理會？他們均是色目人，雖然分爲小國攻伐不休，遇著外來強敵，是否會抱成一團一起禦外，卻也難說。」

「我亦向陛下提起此事。陛下笑道：當年英國人還聯合朕打荷蘭人，他們爭奪海外殖民，爭奪土地和黃金時，不會想起自己都是所謂的上帝子民的。倒是中國有了壓倒他們全數的力量，打得他們一路逃回老家，還能兵指歐洲之時，沒準他們會抱成團和咱們鬥。」

見李岩似信非信，李侔不禁笑道：「大哥，你只看到他們是一樣的高鼻藍眼金髮，卻忘了戰國之

時，六國眼看他國被秦國所滅，卻只覺得舒心快意？利之所趨，別的都是虛妄！」

他兄弟二人小聲說話，那陳貞慧知道現下是自己的任務，苦著臉站起身來，向諸將道：「接近敵方一事，諸位將軍不必憂慮。陛下早前就有使團動身，與南洋諸國聯絡。荷蘭與英國戰後實力大損，之前和咱們關係尚好，自然不敢難爲。那葡國現下隨著母國西班牙與法國交戰，再加上原本就是小國，雖然和咱們素有仇怨，不過力量太過單薄。前一陣子，咱們把他們趕出澳門，這些人也是滿腹怨氣，不過半個虛屁也沒有敢放！」

眾將原以爲他是文人，說話必定斯斯文文，子曰詩云騈四驪六一通，誰料這個滿嘴大鬍子的文人長官，說起話來卻也是如同軍人一般粗豪不羈，眾將官一時間對他印象大好，待聽他說到最後，便各自咧嘴大笑，均道：「當時陛下派了幾千人的漢軍過去，澳門葡兵不過數百，和咱們鬥，不是拿雞蛋撞石頭麼！」

陳貞慧心中雖然不很喜歡武人，見眾將歡喜，便亦隨之同笑，待諸將安靜下來，他又道：「是以此次咱們大漢船隊過境，葡人雖掌握麻六甲城，在彼處有戰艦數十，卻也並不敢和我們爲難。陛下使臣一至，葡人便滿嘴答應，願意讓咱們安然過境。嘿，我猜那葡人總督心中害怕，巴不得咱們早些過去才好。」

說到此處，他又將漢朝與南洋諸國，包括與東馬島上的馬來土人所建立的柔佛、馬來王國、爪哇島上萬丹國的投效文書，與馬打藍國的協議草約，還有同蘇島上亞齊、巴領旁諸國的聯合協議等等，均是一同念將出來。

這些大多是官樣文章，左右不過是停泊時日，約束士卒，以優惠價格出售貨物，對方亦提供漢朝所需要的糧食清水，爲漢朝船隊提供一切便利等等。此類文書枯躁無味，聽得眾將直覺得乏睏，更有幾個忍不住打起呵欠來。

李岩卻聽得入神，待陳貞慧堪堪說完，便向他問道：「那萬丹國也罷了，那個馬打藍國卻很有些麻煩，其約之上很有些桀驁不馴之辭。什麼漢人若是在島上作亂，需被當地官府處置，上岸之時，不得超過百人一隊，不得攜帶武器。」

說到這裏，他冷笑道：「我決意赴呂宋前，曾用心打探過南洋諸國情形。那馬打藍和萬丹，甚至是什麼馬來國、柔佛，都曾經是麻喏巴歇帝國治下。兩百年前，這帝國內亂，他們才分裂開來。現下各國中除了亞齊一國強盛，曾經挫敗葡人入侵，甚至曾遠征麻六甲，欲與葡人決一死戰之外，其餘諸國皆碌碌無爲，甘爲洋夷效力。那馬打藍是回回國，聽說他們的先輩國王，還是從咱們中國雲南漂洋過海而去，現下居然甘心爲荷蘭人做鷹犬，整個國家淪爲人家附庸，居然不以爲恥，反以爲榮。這個國家，當真是可笑可哂！」

他說的這些，陳貞慧卻是私毫不懂。在他奉帝命出使之前，他只知道這些年海外有些大鼻子藍眼睛的色目人飄洋過海，來到中國，善火器，愛經商。至於有幾個國家，有什麼特色，卻是絲毫不懂。一直到上船前夕，他還在幾個通事官的輔導下學習歐洲的政治地理知識，正在感慨天下之大；待此時討論起南洋局勢，他滿腦子裏還是當年蘇碌國等幾個南洋國家的國王來到中國，甚至死在中國的盛世異事，至於那些國家在哪裡，現叫何名，是否亡國，他卻是一點也不知曉了。

因見李岩向他說話，他瞠目結舌，一時竟答不上話。過了半晌，方吭吭哧哧答道：「或者是荷人中有能治國者，這馬打藍國上下服膺，也是有的。」

李侔知他在此事上並不知首尾，忙接話道：「此事陳大人有些誤會，其實並非如此。荷人自從在南洋成立公司，每日掠奪當地特產貨物，轉運倒賣，大興貿易。成船的金銀由當地流回本國，而爪哇島上的土民卻日漸貧困。只是這幾個土人國家，都是孱弱無能，國王沒有權力，大臣們橫行不法，宗族勢力和宗教長老的權威甚至在國家之上。由於這般，國家被外人盤距掌握，各個勢力只顧著打壓對方，卻根本不理國事如何。其實，咱們的前明，亦是如此，眼看天下流賊日甚，關外後金虎視眈眈，卻一心黨爭，不問國事，這豈不是一樣！」

見陳貞慧臉紅過耳，李侔忙改口道：

「馬打藍對天朝如此不恭，其實也是因爲荷人居心叵測，用心不良，在其中挑撥的緣故。當地漢人足有四五十萬人，都是歷年由內地閩粵兩省而去，時日久的，都足有三四百年。本來漢人與當地土人相處甚好，並無矛盾。待那些回子掌權之後，不事生產，卻眼紅漢人能幹，嫉妒漢人有錢。正好荷人一來，從中播弄，故意扶持漢人，將釀酒、賣茶、理髮、修鞋等生意壟斷給漢人來做，土人能做的也不允准。這些年下來，漢人越來越富，土人越發貧困。兩邊矛盾越來越深，現下已如同乾柴烈火，一觸即燃。若不是陛下銳意洗刷前朝積弊，心向南洋，建造大艦下海，又在呂宋屠戮西班牙人，只怕那些荷人早就利用土人與漢人的矛盾，使得兩邊互鬥，漢人吃虧了，他再回頭壓土人，又能使漢人實力削弱，又能使土人加重對漢人仇恨，如此下去，荷人便可常保在爪哇的強權統治，無有憂慮矣。」

李岩因感慨道：「陛下當年在呂宋殺得血流成河，有不少呆子說陛下心地太狠，不應如此。殊不料呂宋一事，不知道救了多少南洋漢人的性命呢！」

「正是如此。現下漢人與那些回子越鬥越凶，荷人此時卻嚇得縮住手腳，不敢故意為難漢人。所以改弦更張，雖然不敢太為難漢人，卻也將一些特權慢慢回收，使得土人對漢人惡感稍稍收斂。雖然如此，仇怨積得久了，一時之間難以扭轉。陛下派高傑大人過去，就是要從中設法。只是漢人柔懦已久，高大人在那裡百般設法，卻沒有漢人敢出來鬧事。縱有小小風浪，亦是瞬息間被荷人壓住。有這些緣故在，那個馬打藍國能對咱們好言好語，盛情招待麼？」

一眾將軍待李侔說完，便攘臂大呼道：「荷人在南洋縱然有些力量，卻亦不足與漢朝大軍相抗。既然那些土人如此不識好歹，咱們就一股腦兒殺將過去，殺它個屍橫遍野，只怕就好了！」

李岩搖頭道：「我料陛下必定不願如此，這樣動起刀兵，於漢朝聲名有損；最好還是從中挑撥，利用南洋漢人之力才好。」

眾人商議半日，卻是不得要領。思想整個局勢，南洋諸國中柔佛、亞齊、馬來王國及萬丹等南洋諸國不堪洋人欺壓，當年又曾見識過鄭和下西洋時的中國國力，知道中國是堪與歐洲諸強對抗的超級強

國，因而傾心結交，願為同盟。只是各國被歐人的火槍大炮打得怕了，畏敵如虎，並不敢派出軍隊，只願意提供後援，坐視漢軍與歐人爭鬥。

至於婆羅洲的渤泥國，更是一向與中國交好，其第二世蘇丹麻那箬加那乃曾隨同鄭和入朝覲見明成祖，後來甚至病逝中國，其王子奉命回國接掌王位，全國上下無有不心悅臣服者。待張偉派遣的中國使者一至，渤泥國全國上下無不歡欣鼓舞，視為天朝上使，善加款待，至於船隊停靠，補充給養一事，更是滿口答應。

渤泥國其時國力已遠不如百餘年前，在麥哲倫船隊停靠渤泥時，該國還是海上強國，領土範圍遍佈整個婆羅洲，更是遠達呂宋，待葡萄牙人、西班牙人、英國、荷蘭人依次入侵，渤泥雖然奮力抵抗，不曾淪陷，卻也是國力大弱，無有生機。是以雖然願意輔助中國船隊，卻對派兵助戰一事心存猶疑，並不敢立時答應。

漢軍隨船出征的步戰陸軍有三營六千人，而且都是由各衛及水師步兵中抽調出來的最英勇善戰之士。此時荷蘭在巴達維亞駐軍不過兩千，連同所有的移民、東印度公司的職員，加起來亦不足三千。再有葡萄牙的五六百人的軍隊，以漢軍的實力，自然可以橫掃整個南洋。只是歐洲諸國在南洋經營日久，日子短的荷蘭亦過百年，勢力根深蒂固，南洋各國中各種勢力盤根錯節，很是複雜。

上述諸國中與中國使者接觸的乃是中央政府，各國對自身的地方勢力，甚至各部族的勢力都很難掌握。荷蘭在爪哇島上雖然只有兩千不到的本國正規軍，卻有可能根據情況，動員全島各依附部落的傭兵戰士助戰，再有馬打藍國上下都成荷蘭附庸，南洋戰事，最爲難之事便是攻伐荷蘭，打下巴達維亞。至於麻六甲城雖然地勢險要，要塞堅固，荷蘭人曾攻而不下，面對著漢朝水師強大的火力，以及六千久歷沙場的步兵戰士，再有心存異志的東馬諸國，被攻克的命運已然注定，無可懷疑。

商議半天之後，各人議定，先在渤泥國暫歇。先派遣使者往爪哇島上宣揚漢朝國威，暗中與高傑等人接頭，得知當地細節之後，方才動手。眾將見計議已定，便各自分頭回船，勒束部屬，暗中備戰。

李侔眼見下屬各將都已離去，黃龍與陳貞慧兩人亦欲離去，忙喚住他們，笑道：「還有一事，亦屬絕密，請兩位務必不可洩露。」

陳貞慧知道必定是張偉在李侔臨行時單獨交代，不由得心生醋意，面上卻是和悅如常，微笑道：「陛下有何聖諭，我等自然盡力去辦，哪有洩露生事的道理。」

黃龍與李岩亦道：「臣等自然謹遵聖諭，不敢疏怠。」

「陛下有諭，船隊入渤泥後，由漢軍驅散該國軍隊，接管王宮，掌握其國大權。然而不准大動刀兵，亦不得多有殺傷。該國盡入手中後，嚴防消息走漏，不使人入，亦不准人出。此諭！」

李岩等三人同時站起，先同聲道：「臣等遵旨！」

待各自坐定之後，各人不禁面面相覷，一時間竟不知道如何是好。這渤泥國在明成祖時就內附中國，成爲最忠心不二的藩屬國家。其國王心慕中華文物，親身前來南京，以致身死異鄉。後來成祖冊封其子爲王，該國亦無異議，及至明朝中葉，渤泥國的國王均由中國頒以金冊金寶冊立，最是忠順不過。

此次出使，最先停泊的異國就是渤泥，其國上下亦是竭力歡迎報效，無有二話，皇帝居然下令使團趁機奪人國，控制王宮以制，這讓李岩等人一時間難以接受。

李侔見諸人如此，亦嘆道：「陛下諭令我時，我也很難受命。當時便道：陛下此舉，恐傷小國之心。天朝上國待人以誠，縱是要伐人國亦需堂堂正正，如此行事手段，只怕為人詬病。」

「那陛下怎麼說？」

「陛下當即一笑，向我道：胡扯！告訴你一句話，歷史是由勝利者書寫的。用心去做，那渤泥原本是佛國，現下其國的馬來族都信回教，長久下去，必定與漢人離心離德，宗教大過政治，是遲早的事。現在不動手，悔之莫及。反正都要動手，明裏還是暗處，有甚區別？大丈夫做事不可拘泥，千萬莫要拘於腐儒之見才是。」

話說到這裏，眾人自然不好再駁，只得胡亂應允。當下各自出艙回房，其餘無話。

船隊至此一路直行，數日後下了海口，在蔚藍的大海中一路順風向南，沿著既定路線一直航行，直過了南沙礁群，一路俱平安無事。偶遇著一些風暴，各船間守望相助，小心行事，至漢興二年七月中旬，船隊行至渤泥停靠。

自兩百多年前的鄭和寶船船隊之後，全世界的海面上再也沒有那麼龐大的艦隊出現。上升期的歐洲各國雖然無處不至，然則最多是十來條船的小型船隊，無論是在數量或是噸位上，均遠遜於明成祖時代及新漢時代的中國巨型船隊。

渤泥國當時只不過不到一萬平方公里的土地，人口十七萬人，近六成是馬來土人，其餘近三成爲漢人，還有則是都東族、達雅族、摩洛族等少數民族。除了多半漢人不信回教之外，渤泥國已成爲標準的伊斯蘭教國家。原本的佛寺被推倒廢除，或是改建爲清真寺，熱帶氣候原本衣著簡陋的渤泥國人全數穿上了傳自中東的阿拉伯長袍，包裹頭巾，女人們更是渾身上下都裹得嚴嚴實實，難以窺見分毫。

自信奉伊斯蘭教之後，渤泥原本的酋長聯合推選國王制度就改爲了蘇丹制，現時的蘇丹爲第十七世哈吉·哈桑吉爾，依照渤泥規矩，蘇丹傳位以世代相襲，直至萬世。與李侔等人瞭解的不同，渤泥國歡迎他們倒不是因爲中渤兩國淵源流長的友誼，實則是因爲該國國小民貧，近百年來又失卻了海上地位，在與中國貿易中獲利的管道被遠來的歐洲各國搶去，而依靠著渤泥國土中只有百分之十不到的耕地，只能勉強糊口度日。幸得渤國森林資源豐富，大半領土都被各種珍奇樹木覆蓋，王室與政府的費用，只能由在森林中獲取一些樹木、樟腦等出產來維持。待得知中國欲借重其力，討伐那些高個子的藍眼夷人，將他們逐出南洋，渤泥國與那些還有些好處的爪哇及蘇島各國不同，全國上下俱是歡欣鼓舞，希望天朝一舉獲勝，將那些蠻子趕出去，然後渤泥國奮然中興，重新成爲這一帶海面的主宰。

因爲這些恩怨，渤泥上下對海港外漸漸雲集的大股船隊呈現出了不一樣的熱情。漢軍水師甫一接近，早有各級官員引領著百姓迎上前來，挑水送茶，笑語相迎，當真是簞壺以迎王師，漢渤親如一家。因當地漢人甚多，兩邊交結溝通並無困難，待知道正使與漢軍將軍座船已至，那負責迎接的渤泥官員立

刻稟傳蘇丹，由蘇丹親自相迎。

李岩的兩隻大船早已離開船隊，駛向呂宋。他因爲接了帝命，要在使團離開之前輔助李侔，將整個南洋據爲己有，然後方能回到封地，雖然心中並不放心，也只得叮囑李俊等幾個家中才俊，讓他們先期募集當地土人及內地隨同去的漢人，先行鑄成城池，將火炮裝好，裝配火槍，謹防土人作亂。安排停當之後，他便一門心思用在南洋攻略之上。

此時見那碼頭上下足有過萬土人及當地漢人出來相迎，便有華蓋鋪陳，顯是高官貴戚來到。李岩等人還是初次見識到南洋風光，出海之時南京還是暮春時分，天氣溫潤。而到了南洋海面，早已是熱風撲面，沿途的小島或者只是一片片寸草不生的大石塊構成，或是鬱鬱蔥蔥，綠蔭遮目。在石星石塘的某處島嶼停泊取水之時，全島上居然全是毒蛇，大大小小足有數十萬條，上岸取水的民伕猝不及防之下，被咬傷致死數十人。黃龍大怒之下，以水師戰艦數百門大炮齊發，將島上樹木全數炸倒，沙石飛揚，再派人上島，已是蛇屍遍地。

經此一役，絕大多數沒有出海過的漢軍上下均是凜然警惕，唯恐前途茫茫，不知道又會出什麼事端，遇到什麼希奇物事。倒是李岩等人想起《山海經》書中的記錄，卻是興致盎然。

「大哥，這裏的樹木與曾母群島附近卻又不同。均是長身無葉，頂端才有一些，不知道叫做什麼。」

李岩回身一看，見是李侔與一眾漢軍將軍全數站在身後，各人都是戎裝整齊，佩劍在身，準備下船上岸。他向李侔笑道：「那是椰子樹，結出來的果實能砸死人，劍都劈不開來。上回陛下賞賜，你用小刀的刀尖剔了半夜，才破出一個小洞來，忘了？」

李侔這才想起，因失笑道：「那還是幾年前的事，費了那麼大的工夫，喝了幾碗甜水，倒也有趣。」

他兄弟二人說笑，黃龍等人並沒有喝過，不由得咂嘴道：「一會兒命人摘幾顆下來，咱們也嘗嘗鮮。」

正說笑間，陳貞慧已穿著四品文官的冠帶袍服出來。身後有十餘名執傘執棍，以及刀叉殳棒的儀杖，見各人說得熱鬧，正欲上前問話，卻見早前派上岸與渤泥國知會的理藩院官員上前來道：「諸位大人肅靜，渤泥國的國王前來迎接，請諸位大人將軍下船。」

各人這才斂了笑容，陳貞慧又將身上袍服略一整理，這才隨之下來。待到了岸上，漢朝官員與將軍一字排開，由正使陳貞慧先行上前，與那遠迎而來的蘇丹說話。

其後不過是官樣文章，那國王對漢朝使團竭誠歡迎，又唯恐招待不周，對漢朝的儀衛真心傾慕，若有機會，一定要親身到漢朝京師朝覲大皇帝陛下。

陳貞慧知道這些一半是敷衍客氣，一半亦是爲這龐大的使團隊伍，漢軍將士的威武軍姿震懾所致。他此時眼見當場的土著百姓太多，自己原本「摔杯爲號，當場擒拿土王」的想法原來當真是書生見識，不值一哂；慚愧之下，一面與那國王虛與委蛇，一邊與他攜手同行，往不遠處的王宮而去。

待到了這渤泥國的街市之上，隨行而往的使團官員與漢軍諸將左右張望，賞鑒著這所到的第一個異國的風光景致。

看了片刻，各人俱是撇嘴哂笑。那李侔等人更是想：「這麼一塊土地，陛下居然也要下嘴，這真是從何說起。」

這渤泥國地小民貧，除了衣著怪異，街道兩邊的房屋亦是破敗不堪。道路泥濘失修，或者只是人踩出來的小道。人民衣著怪異，除了漢人之外，那些教徒都以破布裹身，頭部亦是纏布，見慣了女人小腳的漢人，看起來只覺得滑稽之極。那馬來人種亦是深膚人種，面色黝黑，身形矮小，再用那麼長的長袍著身，走起路來只令人覺得狼狽非常。漢軍諸將都是粗魯漢子，各人皆咧嘴微笑，心道：「這樣一個窮得鳥不生蛋的地方，怪道那些色目國家沒有強占。」

當時還沒有把石油做爲能源，是以除了張偉，無人知道這現下的渤泥，後世的汶萊國的重要。以一個小小國家，蘊藏著十幾億桶的石油和豐富的天然氣，其儲量在亞洲僅在中國及印尼之後，而且是陸上油田，油質上佳，開採方便。第五十世蘇丹以賣石油坐擁幾百億美元的家財，富甲天下。如此的一塊上好肥肉，且又吞食方便，張偉又怎肯放過。

那蘇丹不明就裡，還在滿心歡喜。一邊與陳貞慧同行回到王宮，一面在心裏盤算，要找上國使臣多要些好處，最好將本國土產弄上一些，讓上國以十倍的價格買將回去。反正舊例如此，天朝一向不計較白銀黃金什麼的，就賞賜了自己也好。

他正眉開眼笑，想得開心，卻不防那使者與隨行的各位將軍甫一入宮，立時調動衛隊隔開王宮與民眾，召集當地漢人問話。國王當時覺得不對，卻也並不疑心。待幾天過後，使者不但不談貿易賞賜，反而獨斷專行，將國內的大臣或貶或黜，將漢人全數任用上來。等他覺得不對之時，卻已是叫天天不應，叫地地不靈。不到十天時間，這個彈丸小國已落入漢人手中。

李倖等人鎮守渤泥一月，補給充足之後，又等待後續前來渤泥鎮守的一營漢軍趕到，方才命船隊起航，往巴達維亞而去。那渤泥國王先是驚怒，繼而哀求，請求使者保留他的王位、以渤泥國內附天朝。

一眾漢軍將軍原欲不理，倒是陳貞慧覺得漢朝行事太過霸道，不是天朝上國的風範，沒有藉口便侵奪人國，也太說不過去。便獨自行事，派人寫了文書，以快船迅速駛到瓊州，用軍鴿一路送信至南京。

待他們起航往爪哇之際，那船卻帶著張偉手諭趕回。陳貞慧並沒有知會李倖等人，便將那手諭展開來看，只見那淡黃宣紙上寫道：

「庸人之見！朕欲得之，便可得之。勢強者得，勢弱者俯首伏身，靜待誅戮。國家之間，寧有理乎？將那國王拘之，以伊命統制全國，俟一年半載之後，更換新王可矣。如此，更換三五次後，廢黜後將渤泥收為中華所有，豈不順理成章，何需擾攘生事！」

這般劈頭蓋臉的一番痛斥，立時將陳貞慧熱騰騰的心澆得冰冷。當下暗恨自己多事，卻也不敢將上諭隱藏，只得又轉給黃龍與李侔等人傳閱，心中愧悔無及，自此打定主意，不再多事。

他不知道張偉此次行事，實乃有意如此霸道。中國受儒教中的「遠人不服，則修文以來之；既來之，則安之……」的毒害，在國際事務上，總有不切實際之舉。千載之下，或是敵人強盛時如宋，被人欺凌；或是自己強盛時如漢唐，對異族行安撫照顧。在明朝時，全國上下面對外國國王前來朝覲時的盛景，面對渤泥國王請求內附，將國土獻上的好事時，竟然絕大多數人不同意接受，將大好機會放棄。

此次渤泥事起，張偉完全可以下令將那國王送到中國，讓其見識中華繁富，自願獻上國土；或是以其餘藉口行事，總比這般赤裸裸的入侵來的好些。然而爲了改變以前的思維方式，讓中國人在國際事務上也有以力逼人的先例，張偉身爲開國帝王，只得橫下心來，一意孤行，以霸道兼併渤泥。以他的打算，待打下全部南洋，先對爪哇與麻六甲等處行安撫之策，而對渤泥等小國以強硬手段，實行漢化，摧毀清真寺，強令當地土人改信佛道，學習漢朝文化。凡有抵抗不從者，一律誅戮。

自唐朝大將高仙芝在怛羅斯一役失敗後，漢人退出蔥嶺，中亞地區成爲阿拉伯人的地盤，伊斯蘭教橫掃歐亞大陸，直至南洋，影響之巨，等於在原本以華夏文明圈爲中心的東南亞心臟地區插了一刀。張偉來自後世，自然知道伊斯蘭教與外教文明衝突甚巨，缺乏相容與包容性，他斷然不能容忍在中國的臥榻之側，有著與華夏文明極端對立的文明意識存在。

就在使團船隊先期到達南洋，兼併渤泥，繼而又開拔往巴達維亞。在這實力強橫，艦隊實力已經可以橫掃整個亞洲的船隊身後，在張偉的命令之下，自遼東的旅順、台南、福州、瓊州、南京各處，整個漢朝水師先後動員，編成三個艦隊，以南洋艦隊和南海艦隊的六十餘艘遠字號一級大艦為主力，帶動兩百餘艘二三級的戰艦，連同萬餘水師步戰官兵，一起往南洋方向遠征。又以十餘艘戰艦帶同糧船水船，自爪哇島方向南下，尋找澳洲。

既然歐洲人可以在帆船時代占領大半個世界，正處於上升期，國家強盛，百業興旺，全國在張偉刻意鼓動下一心要往海外尋求機會發展的漢朝，又如何肯甘為人後。現下北美與南美歐洲人勢力穩固，張偉經營多年方有這樣的海軍實力，其實不過與英國實力相當，若是一下子得罪了所有的歐洲國家，那些海洋大國聯合起來，實力雖強，然而缺乏海軍人才的漢朝水師必然不是對手。權衡之下，張偉自然不會選擇在這會兒和所有的歐洲強國硬碰，他打荷蘭，英國人喜歡；他打葡萄牙人，法國人喜歡；若是再得罪了英國，那可就是選擇與整個歐洲海上強國爭戰，如此不智的事，他自然不會去做。

當是之時，荷蘭在巴達維亞的實力大弱，主力艦隊多半調回本國，或是往北歐海面，對抗騷擾襲擊的英國戰艦。與南洋相比，荷蘭有一萬多條商船活躍在歐洲海面，其利益是支撐整個荷蘭國力的基礎。若是本土有失，海外殖民地再大亦是無用。現下英荷兩國雖然停戰，然而英國一心爭奪海上霸權，要將荷蘭徹底打服，建立起自己的海洋世紀。英國議會在國王的要求下，大力造船，幾乎每天都有新的戰艦下海，而噸位和火炮亦是越來越大，越來越多。

在對方咄咄逼人的威懾下，荷蘭不但抽空了在南洋的艦隊，就是在南美的巴西、智利等處的主力

艦隊亦是調回。誰料艦隊甫一調動，葡萄牙人就趁虛而入，將荷蘭在南美的大塊地盤搶去。荷人有心回去與葡人交戰，南洋這邊又傳來中國人大舉「路過」的消息，現在的荷蘭，當真是處處起火，國步維艱，國力亦是離被拖垮耗盡不遠。在幾十年前叱吒風雲，稱雄世界的海上馬車夫，已然是日薄西山了。

「總督閣下，中國人的船隊來了。」

現年六十餘歲的荷蘭東印度公司總督昆崗正兀立在東印度公司總部的城堡城頭，向著遠方眺望沉思。他歷任總督已然十餘年，腳下這堅固的城堡還是在他的任內建築而成。放眼望去，這周圍的建築，原本的小木屋變成了具有荷蘭風味的高大建築。總督府、處理當地民政的市政廳、新教教堂，還有荷蘭風格的風車磨坊。與印度海岸、孟加拉灣、中國與倭國的公司組織，將東南亞的胡椒、丁香、硝石、靛青，中國的瓷器、茶葉、蜜餞、絲綢，倭國的銅、漆器裝船運往荷蘭。就是在他的治理下，在母國的支持下，在全體荷蘭人的努力下，將這原本蠻荒之極，野蠻粗鄙的海港漁村，治理成充斥著文明之光的大型都市。

他撫摸著城堡邊上的大炮炮身，感受著生鐵炮身的冰冷，心中感慨道：「這一切的一切，就要在中國人面前土崩瓦解麼？」

見總督不理會自己的話，那個奉命迎接的荷蘭海軍少校額角冒汗，又不自禁提醒他道：「總督大人，中國使者已經到了港口，咱們得過去迎接。」

昆崗冷笑道：「不是已經派了你做爲我的全權代表麼，一個中國的普通文官，難道需要我親自去接？」

見那少校張口結舌，一臉冷汗，知道是因爲害怕中國人的艦隊實力所致。

昆崗臉上變色，向他斥道：「中國人的皇帝我也見過，當初亦不曾迎接他，難道他的臣子反而比他更高貴麼？這些野蠻人，你不能太鄭重其事的對待。要保有上帝子民的矜持！你要讓他們明白，荷蘭雖然現在暫時在亞洲失去了力量，不過仍然是不可輕侮的強國！」

他一番鼓動之後，那個少校卻仍是滿臉冷汗，卻也拿他無法，只得唯唯諾諾去了。

昆崗嘆一口氣，知道自己的話委實沒有自信，連自己也難以說服。他連聲嘆息，從城堡下來，回到總督府內自己的居室。在搖椅上坐定，命人送上紅茶，又加了幾塊方糖，靜心輕啜幾口之後，方覺得心神稍稍安寧。站起身來，將木架上放置的埃及蘇丹送來的中國宋朝瓷器拿將起來，細細把玩。

這是一個白瓷薄盂，乃是南宋時定窯出產，白瓷淺刻，工整胎薄，釉色潔白，細薄處，如同白紙一般。這個瓷器一向是巴達維亞荷蘭總督府中的鎮府之寶，歷屆總督都愛若性命，並不敢視爲私藏，而是希望永遠留在此處，成爲荷蘭財富的象徵。

以荷蘭總督對東方人的瞭解，上至國王，下到大臣百姓，還沒有不貪財受賄的。以歐洲國家貴族傳統，或是法制精神來說，受賄是很令人羞恥的下流行徑；雖然諸國中公務員也有受賄的，卻不似東方人或是其他種族那般，只要有金珠白銀，國家祖宗都可以出賣。想到這裏，總督臉上不禁露出笑容。

最近以來，爪哇島上局勢不穩，土人與漢人的局面很有失控之危。然而在他的控制之下，再輔以賄賂收買，土人中有勢力的上層多半聽眾吩咐，並不敢生事。下層的百姓不管多憤怒，卻亦被壓制。中國人現在雖然有了強大的海軍力量，不過在南洋多年，對漢人亦有瞭解的總督看來，東方人是無法有嚴明的紀律，整齊劃一的目標的，總會有縫隙和薄弱處，讓他從中生事，化解敵人大兵壓境的危機。

「來人，為我準備服飾！」

信心倍增的總督立時站起身來，命令自己的貼身僕從為自己換衣著裝，準備會見中國使臣。

他換上華麗的長袍，戴上假髮，灑上金粉，噴上香水，心中得意洋洋，心道：「文明的光輝，怎麼能是野蠻的東方人能夠效仿的。就是造出一些戰艦來，也不可能得到上帝的眷顧，無法與文明的歐洲相比。」

待一切收拾停當，他回頭看了房內楠木架上的瓷器一眼，心道：「這個可不能送人，還是讓人多準備一些黃金，反正他們哪裡會欣賞什麼文物古董，還是金條讓他們覺得更實惠。」

與上次迎接張偉時的隨性不同，此次不但有當地華商巨賈前來，還有馬打藍國的國王連同所有的上位大臣，再有萬丹、亞齊、東馬等國的使臣一併前來。因為此事太過重要，荷蘭人不敢怠慢，又唯恐惹惱使臣，破壞了之前維持尚好的中荷關係。是以鄭重其事，除了派出少校軍官，連同公司上層，再有土人漢人代表，一起往碼頭迎接。

陳貞慧等人一眼看去，只見港口中黑壓壓一片人群，十幾個高個子黃頭髮的洋兵穿著灰褐色的軍服，正打著鼓點吹著銅管奏樂。

黃龍聽了片刻，因笑道：「這音樂聲聽起來也有趣，比之咱們的鑼鼓嗩吶，倒是整齊有力的多。」

「不知道他們的總督是誰？」

李侔早前得了通報，因向陳貞慧笑道：「人家架子大，在總督府等著咱們。咱們這便下去，底下別人也罷了，好多漢商首領在，倒不好太過拿大。」

一行人也不等人上來致辭，一個個整衣列隊，魚貫而下。

他們所乘坐的撫遠號大艦，乃是船隊中最為雄偉壯麗，規制最大的一艘。此時這艘規制遠遠超越平常的巨船停泊在這東南洋最為繁華的港口，身後又是現下全世界最為龐大的艦隊，檣櫓如林，千帆聳立，無數名漢軍士兵與水手整裝待發，預備著上岸補充給養。整個船隊三萬餘人，每天消耗的糧食與清水足有幾千噸，自南洋出發後，將有一段漫長的路程無以補充，是以一靠近碼頭，首要之事便是要補充給養。

碼頭上前來迎接的幾千土漢居民，再有荷人軍政高官均是看得清楚，眼見對方人數眾多，武器精良，當先的大船甲板兩側下面，均是一排幾十門的炮位。那些荷人粗略一看，就知道這艘大船上的火炮少說亦是八十門以上。再有其後的那些戰船巨艦，均是配備火炮，上面的漢軍均是衣甲鮮亮，來往奔走間精神昂揚，各人看了均是凜然生懼，都想：「若是他們突然翻臉，只怕巴達維亞一個小時都抵抗不

了。幸虧咱們和這些蠻子一向交好，他們又要往歐洲去出使，只怕也不會悍然動手。」

且不提他們心中敲著小鼓，陳貞慧等漢朝使節卻已到了近前。當下荷人高層各自提起精神，迎上前去，藉由通事官兩邊傳譯，互相致辭。

李侔身爲武官首領，原本亦該與陳貞慧站在一處，與那些荷人武官寒暄，卻不料他在人群中一眼便看到高傑，當下便不管不顧，借著與華商說話之機，往一眾漢人身邊踱將過去。

他原本亦不認識高傑，只是在宮中見到由洋人繪製的油畫，攜帶在身邊，每日都要看上幾眼，現下就是化成了灰亦是認識。

「在下吳克淳，見過將軍。」

李侔在此之前，早便打聽過爪哇漢人大族消息。知道這吳家是南洋第一大族，土地田產遍佈全島，商船航線遍佈南洋，直達印度，乃是此地第一富貴人家。再加上隱隱約約聽說過張偉與吳苓之事，更是不敢怠慢。忙向他拱手笑道：

「李侔見過吳兄。南洋吳家聲名遠播，去年還曾派人回福建捐資興修水利，造福桑梓。侔聽說之後，更加敬佩。」

此時代表吳家出迎的，便是吳家家主長子，吳苓之父。聽得李侔這個漢朝將軍如此賞臉，上來便是這麼多好話高帽扔將過來，立時大笑道：

「將軍如此誇獎，吳某愧不敢當。雖身在海外，吳家仍然是天朝子民，堂堂漢家兒郎！家中有些薄田浮產，自然要想辦法報效鄉鄰才是。」

說到這裏，他也不顧家中老父的警告，為光耀門楣，立時向李侔笑道：「將軍，可是要在此處停留一些時日?弟一會兒命人送上帖子，敬候正使大人與將軍等前來蝸居一敘。」

李侔大喜，他正思要與當地漢人首領接洽商議，這吳克淳自己送上門來，豈有不笑納的道理?當下立時拱手笑道：「固所願也，不敢請耳!既然吳兄這麼客氣，李侔若是虛言推脫，那就無趣了。明日準定去府上拜訪，擾吳兄一飯。」

與他寒暄已畢，李侔又走上其餘漢人面前，與一眾人等執手問好，寒暄問候。正欲走到高傑身前，卻又被幾個荷人軍官上來擋路，一時間竟脫不了身。正著急間，見李岩派了一個小兵，趁亂間走到高傑面前，與他低語幾句，那高傑扭身便走。李侔知道已經接上了頭，當即便不再掛心此事，專心與那幾個荷人官員說笑。

第十三章 再上爪哇

他兩人之間的對話都由雙方帶來的通事官一起譯出，大聲宣誦。在這總督府的坐議大廳內，不但是中國人聽了個真切，所有的荷人亦是聽清楚明白。荷人只覺得這漢朝使節說話咄咄逼人，很不客氣，卻奈何實力差人太遠，不敢翻臉，各人都是臉上漲紅，心中怒極。

幾人在這碼頭略停片刻，便由荷人官員領頭，眾人一路前行，除了幾百荷兵來做護衛之外，此次被允准上岸的漢軍不過百人，權做儀衛罷了。負責安全的荷人官員自以爲得計，卻不料越是如此，越是示敵以弱，暴露了自身實力不足罷了。

及至城中荷蘭總督府外，一隊荷人儀杖兵早已靜候在門外，一見中國人的使團到來，立時點燃禮炮，十幾門小炮吐出白煙，轟隆隆的響聲之中，中國政府派出的正式使團第一次佇立在西方國家的政府機構面前。只是卻是在第三方的土地之上。

而身為這塊土地原主的馬來土人們，正滿懷異樣心思，看著自己恨之入骨，卻偏偏奈何不得的漢人們的母國來使。他們自身懶惰成性，又無創造力，又不願學習。在宗教的狹義精神下，卻對依靠著勤勞智慧而致富的漢人恨之入骨，直欲將別人的財富盡數搶將過來，這才滿足。

數百年前，漢人越來越多，由原本的微不足道到足以掌握整個爪哇島的財富，無數的漢人富人在全島買地購置產業，役使當地土人為奴僕，更讓這些土人的上層為之不滿。若不是荷人在此，漢朝興盛強大，這些人早已耐不住要動手。現下看著別人的船隊耀武揚威，宣揚實力，心中更是百感交集，不知道如何是好了。

一時間在外禮畢，由那總督將漢朝使節迎入督府之內。因是正式出使會晤，陳貞慧等文官使節早已換冠帶。陳貞慧頭戴展角襆頭、身穿織金蟒袍、腰纏玉帶，華美堂皇之極。他個頭在漢人中原就高大，相貌堂堂，張偉挑他出使，一則是此人氣質出眾，文采風流；二來就是取其個頭相貌。原本依他的官位品級，並不能穿織金蟒袍，還是臨行前御賜穿著。與滿頭金粉、帶著假髮的荷人總督相比，高下立判。

那總督原就不怎麼自信，他雖然稱中國使團為蠻人，其實知道這個東方古國與一般土人國家不同，擁有著悠久的歷史和燦爛的文化，有著與西方文明雖然不同，卻更加悠長偉大的歷史傳承。

他有心恭維幾句，卻又偏生說不出口。眼見陳貞慧等人神色不住瞄向自己頭上的金粉，讓他只覺得自己像個小丑一般。因乾笑兩聲，向陳貞慧笑道：「使者大人遠道而來，甚是辛苦，請上坐奉茶。」

自覺一交鋒便輸了一籌，心中沮喪，卻一眼覷見陳貞慧胸前腰間掛了一些金銀珠寶之類，坐下之際叮叮噹噹響了一陣，其音甚是清脆。他心中暗笑，心道：「蠻子就是蠻子，與那些在脖間掛頭骨的獵頭族沒有區別，哪有男人掛這些奇怪首飾的。」

因怪笑一聲，向陳貞慧笑道：「貴使身上的這些物什，可是什麼宗教用品麼？或者是情人送的禮物？」

「總督閣下，這些是大漢官員的規定佩件，用於識別身分之用。這魚符，剖開兩半，進宮時由宮廷禁衛核對標準，相符之後才能入宮。這符上，還刻有我的姓名官位，相貌特徵，以防有奸人作亂。聽說歐洲各國常有國王貴族被弒之事，後宮禁衛不嚴，甚是可憂，貴國不如也效法一二的好。」

陳貞慧見那總督臉孔漲得通紅，顯是丟醜動了怒氣，他也不以爲意，又笑道：「至於胸前及腰間所佩，稱爲蹀躞七事，謂佩劍、刀子、礪石、契必真、噦厥、算袋、火石袋等物，各有用處，非尋常事物；總督若是有興趣，閒暇之時，本人必定爲總督閣下解釋。」

這昆崗剛剛出了醜，哪有興趣再去問他。只訕訕一笑，便正色道：「貴使此次出訪英國，還訪問其餘歐洲國家麼？」又道：「中國船隊於此，東印度公司自然歡迎。此處的物資，只需貴方付出金錢，亦是應有盡有。只是土人與漢人間素有矛盾，貴使需約束部眾，上岸的人也需接受我們的監督，以防生事。」

陳貞慧只微微一笑，向他答道：「本人奉帝命出海，宣揚天朝德威，此類細務，還是交由其餘人去辦好了。你我二人，該當商議如何和睦共處，兩家和好如初才是。」

他咳了一聲，又接著道：「據我所知，天主教的教皇曾經冊立葡萄牙人的國王爲印度、爪哇、中國等處海域的王，此事我中華上國絕不允准，南洋地面，素來爲天朝前院，豈容他人染指？」

見那總督臉上變色，陳貞慧忙道：「自然，荷蘭與中國一向交好，在爪哇保境安民，對漢人一向不薄，今上亦曾與總督大人會晤，兩家友好，與葡人不同。」

他兩人之間的對話都由雙方帶來的通事官一起譯出，大聲宣誦。在這總督府的坐議大廳內，不但是中國人聽了個真切，所有的荷人亦是聽清楚明白。荷人只覺得這漢朝使節說話咄咄逼人，很不客氣，卻奈何實力差人太遠，不敢翻臉，各人都是臉上漲紅，心中怒極。

正沒道理處，只見李侔按劍上前一步，幾個荷人衛兵大驚，不知道他要做何舉動，一時間均跨上一步，攔在他身前。

李侔朗聲一笑，將手放鬆，向那總督笑道：「漢朝使團知兵馬使李侔向總督大人問安。」

昆崗知道這便是漢軍的將軍，這使團的事，多半還是這個年輕的將軍做主。見他氣宇軒昂，英姿勃發，很是讓他喜歡，忙起身答禮，笑道：「本人昆崗，代表荷蘭亞洲駐軍，向您問好。」

雖然知道他這個所謂的「亞洲駐軍」不到兩千人，李侔卻也並不怠慢，忙鄭重還了一禮，方道：

「正如適才使臣大人所言，我天朝絕不允准敵國在南洋境內駐兵，威脅漢朝商船水道的安全。麻六甲海面爲東西方商船必經之路，最寬處不過千多里，窄處才五六十里水面，如此重地，豈容葡人盤

距？漢朝日後必會與歐洲諸國大加貿易，如此咽喉水道落入敵國之手，漢朝豈能放心？是故，本人臨行之前，我國陛下面授機宜，著令我相機攻克麻六甲城，將此水道控入我中國之手，此謂之理也。」

昆崗聽了翻譯，知道李侔還有下文，便冷笑一聲，問道：「這是道理，還有情？請將軍道來。」

李侔將頭一扭，喝道：「將馬來國與柔佛國的使者請來！」

不過盞茶工夫，十餘名兩國使者都已走上前來。這些使者都是馬來島上與荷人常打交道的上層大臣，一眾荷人一看便知，確實是馬來與柔佛的使者，各人都是大驚失色，知道這漢使乃是有備而來，早與這些土人事先勾結。有那多疑的，不免將眼光瞄向馬打藍與萬丹各國派來的大臣，意含警告。

見兩國的使者上來，李侔便向他們道：「請將葡國在馬來全島作惡之事一一道來，讓諸位荷蘭國的大人們聽聽！」

兩國使者事前早已知道端底，當下哪裡還肯客氣，立時一一講起。葡萄牙人至麻六甲已過百年，不論現下還是早前，均是作惡無數。經濟上的掠奪也罷了，殺人屠村，姦淫婦女，毀壞宗教聖物，凌辱國王與大臣之事，一樁樁一件件，當真是數不勝數。只初抵南洋第一次，便截住了八百多到麥加進香的穆斯林教徒，先是將這幾百人，包括老幼婦孺，盡數斬手，後來嫌不過癮，又用大炮轟船，使得大多數人喪身大海。在攻打麻六甲城時，曾經日夜不停的轟擊十晝夜，拆除了城內王宮，建造城堡，屠殺居民，搶掠美貌女子，賞給士兵。葡人稱馬來人爲摩爾人，曾經下定了將所有摩爾人殺光的決心，不管是婦女小孩，亦是不肯放過。經營麻六甲這百多年間，死在他們手下的馬來人，當真是數不勝數。這些馬來使臣足足說了一個時辰，方才住嘴，這還只是挑了大宗的惡行來說，這葡人在此地的種種惡行，當真是罄竹難書。

張偉雖然下定了侵略南洋諸國，同化其民的決心，亦下決心要對異己分子予以劃除，然而如同這些歐洲人早期殖民時那般的種族滅絕的事，卻還做不出來。況且將這些有違人類道德的惡行一一暴露出來，亦是可以堵上別國的嘴，甚至令同為歐洲人，以上帝子民和文明人自詡的荷蘭人丟臉，這樣的便宜事，自然是值得大做特做，對葡人的惡行，自然要大書特書。

李侔待這些馬來人說完，見一眾荷蘭人雖然少數有面露慚愧之色，多半人卻是不以為然，只覺得這些洋人自認為是人類，卻將別的土人視若豬狗，當真可惱。因恨聲道：「天朝撫育萬國，視別國百姓亦是如同本國子民。今馬來與柔佛諸國告哀，請求我國出師相助，葡人行徑形同豬狗，絕非人類，誅滅此類人神共憤之惡徒，便是合乎天理，順應人情！」

他逼視那荷人總督，向他質問道：「總督大人，如此的惡人惡行，你還要向著他們說話麼？」

昆崗只覺尷尬，卻不能如此輕易答應，因答道：「我國對葡萄牙人的惡行亦是深惡痛絕！請將軍放心，閣下專心出使，本人一定命人將荷蘭的軍事力量攻入麻六甲，解救水深火熱中的人民。」

李侔大笑道：「不勞費心。荷蘭已兩次進攻麻六甲，皆是慘敗而回。漢朝兵力足以掃平南洋，此事咱們自己就會動手，此次知會總督大人，不過是為了不傷兩家和氣，提前通傳罷了。」

他逼視昆崗，微笑道：「無論是允，還是不允，漢軍攻打麻六甲一事，決不會更易！」

聽了李侔所言，昆崗不禁大怒，立時便站起身來，大吼道：「威脅，這是赤裸裸的威脅！大荷蘭國絕不接受這樣的威脅！」

他話一出口，立時知道利害，忙擺手制住了要傳話的兩邊通事，撫頭頹然道：「貴國既然已經有了定論，我國自然樂見其成。只是希望貴國在爭戰之時，不要傷及無辜才好。」

李侔自然知道他的這個所謂「傷及無辜」是何用意，當下哂然一笑，答道：「這是自然，天朝大軍堂堂正正之師，斷乎不會做出葡人的那些禽獸舉動，請總督大人只管放心。」

兩人商談已定，荷人拿出當年與張偉簽訂的協議，請求續約。

原以爲漢朝使者必定要推諉不簽，卻不料除了取消限制海軍協議一條之外，餘者無不答允，待陳貞慧將刻有「大漢宣慰通和大使陳」字樣的印信沾了紅泥，在新謄寫的協議上一按，昆崗亦將自己的大名一簽，且不論漢使如何，一個個荷蘭官員立時皆如釋重負。

自漢朝船隊大舉前來，隱隱約約纏繞在他們心裏最擔憂之事，便是漢人趁機兼併爪哇，將他們全數擄走。更有甚者，各人想起當年呂宋幾千西班牙人全數被殺一事，更覺得膽戰心驚，唯恐不經意間與這些漢人起了爭執，人家砰地一陣炮轟，幾千漢軍衝殺過來，將滿城全島的荷蘭人殺個精光，那可真是冤枉哉也。

待協議簽定，全體荷蘭人盡數鼓掌，帶同圍繞在周圍的土人亦是如此。只有漢朝使節不爲所動，與全體漢人抱拳一圈示意，便算了事。

昆崙自然知道這些中國人的禮節，卻也不以爲意，只向陳貞慧及李侔等人笑道：「正事已畢，請諸位赴宴。」

陳貞慧等人自從清早下船，看看牆角的自鳴鐘已指向下午兩點，各人早就餓得前心貼後背。只是歐洲人的規矩卻與漢人不同，正事沒有談妥，絕對不肯開宴。雖然亦是餓得眼睛發花，卻一意與陳貞慧等人商議妥細節，這才可以開席。

昆崙眼見各人皆往宴會廳方向而去，這些小事自有其餘官員打理，他倒不必先上前去。因適才談判太累，只腆著大肚子坐在椅中發呆。

迎賓的少校見他一臉煩惱，便上前拍馬道：「總督閣下以理力爭，與強國簽訂了有利的合約。消息傳回國內，總督大人一定可以得到所有人的讚譽！」

「唯願這協議有效才好。弱者和強者談外交，定協議，那是在與狼共舞啊。他們得到了麻六甲城，等於扼住了我們的喉嚨，又不像葡萄牙人還知根知底，這交道，更難打了。」

見各人都是臉色灰白，顯是被自己的話嚇住，他忙笑道：「協議簽訂了就是好事，東方人雖然野蠻的多，卻也有千金一諾之說。大家只要小心行事，不要被人拿住把柄就好。」

幾名軍官到底不肯接受總督如此沮喪的結論，各人站在昆崙身前，向他道：「荷蘭的海軍實力，絕對在中國之上。只是咱們暫時被捆住了手腳，等解決了英國，海軍主力重回亞洲，那時候就是解決這個麻煩之時。」

「是麼？就是艦隊主力回來，你們知道中國有多大，有多少人口？在現今政府的重商主義援引下，多少中國人每天奔往海港，希望在海外得到財富麼？在這樣的欲望驅趕下，這個龐大的國家以往蘊藏著的巨大力量必定將會爆發出來。我們連英國也很難徹底征服，更何況比整個歐洲還大的中國！你們知道他們能動員多少軍隊麼？現在整個歐洲的常備軍才多少！據我所知，現在的中國的常備軍就超過了六十萬人！」

被他訓斥的這些人多半是海軍軍官，巴達維亞的駐軍雖然有陸軍，卻多半在海軍的指揮之下。各人見總督仍是垂頭喪氣模樣，說話如此沒有自信，當下一個中校便說道：

「閣下，荷蘭的陸軍是不能與這個大國相比。就是我們重整實力，也不可能奈何到敵國的本土。然而中國一向是大陸國家，對陸地的興趣和渴望，仍然高過大海。閣下，東印度公司自那個張偉占領南京起，就一直在南洋漢人中收買間諜，回中國打聽情報。據我們的情服分析，張偉手下的神策、金吾、神威、飛騎，三衛一軍近二十萬人，全數佈置在遼東和內蒙一線，有相當部分的漢軍在沿著草原深入。再有近二十萬漢軍主力全數佈置在北方和西北戰線，整個南方，只有不到一萬人的禁衛軍和地方守備部隊。雖然張偉看到了這一點，又在南方新設軍團，不過，短期內集結的軍隊沒有戰鬥力，就此而言，也能看出這個雄圖偉略的皇帝，其攻略的重心在哪裡。我們不需要與他們在陸地爭鬥，只要打垮他們的海軍主力，將他們封鎖在港口裏，切斷他們的海上血脈。這個遠離歐洲的國家，還能從陸地攻到荷蘭去不成？」

他的這些情報在場諸人多半都不知曉，隨著他侃侃而談，各人的目光立時被他吸引，此時留在內室的多半是荷蘭東印度公司的文武高層，聽得這軍官言之有理，各人均是點頭微笑，心中嘆服。

昆崗亦是信心大增，微笑起身，向諸人道：「既然如此，大家就去陪我們尊貴的中國客人用餐吧。希望兩年之後，我們與這個國家的強弱地位，能得到根本性的扭轉。」

各人正欲隨他一起往宴會廳去，卻又聽那個負責迎賓的少校大聲道：「諸位，我還有一個提議！」

他一臉莊重模樣，見全體高層全數停住腳步，向他看來，立時神采飛揚，向眾人道：「既然這些蠻人將他們的作戰計畫告訴了我們，我建議我們立刻派人去與葡萄牙人聯絡，讓他們小心戒備，就算無法擊退敵人，也可以令這些蠻子付出慘痛的代價才好！」

此人自視聰明，得意洋洋將自己的打算鄭重其事的說了出來，滿以為必定可以得到一個滿堂彩。卻不料眼前眾人都以看傻子的模樣看他，竟是連半點聲息也無。

僵了半天，他忍不住向昆崗道：「總督閣下，您認為？」

「我認為，我認為你應該立刻被降職，立刻被調到爪哇島深處，去和那些巨鱷、蟒蛇、獵頭族打交道！」

昆崗劈頭蓋臉將那人痛斥一番，這才抬腳往外行去。其餘諸人自然亦緊隨而去。

唯有一個軍官見那少校面紅如血，太過難堪，這才向他提點道：「你適才太過輕率，難怪總督發

火。你不想想，我們的協議上有互相幫助，互爲同盟，一方對別國交戰，一方提供便利，甚至派兵參戰，違約者，則負擔全部背約的責任。不僅如此，我國和中國都得對對方人員、軍隊、船隻等承擔保護的責任，比如有中國人或船隻在爪哇海域受到攻擊，我們必須提供援助，不然，也是違約。你的提議等於將剛剛簽定的協議主動撕毀，明白了麼？」

宴會過後，陳貞慧等人謝絕了荷蘭人提供食宿的要求。使團上下俱是回船上歇息，不在岸上停留。他們都知道留在岸上，荷蘭人必定不會放心，定會多安排人手監視各人行蹤。與其那般，倒不如各人都回船上，只派出民伕軍人上岸補充物資，就便行事的好。

荷人兵力單薄，縱使安排了城內過半的軍人就近監視，再有一些忠心不二的土人雇傭軍人，亦一起跟隨監視。奈何到得傍晚時分，先是幾千個民伕上岸紮營，繼而又有大半漢軍在岸邊歇息耍鬧，待天色一黑，篝火片片，酒香肉香隨風飄蕩，川流不息的人群在四處流動，千多名荷人與土人哪裡看得過來，只覺得眼花繚亂，無法分辨。

到了深夜時分，最後一批幾百人的漢人買糧隊伍回來，一起回到船上，各荷兵才算鬆了口氣，至於這些人是多了還是少了，反正這些漢人的面孔在荷人眼中多半一樣，卻也是無法分清，不必再管了。

高傑帶著幾個貼身心腹手下，裹挾在人群中一起往糧船上而去。甫一上船，便由著另一邊迅即而下，借著夜色乘小船往撫遠號而去。及至船上，陳貞慧與李岩、黃龍等人已全數在內。

他大半年前就已從南京被派往巴達維亞行事，經營在此處的情報網路，伺機起事，奪取政權。因事機不諧，無法得手，一直停留在此。是以上得船後，除了陳貞慧當年略有交集，其餘諸人卻是一個不識。

唯有一個漢軍衛尉，還是在臺灣時便從軍的老行伍，與高傑是素識。他心中愕然，不知道這些新貴是何人，卻知道能被張偉派來做這勾當，想必是心腹親近的紅人。他不過是張偉畜養的一條惡狗，向來不敢輕慢大臣，便先向四品文官的陳貞慧行禮問好，又向李侔等人施禮，待諸人還禮已畢，各自坐定，方才向那衛尉笑道：

「慶勇，此次征伐南洋，將軍中居然只識得你一人，漢軍現下人才越來越多，這可真是令人高興。」

那陳威身為李侔手下，卻不似高傑這般隨便，只正色答道：「大人，皇命在身，咱們還是說正事的好。」

他努一努嘴，高傑知道此人與自己還有一些交情，想必事出有因，忙順著他下巴方向瞄去，卻是全身激靈，立時坐直，再也不敢隨意說笑。

他看到的不過是一個校尉，官職不高，卻是身著純黑軍服，胸前佩帶的鐵牌上鑄兩把長刀，中立一斧，顯然是軍中的執法軍官。高傑此次奉命前來南洋，執行的卻是軍務，事情一直不順，一直不敢回去面見皇帝。此時見了軍法官在，更加令他害怕，唯恐軍法官奉有張偉密令，要將他擒拿斬首。

陳貞慧身爲使臣之首，知道此類事情並不與他相關。因與高傑敷衍慰問幾句，便先告辭道：「明日要去拜會當地漢人中的父老，若是精神不濟很失朝廷體統。是以諸位請恕我失禮，竟要先失陪了。」

他如此識趣，倒令李侔等人暗中稱讚，各人站起身來，將他送出。待重新立定後，李侔方向高傑冷道：「高大人，我是此次負責軍事的都兵馬使，請驗看我的印信虎符。」

高傑忙道：「既然坐在此處，將軍身分無可懷疑，不必驗看。」

李侔並不理會，仍是掏將出來，給高傑驗看。待他將東西遞回，李侔突然臉上變色，向他喝道：「奉陛下密諭，問高傑的話！」

如此突然一呼，高傑立時嚇得心膽俱裂，忙跪倒在地，道：「臣謹遵聖諭。」

「朕問你，你去南洋已近一載，所爲何事？爲何一事無成，若是行事困難，爲何不返朝奏朕，是否有叛逃之意，講來！」

「回陛下，臣赴南洋之後，夙夜辛勞，忠於王事，不敢有一天懈怠。實因南洋情形太過複雜，當地漢人富商多半以身家爲念，不欲生事。臣多方奔走，四處設法，不過是招募了一些漢人中的群氓之徒。此類人不事生產，實爲漢人敗類，臣亦不能信任其人任事。再有荷人因天朝國力日強，防範之心大起，對漢人監視甚嚴，臣居間行事，很是困難。困頓至此，皆臣無能所致，臣死罪。」

說到這裏，他抬起頭來，向李侔泣道：「臣自跟隨陛下起，便以忠狗自居，願意爲陛下看家護院，哪願一日離開陛下身邊。今事情不成，無顏面對陛下，總欲再多設良法，成事之後方返朝陛見。若是臣有畏懼逃避之心，人神共誅！」

李倖先是看到他滿臉灰塵，臉上皺紋連成一片，一臉的忠忱困苦之色，心中一酸，差點滴下淚來。待聽到此人誇誇其談，以忠狗自居，差點兒便笑出聲來。不禁想起臨行之際，張偉向他吩咐道：「高傑此人，才幹還是有的。只是人品稍差一些，離朕遠了，你未必駕馭得住，是以要先好好嚇唬他一下，才好使喚。」

想到這裏，李倖心中讚服，便又向高傑喝道：「胡說！你因循誤事，庸弱無能，誤國至此，還有什麼話說！」

高傑魂飛天外，知道反應一慢，李倖底下便是一句「來人，拖出去斬了。」他心中怕極，忙扯著嗓子喊道：「將軍莫急，我今有一法，可使此地生亂，漢軍居中行事，可事半功倍！」

高傑因畏懼張偉拿他做法，又因在南洋大半年來苦受煎熬，雖然事情不成，卻也儼然是當地土人，對當地荷人、土人、漢人之間的情形知之甚詳。此時情急之際，一直盤旋在他腦際的那個不成熟的想法便是他唯一的救命良方，雖然尚有漏洞不足之處，卻也顧不得了。

「高大人，請起。適才是代天子問話，若有得罪之處，尚祈大人莫怪。」

因高傑對答如流，又說出應對之策，顯然他在此處甚是辛苦，並非是一意敷衍塞責。既然如此，李倖自然收起適才的模樣，臉上露出笑容，親手將高傑扶起，又向他賠罪道：

「李倖是後輩，高大人從龍之時，李倖尚在草澤之間苟延殘喘，現下沐浴聖化，有幸忝列漢軍行

伍之中，高大人雖然出軍爲民，仍是前輩，是以還是要多指教才是。」

李岩眼見其弟弄鬼，將高傑揉搓的如泥人一般，不禁心中暗笑。只是心中納悶，不知道李侔爲何如此做法，好好得罪高傑這樣的情報部門的主官，實爲不智之舉。就是皇帝諭令問話，亦該私下裏溫言相詢才是。除非張偉對高傑極端不滿，意欲取其性命，那自當別論。

將高傑扶起坐穩，李侔凝神皺眉，又想了一回，方向他道：「高大人，你的想法固然是好，不過海華漢人亦是吾皇赤子，依你的計畫，難免要受到損傷。依弟之意，還是選擇別法的好。再有，我漢朝大軍齊集於此，本地漢人必然信心大增，與往日不同也。侔與那些大宗族的巨商大賈們會商合議，一同起事，以堂堂正正之師擊垮敵人，豈不更好？」

說到這裏，李侔神色又與適才道歉時不同，整個臉龐顯得自信激動，他畢竟是二十來歲的年紀，若是對自己或漢軍缺乏自信，那才是怪事一樁。

「言之有理，李將軍所言很有道理。我漢軍堂堂正正之師，自然要以暴虎馮河之勢擊垮敵人。哪有用本國百姓的性命來引誘別人的道理，這種事傳諸海內，太過丟臉。」

「是的，陛下也不會同意我們這樣做。」

幾個將軍與衛尉一起開口，立即否定了高傑陰險鬼祟的計畫。在這些軍中勇夫看來，高傑這樣的情報主官生來就是與陰謀及黑暗的角落爲伍，凡事純粹從下流齷齪的角度出發，實在不是男子漢大丈夫的所爲。

李侟見高傑神色灰敗，幾縷亂髮自頭頂垂落下來，遮住了他的眼睛，心中一動，知道這個表面上看起來怯懦下作的情報主官，並不似表面上那般的庸弱無能。雖然在連番重擊之下，卻不肯違心的收回自己的主張，亦不肯贊同一眾漢軍將士的看法，這樣看來，此人能有今天的地位，絕非僥倖所致。

雖然如此，李侟亦並不打算改變主意。隨之又與眾人商議了一下細節，決定第二天便分頭行動，由李侟與陳貞慧拜會南洋吳家。其餘眾將分別拜會其餘如林、劉、鄭等多家豪門。與當地漢人首領商議妥當後，便可以讓漢人舉兵起事，借由土人和荷人壓迫之名，毅然反正。等城內火光大起，局勢亂成一團，那麼漢軍就可以借著保護僑民，撕毀與荷人的協議，大舉進攻。

在木圖前計議半天之後，李侟見李岩與黃龍都沒有特別的意見。便伸手在几案上拿起自己的紅色卻敵冠，戴到頭上。向眾人大聲道：「如此，就請大家早些歇息，明天一早，便各自行動吧。」

又向高傑道：「高大人是就此待在船上，等我們稍微閒些，就派船送您回國；還是返回城中，輔助此事？」

高傑揚頭想了一會兒，便答道：「事情沒有辦妥，我自然還要回到城中。陛下信重厚待之恩，我一日不敢忘記，此事沒有完結之前，我絕不回國。」

「很好！那麼，一會兒我就派人送高大人回碼頭。」

身爲軍人，李侟自然對高傑忠於王事的態度表示讚賞。看著他慢慢踱向艙外，李侟突然叫住他，微笑道：「高大人，您一向在南洋，不知國內動向。幾個月前，陛下大封諸侯，高大人是從龍勛舊，受

封侯爵，這真是可喜可賀。」

高傑身爲情報主官，如何不知道這件大事。不過他雖然被封授爵位，卻沒有撥付土地，令他原本欣喜的心情打了一個很大的折扣。然而此時這個年輕的勛貴將軍當面祝賀，卻也需要相應的回報人家的好意。於是他在臉上勉強擠出一縷笑意，點頭答道：「是啊，這是陛下的聖恩。吾輩臣子，應該竭忠效力，以報陛下恩德之萬一。」

在如此公式化的答覆之後，高傑帶著十幾個手下悄然出門。不一會，便已消失在夜色之中。

見他們去遠了，艙室中的外人亦已離去。李岩便向弟弟問道：

「你爲什麼要當眾折辱他？你不明白，高傑地位雖然不是很高，然而畢竟是陛下的親信。所有的大臣，都在他的監視之下。雖然他不能侵入漢軍系統，不過如果一心要找你的麻煩，還是很難應付的。」

李侔忙碌了一天，先不急於回答兄長的問題。他先用手中的銅擊扣輕輕擊打艙中的雲板，看到有一個親兵在艙門外露頭，便向他令道：「送兩碗蓮子羹來，要快。」

吩咐完了，回頭一看，見兄長仍是一臉的不滿，還夾雜著一些不安的感覺，他知道是因爲高傑身後隱藏的龐大實力讓兄長不安。司聞曹在大江南北，甚至極邊南洋都建立了情報系統，除了用來刺探異己勢力的情報，還有一個作用，便是用來監視有反意的官員。這些年來，自臺灣創立之日起，這個部門就有著超過尋常部門的實力，除了不能調動軍隊之外，很多地方的靖安司的治安主官，都與高傑有著非比尋常的關係。得罪這樣一個手眼通天的人物，實在是令人憂慮。

「大哥，高傑不是笨人。他知道此事我的所做所爲，是因爲陛下的關係。所以，對我當面斥責他的行爲舉措，他不但不會惱恨，反而會大肆宣揚，好讓人知道他的卑微與無力。」

李岩沉思道：「難道是尾大不掉，陛下有意換將？是啊，當年明太祖依靠錦衣衛殺害了不少大臣，後來宣布刷新政治，改正國策的時候，那些指揮使就是第一批的倒楣鬼。」

「正是。司聞曹是陛下手創，以高傑這樣的人做爲主官，就是因爲這個部門見不得光，有許多事情，不方便明著來的，便是司聞曹的差使。據我所知，像當年在臺灣時，陛下與何太師合力驅逐鄭氏移民，就是以陰私手段來處置；還有，陛下不遵崇禎皇帝詔命出師內地，就是以高傑的方法，製造假的兵變來驚嚇傳詔的錦衣衛；還有，死在司聞曹監獄的臺灣和內地官員不知凡幾，其中未必沒有冤死的……」

「夠了！」

李岩喝住口無遮攔的李侔，向他沉聲喝道：「這些話，不是爲人臣應該說的。你在我面前說說還可以，若是在外面亂講，只怕我們李家全家的性命都壞在你的嘴上。」

「嘿，我只不過是向你說明陛下的心意罷了。大哥你想，歷朝歷代自然都有情報部門。不過，真正清明的制度下，是不會有這種東西的。陛下不但是要打擊高傑，而且是要與這個部門脫離聯繫。從今往後，司聞曹會歸內閣管理，負責刺探別國情資，不再監視國家大臣了。不過，這自然需要一個過程，

估計會是在四海平定，帝室安如磐石之後的事了。」

他們兄弟倆談談說說，待羹湯送上桌來，一起吃了夜宵，草草安歇。

第二天天色微明，各人已經依照前議起身，吃罷早點之後，便上岸知會荷人守備，他們要拜會當地的漢人首領。在現在的情形下，荷人自然不便反對，亦無法如同尋常漢軍和民伕那樣監視。眼見得一個個漢軍高級武官和文臣分別而動，進入巴達維亞城內的漢人首領家中，負責監視他們行蹤的一眾荷人緊張得滿頭大汗，卻又無法公然進入人家中旁聽，腦子裏滿是漢人勾結陰謀的荷人，彷似眼中看到未來兵火大起的慘景，各人都是一頭大汗。無奈之下，只得快速派人回報總督，請他定奪。

看著臉色慘白，在上午溫和適宜的天氣裏仍然跑得滿頭大汗的傳訊軍官。昆崗不禁微笑道：「孩子，你們畢竟年輕，在這裏待的時間太短，並不瞭解這些中國人。」

見那人一臉不解，他也並不解釋，只命令道：「你們不必管束人家，要大方得體，只須防止他們與城中的漢人貧民接觸太多，套取情報，去吧。」

昆崗在巴達維亞和中國沿海多年，這些年來面對著勢力龐大，完全有能力左右爪哇經濟的漢人集團，可說遊刃有餘，並不吃力。他微笑著看向跑回去傳令的年輕軍官，心道：「中國人好內鬥，不喜歡當出頭鳥，對政治鬥爭，天性中有著畏懼和淡漠的情緒。況且信奉著多一事不如少一事，只掃自家門前雪，不理他人瓦上霜的自私哲學，想讓那些富戶豪門出來起事，領導所有的漢人一起爭奪權力，這真是

第十四章　破麻六甲

待李倖一聲令下，幾門火炮一起開火，一時間，總督府內亂石崩雲，沙石碎場揚起的灰塵遮天蔽日，不但總督府內的葡人再也張不開雙目，就是在遠處的漢軍亦是被塵土遮擋，一時竟看不到對面情形。

吳家是南洋巨族，吳克淳代表的便是在南洋宗族人口過萬，田產房宅遍佈全島，呼吸間可以決定殖民政府政策的強大勢力。這些華裔離國已久，在異國他鄉又有了很大的成就，而除了張偉曾經爲漢人報仇外，中國政府對這些流落在外的僑民的一貫態度就是：伊輩去父母之邦，甘心流落異鄉，死不足惜。

在種種的態勢權衡之下，一心想保持現狀，什麼都不改變的，就是以吳家爲代表的南洋巨賈們。

整個爪哇島上的漢人約有十三四萬，是南洋漢人聚集最多的地方。這些漢人多半來自閩南一地，光是吳、林、鄭三姓，就有過半。而以吳家為首的大商人，一邊是富可敵國，一邊又因勢力和富貴而得以成為宗族領袖。

荷人殖民者一向對漢人多有關照，兩邊的關係之好，遠比在國內的漢朝政府更令這些漢人商人們放心。若不是近年來當地土人仇漢排漢情緒嚴重，荷人有彈壓不住之勢，只怕此次漢朝船隊來訪，這些漢人們都不會表露出太大的熱情。

商人無祖國，在他們看來，能穩定當前局勢，繼續多年的富貴生活，那才是最重要的。與中下層中保有樸素民族情感和對中國政府忠誠的平民們相比，越往上層的漢商們，越與李侔等漢軍使節保有著一定的距離感。是以吳克淳一見李侔，雖然亦熱情相邀，願意借著這支強大軍隊領導拜訪的良機來壯大吳家在南洋的聲勢，然而卻並不肯以小民自居，並不願意接受來自中國本土的掣肘與領導。可惜的是，一心以為可以借著民族大義和將來可期富貴打動他們的李侔等人，卻並不瞭解這一點。

傍晚時分，所有的漢朝使者全數彙集在碼頭附近。李侔不必過問，便知道眾人與他一樣，雖然受到了富商們的熱情款待，甚至金珠美妾送上前來，亦不吝嗇。只是一談及爭取漢人在爪哇的領導權、起事造反、驅趕荷人、壓制土人等敏感話題，各人便迅即將話題岔開，或是乾脆打個哈哈，不予回答。

李侔心中雖然失望，卻不肯立刻放棄，只在碼頭向眾人頓足道：「或者是他們尚且有疑慮，明日大家還是各自出去拜訪，將利害向他們陳述清楚才是。」

在連續幾天徒勞無果的努力之後，李侔終於宣告了此事的失敗。與當初歡迎漢朝船隊時的驕傲與熱誠相比，一旦涉及到可能喪失身家性命的大事。當地略有資產的漢人們無不退縮，無有敢當其事者。

無奈之下，李侔只得又借機會請回高傑，請他再到船上計議。與上次相比，一眾漢軍將領們明顯情緒低落，不再如上次那樣信心十足。

「李將軍，若是問我的意思，那麼就請船隊即刻起行。反正你們的補給也差不多了，若是再耽擱下去，只怕我的法子也不成了。」

李侔沉聲問道：「那是為何？我們停泊不過就這幾天，縱是再留幾天，也屬正常，荷人不會因此起疑。」

「嘿。你們畢竟是長刀大槍拚殺出來的軍人。你們只顧著防範荷蘭人和土人，難道漢人中，就沒有人把你們出賣了，以向荷蘭人邀功買好的麼？」

見各人都是一臉不信，高傑訕然一笑，又道：「自然，這是我疑心太重之故。不過小心駛得萬年船，雖然他們都是巨富豪門，也難免會有趨炎附勢的小人。諸位這幾天走動的太勤，你們道荷蘭人都是傻子，不曉得你們想聯絡漢人生事麼？」

「那他們為何全無動靜？」

高傑長嘆一聲，頗有教訓意味的答道：「咱們大兵壓境，只要不是做得過火，他們有什麼手段來干涉？再有，我料想此次攻伐南洋的次序必定是先麻六甲城，然後才是此地。若不然，也不必與他們簽什麼約定了，多半是麻六甲城難攻，沒準還需要退回此地休整之故。是以在這個時候，咱們也不能肆無忌憚才是。依我之見，諸位將軍還是起錨動身，趁著消息沒有走漏，打葡人一個措手不及，那邊得手之後，咱們就主動的多啦。」

他這番話說得很是有理，眾人皆是嘆服。

李侔心知此人果然有些真本事，又在南洋多年，想來思慮的要比自己周到。便也心悅誠服，向他道：「如此，就依高大人所議，咱們次日就動身起程，直奔麻六甲城！黃將軍，你意如何？」

「李將軍爲都兵馬使，此次使團的征戰號令皆是將軍爲首，水師自然是聽從調遣，末將只等將軍之命，不敢有違。」

高傑也頗爲意外，不想這將軍年輕氣盛，卻並不固執己見，也並沒有一般將軍的傲氣，與黃龍等老將相處甚得。

他不便久留，只匆忙起身，笑道：「既然如此，我便回去準備。大約半月之後，事情可成。將軍們攻打葡人，大約需要多久？」

李侔與黃龍等人略議片刻，便向他答道：「從此處過去，再返回，半月時間足夠，算上五天的攻城時間，以二十天爲期。」

他說的如此肯定，高傑雖然知道荷蘭人曾經圍城半年，終因葡人防守森嚴，麻六甲城地勢高險，城池堅固，除了炮艦能轟擊之外，步兵很難靠近，因爲此故，荷蘭人與英國人一直對這黃金水道垂涎三尺，卻始終不能得手。

不過這些話涉及到將軍們的尊嚴，也不是高傑的分內之事，他只略一點頭，便自行離去。

李侔心中一動，奔行到外，將高傑請至一旁，向他低聲問道：「高大人，末將有一言相詢，尚請大人爲侔解惑。」

「請將軍講來。」

「這城中的商人，皆是漢人。漢軍強盛，他們亦是見得真切。起事之後，我軍必定迅即平定，不致使他們財貨受損。得手之後，漢人成爲此地的主宰，對他們大有利焉；甚至有立功甚偉者，國家不惜以名器賞之。未知這些人爲何不肯相助，其中有甚緣故？」

高傑微微一笑，先是不答，卻向他問道：「將軍，此事是陛下交辦的麼？」

李侔詫道：「陛下將南洋攻伐一事交與我辦，除了與大人連絡一事陛下略有交代，餘事皆令我自決。」

「果然……」高傑以略帶嘲諷的語氣答道：「我說陛下也不會如此魯莽行事。李將軍，你有所不知。當年在臺灣時，陛下剿滅宗族，敉平鄭氏叛亂時，便對這些巨富大賈深切痛恨。南洋吳氏之富強，除了一些個國王外，無有能比者，又有權勢，又有金錢土地，他還希圖什麼？嘿，難道陛下冊立他爲王不成？」

「那麼，除了行大人之策，使得當地漢人大受損失外，沒有別的辦法了？」

「正是如此。除此，別無他法。李將軍，將欲取之，必先予之。我們沒有什麼給他們的，只好以毀滅的手段來行事了。」

「可是這樣，會使陛下的仁德之名受到損失。」

「陛下什麼時候仁德了？真的仁德，可以得天下麼？」

說到這裏，高傑拍拍李侔的肩，向著嚇呆了的李侔大笑道：「我之所以那麼害怕，還是因爲瞭解陛下的緣故啊。」

李侔不太情願地點了點頭，目送著高傑走入暗影之中，在影影綽綽的燈火指引下，上了小船離去。

次日，漢興二年七月二十，漢使親赴荷人總督府答謝對方的盛情款待。雙方互致謝意，歡宴一番，到了下午，漢朝船隊全數開走，到了傍晚時分，已是走的一艘不剩。

在碼頭上的荷人與土人自然是滿心歡喜，看著那些面上稍有失落之色的一眾漢人，更覺得舒心暢意。

吳克淳等人與他們敷衍片刻，耐不住土人們的敵意，只得一個個先告辭而去。待他們高車駟馬各自回府，都自覺了了一樁大事，總算是平安過了此劫。

「父親，漢朝使團已經走了，咱們這裏，總算又是風平浪靜！大家都說，這真是僥倖。要是漢朝一意以武力來攻，只怕這裏兵火連結，這世外桃源的好日子，說說就沒啦。」

見父親並不為所動，只是瞇著眼呆坐不語。

吳克淳知道老父時日不多，身體是一日差過一日，忙將他由窗前扶回榻上，搥著他的腿笑道：「您老人家的吩咐，兒子可都是照著做的。和他們虛應付著，說什麼都好；不過想咱們動手起事，那是萬萬不成。我看那小李將軍一臉鐵青，嘿，還真是有趣得很。」

他興致甚高，說個不停，卻看不到父親眼中的憂慮之色。半晌之後，吳清源訪猛咳幾聲，向他道：「阿大，你見過張偉，你說說，他肯放過爪哇島這塊肥肉，只取了麻六甲城就走麼？」

「我看多半不會。不過，憑使團的實力，想硬幹也難。荷蘭人不多，不過他們能召集起十萬人的土人部隊。使團得不到咱們的幫助，定然不會動手。倒是日後，若是大軍來攻，咱們吳家第一個上前相助，總之還是脫不了咱家的富貴榮華。」

「這話說得就對了。阿大，你做一家之主幾年，也算歷練出來了。總之一句話，多和鄉黨宗族交結，家兵也要多加訓練。這幾年不比以前，很可能會起戰端。咱們是南洋第一大族，穩穩的頭把交椅，只要咱們不亂，憑他是荷蘭人還是皇帝，都拿咱們沒法子。」

他說了這幾句，已覺得氣短神虛，知道自己不能勞神，便揮手將吳克淳攆將出去，心中卻只覺得很難定心。自當年見過張偉之後，眼看耳聽的都是他如何英武，統一天下，待此時觸角伸到南洋來，顯然是不會善罷甘休。至於打下南洋後，張偉如何處置在此地盤根錯節，勢力強大到影響政權穩定的大宗族，卻是十分難說了。

「唉，要是當年張偉娶了苓兒，我吳家尚有何憂！可惜苓兒染了傷寒，早已離世，如若不然……他總歸要留三分情面！」

吳清源身爲吳氏宗族之長，身繫維護整個吳家在南洋利益，甚至是在內地發展的重任。他卻是不知，使得張偉不娶吳苓，更使得吳家有可能破敗的，就是因其太注重家族，使得這個家族在南洋如日中天，勢力太大足以威脅皇權的緣故。

與張偉分封的貴族不同，宗族以血親聯繫，家人遍佈各處，聲勢相連，不顧國法，只顧血緣關係。在中國舊的政治格局下，因爲地方太大，人口太多，政府對農村很難進行有效的治理，族權便成爲彌補地方政權不足的一個補充。修橋鋪路、整治賊盜、化解恩怨，這些原本都是政府的職能，卻落在宗族手中。而與以往不同的是，張偉要建立的是一個高效和行政能力強大的政府，自然不會容忍任何一個有可能與政府對抗的勢力存在。

「儒以文亂法，俠以武犯禁。」這個春秋戰國時法家的定論，到了明末時，成了儒家以教條干涉法制和進步，而俠的地位被宗族取代，宗族以血親犯禁。兩者是相同的保守和愚昧，互做補充，倒也相得益彰。儒家的親親和仁孝，給了宗族勢力存在以思想上的支持；而宗族的愚頑與保守，恰恰也成了儒家學說紮根的土壤。

在國內宗族因戰爭、遷徙、政府打壓等各種手段被削弱之時，海外的大家族勢力卻因沒有人對付和戰爭的破壞而發展迅速，已經到了不可遏制的地步。

高傑沒有告訴李佧的是，他自來南洋後，已將此地情形一一報給張偉知道。除了沒有將說與李佧等人的打算報回之外，此地的一切情形張偉已全數知道。正是因爲如此，他才沒有處置高傑，亦沒有交代具體的措施給李佧。只有如此，才能讓高傑告訴李佧如何做，令他心悅臣服，亦可令李佧牽制高傑，使其賣力。高傑所謂的知陛下甚深，便是因其所故。

自告別李佧等人，回到城內之後。高傑便立時動員起自己近一年來在南洋佈置的種種情報和關係網。除了預備發動一些漢人的赤貧流氓之外，再有便是他收買的土人。以他的打算，荷人也好，土人和漢人高層也罷，對這些處於社會最下層的貧民甚少注意。這些人中，漢人多半是沒有宗族照顧，流落至此，是以一貧如洗；而土人則是小部落，或者乾脆就是賤民，這些人被關注的少，卻很容易收買，行事起來，更容易指揮。

以他的打算，便是以漢人襲擊土人中的高官和富商，縱火行兇，無所不爲，同時又以土人大舉襲擊漢人居集之處，燒殺搶掠。兩邊在半夜時行事，混亂中荷人不及彈壓，而漢人與土人兩邊積怨甚深，如此大規模的鬧將起來，如同火星燎原，再也難以收拾。

除此之外，他又在此用金銀收買了眾多土人高官，只要事變一起，這些人必定不顧荷人彈壓，出兵攻打漢人。如此一來，兩邊戰火一起，回師的李佧便可以借著平亂和荷人無力控制局勢之名，殺上島來。

其實以此時漢軍的實力，完全可以不理會荷人如何，直接以大炮轟擊沿岸炮臺，步兵衝殺上島。

借著火炮和征戰多年漢軍的素養，那些荷人和烏合之眾的土人如何能是對手。高傑心中明白，張偉不過是要借著此事，對當地的巨賈豪門實行毀滅式的打擊罷了。

他在巴達維亞緊迫行事，唯一擔心之事，便是李侔等人是否能如期攻下麻六甲城。若是久攻不下，只怕還要退回此地休整，到時候新敗之餘，士氣低落，又是仰人鼻息，威望大跌，就是高傑行動起來，漢軍能有多大的助力，亦是難說的很。

「假如你們遇到兩艘敵艦，千萬不要各攻其一，必須聯合共同攻擊其中之一；你們一定要把它徹底解決掉；然後再去解決另一艘；不管第二艘能否逃掉，你們的戰艦將獲得一次勝利，贏得一艘軍艦。」

李侔不懂海戰，只覺得在一旁向各級戰艦宣講戰術的黃龍講得雲山霧罩，聽得他迷糊之極。見各位艦長及分艦隊的提督均是作心領神會狀，一個個聽得眉飛色舞，意醉神迷，李侔不禁問道：「黃將軍，你說的這麼玄乎，若是敵人也不分別進攻，而是專攻一艘呢？」

「嘿，歷來海戰，都是以衝角碰撞，然而以人員登船肉搏。是以無所謂攻敵一艘，反正在海上遭遇就亂打一氣。自英國與西班牙海戰後，以密集火力遠端轟擊的打法，就成為海戰主流。衝角撞擊肉搏，自此無用矣。」

李侔點頭道：「然。陛下剿滅鄭氏水師，亦是此理。」

黃龍原以爲李侔對海事必定是一竅不通，不料他居然也知道無論是漢軍水師官兵，還是後來投降加入的舊明水師將領們引爲圭臬、視爲戰術經典的滅鄭海戰戰例。欣喜之下，黃龍臉上浮現出一絲難以掩飾的得意。他用力拍拍李侔的左肩，向他笑道：

「當年海戰時，我已由遼東流落至臺灣，周全斌大將軍的座船艦長，便是不佞在下。」

看到李侔不出所料的敬佩表情，黃龍又是大笑。不過很快他便斂起笑容，向一直微笑不語的李岩道：「林泉兄，令弟真是狡猾。他以五百鐵騎衝入開封王城，面對過萬的明軍毫不畏怯，小李將軍之名傳遍軍內，我在他面前誇耀戰功，真是太丟臉了。」

李岩此時沒有軍職，所以黃龍可以稱呼他的字號，以示親切。李岩自然明白，這位水師將軍歷任宦海多年，人精似的人物，知道李家兄弟二人很得皇帝的歡心，將來李侔必有大用，他自然要用適當的辦法來示好。

「黃將軍太過自抑，以大明遼東水師總兵加入漢軍，又官至漢軍的水師艦隊將軍，沒有過人之處，安得如此？」

幾個人適時的止住了互相吹捧的動作。適當的吹捧有加深感情的作用，如果太過分了，就會讓這些以仁人君子和大丈夫自詡的軍人和前軍人們感到不安。

黃龍咳嗽一聲，笑道：「還是接著適才的話題說。李將軍，若是艦隊遇上艦隊，以前的戰法你也知道。現下各國海戰，仍是混戰的多。因爲艦船在海上航行，都是一艘一艘的魚貫而行，不作戰時，是爲縱隊行進；而作戰時，因爲火炮都在甲板下的船幫內部，所以不管如何排列，只能攻敵一面。英荷海戰時，兩邊在海上遭遇，大型戰艦和武裝商船的數量超過三百艘，英國最大的戰艦一次發射的炮彈就可超過一噸的重量。然而因爲海上風浪不停，兩邊由側翼交戰，在搶風頭和改變隊列的影響下，必定會陷入混戰。所以打得熱鬧，殺傷卻少。

英荷第一次大海戰，英國大勝，不過被擊沉的軍艦不過只有兩艘而已。這便是戰術失敗，無法對敵人進行更大打擊的緣故。所以，海戰時保持隊列是重中之重，艦隊指揮官一定要調度好自身的艦隊，集中火力，以擊沉擊毀敵艦爲目標。爲了實現這個目標，又有很多相應的戰術。比如縱隊保持，搶占上風，借風勢開火可以延長射距、攻敵一翼、兩邊實力相當，可以用弱勢分艦隊拒敵一翼，以強力艦隊攻打敵人的弱點……」

說到這裏，因爲太過專業，不但李家兄弟顯得暈頭轉向，就是一些領悟力稍差的水師艦長都露出了不解的表情。

尷尬一笑，黃龍揮手道：「這些其實不是我的見解，是陛下爲水師將領開講宣諭，聖訓煌煌，我們只管聽著，慢慢摸索才是。」

見各人都露出恍然大悟的神色，黃龍心中略覺失落，卻也沒有敢和皇帝爭風吃醋的膽量。只聽得李侔由衷讚服道：「陛下當真是能者，無所不能！海戰、陸戰、經商、政治、文學，當真是無所不曉，無所不經者；當真是天縱奇才，上天賜給華夏之瑰寶也。」

遠在南京的張偉打了一個噴嚏，他自然不會知道，自己剽竊自英國海軍名將納爾遜的戰術理論，會給中國的海軍帶來多大的變化。對中國海軍信心不足的張偉並不知道，他手下的水手經驗十足，當年由英國幫助進行訓練的骨幹早已成了高級或中下級的軍官，而招募自沿海弄海人和前明水師的大量新進水手，亦不是不懂海洋的菜鳥。有了基本骨幹，還有世界上一流的戰艦和最強大的火力配備，再有著先進別國一個世紀的戰術操典和理念，除了缺乏武裝環遊全球的經驗，這支飄蕩在麻六甲城不遠處的海上，準備進攻堅城的漢軍水師，已經是世界上最強大的海軍了。

「好了，此時距離天亮還有一個時辰，是人最疲乏和警覺性最低沉的時候。進攻的良機，就在此時。」

黃龍一面拔起放在身前的令旗，一面用徵詢的眼光看向李侔，向他解釋：「我已令糧船水船等輔助船隻稍退，運載大部分步兵的運兵船亦已退後。等我們將港口內的葡人軍艦盡數擊沉，壓制住靠近海面，以巨石建築而成的城堡上的炮火，再以步兵攻入。李將軍，你意下如何？」

「海戰一事，以黃將軍爲首，請將軍自己決斷。那防禦城堡是以馬來人的王宮和墳地的墓碑等大石鑄成，咱們炮火雖猛，亦要請黃將軍小心。」

「放心吧。我軍的炮火最大一顆炮彈足有六十斤重，急速射出，一顆就能在敵人城頭上打出一個大洞來，他們支持不住的。」

「那麼，要是敵人艦隊衝出來海戰呢？」

「在突然而至的密集炮火打擊下，敵人的艦隊很難進行有組織的抵抗。就是有僥倖逃出炮火打擊，艦長和水手配備齊全的戰艦，衝出來也只能成爲靶子吧。」

「很好，就請黃將軍發令。等水師將岸邊的障礙掃平，我將親率步卒，攻入城內。」

黃龍略一猶豫，見李岩若無其事，知道這樣的事正是李倅這樣的熱血青年最願意做的，別人無法相勸。反正他也是在海上取得了壓制性的勝利後才會進兵，而城內葡人不過千人，危險很小。

他定下心來，專心指揮著海面上移動的水師艦船。因爲是在暗夜中，他的令旗只在船上使用，而傳令之後，就由爬在桅杆高處的傳令兵以特定的燈火密碼來傳命。在天明前的黑暗中，一艘艘的漢軍水師艦船開始借著微弱的風力，利用三角帆來調整航向。半個小時之後，最先的近六十艘二三級的戰艦已經將凌晨前微微露出龐大身軀的城池及港口團團圍住。

當東方微微露出一絲亮光，新的一天即將開始之時。第一發火炮的響聲在漢軍艦船前列響起，這一聲炮響過後，就是連接不斷、震耳欲聾的炮聲一直不停地響起。伴隨著震耳的炮聲，就是一顆顆碩大的炮彈。

對城內的葡萄牙人和一些土人居民來說，這一天的開始，卻是末日的降臨。因爲最先遭受攻擊的，就是對外海艦隊威脅最大的臨海巨堡。荷蘭人曾經覬覦麻六甲航道的重要，兩次攻擊此地，卻兩次敗北而回。高大而堅固的城堡，以城堡上猛烈的炮火，再加上入港的航道狹小等原因，才使得兵力占優

的荷人屢次失敗。

漢軍水師以右舷的重炮轟擊，以當世最先進的火藥助推，以彈道退射來加快裝填時間，以精淬練成、發射速度和威力最大最猛的火炮對岸上的大城進行著覆蓋射擊。在所有的漢軍耳裏，這只不過是與演習或是禮炮相差不多的炮聲，而在塵土飛揚、磚石四濺的城堡內部的葡人耳中，這無疑是來自地獄的催魂樂章。

葡人在麻六甲原本不過五六百人，用來守備的兵力不過三百。常駐的軍艦從來不超過二十艘。在荷蘭人和西班牙人、英國人等多重打擊下，先行者的葡萄牙人在此時早就失去了強勢地位。若不是掌握了印度洋及太平洋等一些重要的航道和補給重地，以維持香料貿易的話，這個國家早就在海上沒有容身之處。

在被中國政府驅趕出澳門之後，在澳門的近千葡人大半退到了麻六甲。極度沒有安全感，害怕被新興的海洋勢力趕走的葡萄牙人趁機加強了此地的守備。城頭的士兵和大炮，還有港口中停靠三十多艘戰艦，使得當地葡人有了前所未有的安全感。在第一聲炮響之後，守備的葡兵就已行動起來。匆忙而至的軍官立命人調整炮口，準備彈藥，城堡內部的士兵亂紛紛起身，而停留在城市內部的葡人亦是急忙起身，準備到前方迎敵。

就在他們咒罵著，叫喊著，準備讓不開眼的敵人碰壁而歸的時候。漢軍猛烈的炮火開始發威，城堡內沿著通道，試圖將火炮推至炮位的葡人士兵紛紛被漢軍的炮彈擊中，一門門葡人火炮尚不及發出一枚炮彈，就已連同炮位一起，被炸得粉碎。而試圖出港迎敵的葡人戰艦，亦是紛紛被擊中起火，慢慢沉沒。有一些勉強起錨，衝至外海，卻被早有準備的漢軍炮船打靶一樣輕鬆擊沉。

到了辰時卯正，麻六甲城的堅固城防，號稱無人能從正面攻克的巨大堡壘，已有一半被轟擊至崩塌傾斜。幾十門火炮或是被炸毀，或是被磚石埋沒，無法使用。所有的軍艦或是半沉在海水之中，艦身燃燒著大火，船員的屍體在海水中來回漂泊，或是船身乾脆翻轉，連同艦上的火炮及人員，一直沉入海底。城內所有的葡人及一些土人傭兵被緊急徵召，來到碼頭近岸，卻被漢軍一陣陣的炮火驅散，又重新集結，又被驅散，絕望如同瘟疫一般，漸漸在葡人的心中滋生，蔓延，再也無法遏止。

看到最後一批敢於拿著火繩槍衝著岸上開火，在冒出微弱的白煙後，岸上的士兵早被幾顆開花炮彈炸得支離破碎，除此之外，岸邊再無抵抗，所有的葡人如同消失一般，早已四散而逃。

黃龍一夜未睡，一直指揮艦隊進退，開火，待到了此時，仍是不覺疲憊。他興沖沖來到李侔身前，向他道：

「現在已是進兵上岸的時機，城內或是還有抵抗，倒也不必和他們打，咱們至多再多用些炮彈才是。」

看到李侔不以爲是，黃龍稍覺遺憾地笑道：「這次攻打麻六甲，真是太過輕鬆，沒有什麼精彩的戰例可供人研習。」

李侔眉角一跳，答道：「或者，他們不會放棄身爲男人的武勇，願意和我們在城內巷戰。」

「不大可能。據我所知，他們多半會豎白旗投降的。」

「那我也會覺得遺憾的。」

兩人打了一個哈哈，李侔告辭下船，在他的指令之下，一艘艘運兵船開始靠近，往岸上卸載兵員。

看著他興沖沖的上岸，李岩等人心中明白，在剛剛的慘重打擊下，以三千精銳漢軍攻入的李侔根本不會遇到有組織的抵抗，就算是敵人不肯投降，剩下的戰事也不過是一場乏味的屠殺罷了。

與張偉不同，這些將領各有特色。或是勇猛堅毅，願意以弱搏強的李侔，或是用兵雄奇大方，可以調動非武力外一切資源，將戰事決定在戰場之外的李岩。其餘各人，亦是各有強項，並不似張偉那樣，唯武力論。在艦隊火力和規模到達了這樣的地步，實力懸殊到敵人不能組織有效抵抗地步下的征戰，大概都不是這些將軍們所喜歡的吧。

「或者，只有擺脫了陛下的設計，大漢才會有真正的大將吧。」

李岩在心裏嘀咕一句，終於放棄了繼續觀看戰事的打算，懶洋洋回艙而去。張偉雖然重視他的能力，只是在這位專斷皇帝的設計打算下，委實缺乏讓人才自行其事的空間。在結束南洋之旅之後，回到呂宋封地的李岩，或許才能真正的展露自身的才華。

李侔上岸之後，所見到的景象果然與李岩等人所料想同。不但碼頭邊沒有任何的抵抗，漢軍一路沿著道路前行，一路上除了碎石和屍體之外，就是扔了一地的火槍。

此時時間已近中午，漢軍早已在各級軍官的帶領下，分爲幾隊，在城中四處搜索前行。李侔身邊圍繞著三百多親隨衛士，一路直行，等到了城內的葡人總督府前時，只遭遇過幾次微弱的抵抗。隨行在旁的衛士們不過是一陣排槍發射過去，那些被南洋濕熱氣候將皮膚曬成淺棕色，頭髮亦是以棕黑色爲主的葡萄牙人立時繳槍投降，畏畏縮縮的跪在地上，任憑處置。

在炎炎熱浪中，原本期望建立功勛的李侔無聲地嘆了口氣，揮手下令將那些懦夫全數押走。在他看來，身爲武士，有如此差勁的表現，實在是令人難以接受。

所幸的是，等這一小股軍人直攻到類似小型城堡的葡人總督府前時，總算遇到了稍爲強烈些的抵抗。大約有五六十人的葡人軍隊利用總督府倚牆發射，第一撥亂射的槍沙打中了幾個漢軍將士，所幸都沒有打中要害。在李侔的指揮下，漢軍迅速收攏，命令隨行的通事往總督府裏喊話，命令他們訊速投降。

「快讓人把小炮拖來。」

李侔雖然欣喜於敵人的不屈，不過對這樣小規模的攻堅戰仍嫌厭煩。在三十多度的高溫下，面對著這樣的一個戰局，就是如李侔一樣的好戰者，亦是不堪忍受。

總督府是用條形石材修築而成，雖不如正式的城堡一樣堅固，卻也是易守難攻之地。因爲麻六甲城的總督，以及城內的老弱婦孺都在府內避難，那些守軍難得的提起士氣，堅持不降。他們倒不寄望能夠擊退敵軍，只盼著馬來國依附自己的土人軍隊能夠來援助，港口雖然不守，也可以利用土人的力量與

敵人打消耗戰，只要耗上十天半月的，不愁敵人不退。

「好了，先射上一輪，敵人還是不降，就把這總督府炸平。」

「嘿嘿，雖然只是五六斤重的炮彈，不過也夠他們受的了。」

「一會兒炸他們個血肉橫飛！」

一夥炮手興沖沖將幾門小炮推將過來。與馬拉的火炮不同，這些小型火炮鑄造極其精巧，以輕便快捷爲重。三百多斤的重量與精巧的炮身，就是漢軍中用於交通不便的攻城巷戰之用。

在這些曾經南征北戰，見識過無數浴血戰役的漢軍精銳炮手看來，這樣小規模的戰鬥簡直無足掛齒。幾十個炮手你拉我拽，將四門火炮拉到總督府的對面，在砰砰的槍聲掩護下，裝填炮彈，儘管葡人的槍子不住打在他們身邊，這些沙場老兵卻是視若無睹，只管調整著焦距。

待李侔一聲令下，幾門火炮一起開火，一時間，總督府內亂石崩雲，沙石碎塌揚起的灰塵遮天蔽日，不但總督府內的葡人再也張不開雙目，就是在遠處的漢軍亦是被塵土遮擋，一時竟看不到對面情形。

「再強悍的勇猛之士，在這樣的炮火下，亦是無可施爲。」

李侔轉頭一看，見是衛尉陳威領兵到來。因知他是海賊出身，自幼習武，舞起刀來十幾條大漢近不得身，自入漢軍之後，一路直做到衛尉，卻很少有與敵白刃相加的時候，一身武藝，竟然施展不上。便也展顏一笑，向他道：「時勢不同，武器和戰法也不同了，身先士卒，操刀攀城，這些都是勇將的風範。不過，只怕日後很難看到了。只怕再過三五十年，隔著幾千里路，只要咱們國力強過敵人，大炮和戰艦硬打，也把人打服了。爭霸海洋，步戰之士只怕都起不了作用了。」

「誠然。而且陛下興師伐遠，都是謀定而後動，力求十倍於敵方始用兵。這樣的實力下，將領們只要不出樓子，斷沒有打不勝的道理。」

兩人一邊談說，一邊靜候著炮聲停息。待濃煙散去，總督府門前已經聚集了過千漢軍，雕刻著西方神話人物的總督府前門已經被徹底轟塌，適才還趴伏在門內開槍的葡兵早已伏屍遍地，僥倖不死的，也逃入府內院中躲藏，不見蹤影。

陳威心知他們再難抵抗，便向李侔請示道：「將軍，咱們派人進去剿滅他們麼？」

李侔眼角一跳，微笑道：「既然他們抵死不肯投降，我亦不想受降。陳威，著令你部往葡人督府內投射火箭，一把火燒了乾淨。」

陳威將頭一低，並無二話。漢軍以鐵血手段成軍，這類事做起來殊無困難。不一刻各兵將火箭準備停當，以船上拿來的救火水龍往內裏噴射火油，一時間大火沖天而起，那督府內先是還有慘叫之聲，不過片刻工夫，就只聽到大火燒得劈哩啪啦，再無人聲。

第十五章　統治南洋

到了夜間，暮色降臨之際，總督府附近抵抗的荷蘭軍隊早被擊垮，近三千名荷蘭人垂頭喪氣的向漢軍投降，在昆崗的帶領之下，借著火把的微光，一百多荷蘭軍官和東印度公司的高層官員在李侔身前各自解下佩刀，宣布投降。

三千漢軍一路橫掃，各處的葡人除了先期在岸邊投降之人外，躲在暗處角落或是房屋內的，卻抵死不肯投降。需得炮轟或是火燒，這才有漏網之魚出來投降。漢軍自清晨入城，直至黃昏時分，城內已然肅清，再無缺漏。

那些當地土人駐軍，先是躲得老遠，待到了傍晚時，眼見漢軍已肅清全城，其間再無凶險，一隊隊土人兵士卻在各級將領的率領下，狂衝入城。一面與漢軍將軍們聯絡，口稱助戰，一面四處燒殺淫掠，城內立時火頭四起，無數土人百姓奔逃呼號，有不少見漢軍軍紀良好，無有軍士騷擾百姓，便一個個跑到漢軍身邊，希圖保護。

李侔原欲在此駐兵，彈壓亂兵，卻被李岩與黃龍急召而回，說是餘敵未肅，上岸的漢軍人數太少，需防人偷襲。他原欲不理，待陳貞慧被黃龍與李岩二人說動，亦命人來請，李侔推脫不得，只得命收攏軍隊，慢慢往港口撤回。

上船之後，他也不顧一身的熱汗與黑灰，急步奔行，到了艙口附近，已見其兄與黃龍等人正笑臉相迎。

「大哥，黃將軍，你們這是什麼用意？」

李岩只睨他一眼，見李侔一臉的黑灰煙塵，頭髮亦是染滿了草灰，便知他又累又熱，很是急躁。便向他笑道：「你別急，先去擦洗一把，再來說話。」

長兄積威之下，李侔也不敢公然抗命，只得悻悻而去，到艙門處令親兵提來冷水，痛快洗了一把。待神清氣爽後，便入房一屁股坐定，向李岩道：「大哥必定有用意，還是請明示吧。」

「陛下在我們來時有言，南洋情勢甚是複雜，如麻六甲等地，不能純以武力制之。在漢人沒有成為主宰之前，要用土人來壓土人。此處與爪哇不同，漢人數量很少，亦沒有什麼宗族勢力，蓋因國弱民窮之故。是以此時土人軍隊作亂，正是咱們的好機會。」

李侔亦不是笨人，自然是一點就透，因向李岩問道：「大哥的意思，可是咱們先坐視不理，待這島上的土人打成一團，甚至柔佛國來湊熱鬧，到時候一概以叛兵為論，痛剿一番。然後再扶持漢人和受害的土人，就可以收事半功倍之效？」

黃龍鼓掌笑道：「賢兄弟果真都是聰明之極的人物。林泉兄下午便有了此計，李將軍亦是一點就想的通透，當真是令人佩服。」

「不過如此做法……」

李岩斷然道：「不必多說。不但是此地如此辦理，日後統管整個南洋，都需挑動土人內鬥，讓他們成日內耗！治理外邦的土地，純以武力不成，沒有武力也不成。善用者，方能治人。明成祖以五十萬人征安南，設三司，最終失敗，漢軍攻下倭國和呂宋，卻能安然治之，這便是道理。」

漢軍上層如此計較，自然便不會再去理會城內及整個島上的紛爭。反正時間尚且寬裕，漢軍除了偶爾上岸補充一下物品外，竟是對整個島上因缺乏權力真空而打生打死的局勢坐視不理。

直待五天之後，原本雄心勃勃，想利用此次漢軍攻打葡人而重振王室威權的東馬國王室前來求援，請求漢軍上岸平亂，打擊叛軍。言辭哀憐，懇切之至，言道漢軍可與葡人一樣，爲麻六甲真正的主人。賦稅、法律、語言，皆從漢人之例，當地爲數不多的漢人僑民，亦可爲官。到了此時，已完全達成預期中的目標，陳貞慧當即允准，派漢軍上岸剿亂之餘，又奏請皇帝設置都護府，任命總督，將這南洋海道的咽喉之處，從此納入漢人治下。

用了兩三天的時間，五千漢軍帶著十幾門火炮上岸，將多半還是手持舊式兵器的三四萬土人軍隊打得雞飛狗跳，漢軍除了偶爾有倒楣鬼被土人的弓箭射中之外，別無傷亡。因爪哇事急，打垮土人軍隊之後，暫且只將城內的堡壘修復，留下火炮和三百漢軍鎮守，其餘軍隊全數上船，大半的軍艦連同補給船一同返回爪哇。

爲了讓高傑放心動作，還在攻克麻六甲城的當天，李倖已派人乘坐小船趕回，將消息告之高傑，約定日期動手。

此人不愧是山賊出身，又在張偉身邊歷練了這麼多年。李倖等人率領船隊趕回之時，爪哇全島早已兵火四起，高傑以漢人襲擊土人，又以土人襲擊漢人，暗夜之中，將兩邊都打了一個措手不及。當地的土人高層中亦有不少被高傑以金銀買通，再加上漢人與土人積怨甚深，一個火星下來都唯恐出事，哪裡經得起如此的蠻幹？

第二天天明，巴達維亞城內已是亂成一團，漢人土人之間不論高低貴賤，見面已是紅眼，相互搏殺。荷蘭當局拚命彈壓，設置街壘左右阻擋，只是兵力單薄，無法阻止如此大規模的拚鬥。三五日後，開始局限於一城的械鬥已經蔓延至爪哇島上的所有城鎮村落。漢人因爲人少，由開始的各豪門大族有組織的抵抗和反擊占據的優勢慢慢消失，無數土人手持著簡陋的大刀長矛與手拿著鐵叉鋤頭的漢人拚死爭殺。

若是與荷人爭戰，他們倒沒有這般的勇氣，而攻殺處於弱勢和善良不善爭鬥的漢人，這些土人倒是勇不可擋。爪哇島上的漢人雖然亦有過二十萬人，與十倍之上的土人爭鬥起來，已是力不能支，再加

上大多數漢人只是耕作經商，對政治之事素不關心。若不是以宗族村寨聚居一處，早已被人全數屠盡。

待李侔等人的船隊趕回，爪哇全島上有人聚居的地方早已混亂不堪。無數饑貧的土人百姓信從了高官大吏們所言的漢人奪取了島上財富的傳言，在盲目憤怒的驅使下，士氣如虹，一路將漢人的村寨推成平地，將漢人巨富豪門的的資財田產，甚至耕牛農具一一瓜分。

土人所過之處，漢人的財富瞬息間便告消失不見。一慣不欲與人相爭的漢人百姓或死或被虐殺，女性被姦淫者不計其數。原本安居巴達維亞城內的吳、陳、林、鄭等幾家當地最強大的豪門，亦是破家而逃，家人多半身死，十來天下來，已有一萬餘漢人死難。其餘漢人多半躲在山野草澤之中，聚攏成團，以健壯男兒組成軍隊，勉強抵抗土人軍隊的進攻。

高傑藏身於爪哇島深處的一處水畦正中，其中多有毒蟲鱷魚，還有三四人長的巨蟒潛伏出沒，旬日之間，常有人被這些巨蟒拖入水中，死得慘不堪言。高傑心驚膽顫之餘，不知道李侔等人後來是有意拖延，心中怨恨害怕，唯恐楊六甲那邊出了變故，漢軍不及來援，他便要死在這個海外蠻荒之地了。

就在高傑擔驚受怕，唯恐漢軍援救來遲之際。屯兵海上的李侔等人卻已開始踏足爪哇，大隊漢軍在毫無抵抗的情形下重新踏上半月前曾經戒備森嚴的巴達維亞城。

略具諷刺意味的是，當地的荷蘭總督府雖然無法彈壓騷亂，卻對漢軍的再次上岸一事盡了最大的可能來阻擋。漢軍甫一上岸，幾百名荷兵在軍官的帶領下立刻迎上前來，質問漢軍是何用意。

「不必與他們多說，開炮。」

與前次儘量與荷蘭人保持良好關係的方式不同，此次漢軍上下已經得到了動手的理由與最好的良機，再與敵人虛費口舌已無必要。在李侔的一聲令下，蓄勢已久的漢軍艦載火炮一起開火，不過一波炮彈打將過去，岸上的所有荷蘭軍人已經伏屍一地，剩下不死的，亦已腳底抹油，溜之大吉。

「傳令下去，荷人降者可以受降，土人降者亦不受。當地土人，凡高於車輪者，一律誅戮！」

一隊隊漢軍開始有條不紊的在碼頭列隊，卸下野戰火炮，在各級武官的指揮下，以三百人為一方陣，每陣攜帶兩門火炮，各自為戰。

普通的將官和士兵並不知道眼前城內烽火四起，當地土人肆意屠殺漢人的行徑，其實出自高傑與李侔等人的預謀。各人只知道同根連枝的漢人正在遭受異族的屠殺和迫害，參軍當兵的漢軍雖然早已見慣了殺戮，然而異族殺害本族百姓的事還是第一回見到，各人都是急紅了眼，待聽到上官傳下的屠殺命令，全軍上下立時歡呼聲四起，盛讚將軍英明。

李侔此次卻並沒有臨敵指揮，他知道整個島上方圓千里之內雖然有士兵十數萬，卻九成以上是手持著舊式兵器的落後兵種，他們還不如善射的滿人威脅更大。這些土人沒有實戰經驗，十萬人能被一千荷蘭人攆兔子一樣趕得滿山谷亂跑，射出的箭綿弱無力，除了在箭頭上抹毒外，沒有半點威脅、他們不善征戰，沒有善用兵的好將軍、沒有武勇的習俗，沒有對外敵一拚到底的血氣。

身著黑色小胖袍，胸腰之際纏有新式的棉甲，頭戴圓鐵笠，腳穿牛皮軍靴的漢軍肅清了碼頭附近的小股土人抵抗之後，一半的漢軍部隊在陳威等衛尉的帶領下，先行攻擊荷蘭人的總督府。其餘漢軍以

三百人一陣，槍刺如林，寒光耀眼，滿懷恨意的漢軍飽含殺氣，開始軋壓掃蕩城內一股股趁亂搶掠漢人財物的土人。

六千名身經百戰的精銳漢軍，再加上兩千抽調自水師中的水手，八千人的漢軍號角聲聲，戰鼓咚咚，自早到晚，征殺不已。城內的漢人多半逃光離散，此時留在城內的多半是借機找尋財物的普通土人，初時他們尚且想與這些漢人軍隊較量一番，待成排的槍子打將過來，這些土人知道厲害，便立時作鳥獸散。遇著千人以上的大股土人，漢軍也並不著急進攻，將用於巷戰的小型野戰火炮推上前去，或是以大型火箭發射驚散土人部眾，然後進擊絞殺。

從早自晚，砰砰的火槍聲與轟隆隆的炮聲響徹全城。無數衣著簡陋，還有不少裹著自漢人富人家中抄來的綾羅綢緞的土人死在漢軍的炮火之下，金銀珠飾、古董字畫撒了滿地，除了激起漢軍的怒火之外，指望拋灑物品延緩漢軍進擊的土人大爲失望。眼前的這支軍隊，好像除了對收割死人的頭顱有興趣之外，對其餘的事物再無興趣。

到了夜間，暮色降臨之際，總督府附近抵抗的荷蘭軍隊早被擊垮，近三千名荷蘭人垂頭喪氣的向漢軍投降，在昆崗的帶領之下，借著火把的微光，一百多荷蘭軍官和東印度公司的高層官員在李侔身前各自解下佩刀，宣布投降。

除了決定留下一些老弱婦孺，還有昆崗等公司主層隨船押送至歐洲交還荷蘭外，其餘的健壯男人及軍人，一律由船送回南京。出京之日，張偉便命他們要俘獲一些健壯高大的白種歐人，用做衛隊。

葡萄牙人因人種問題，髮色個頭都差荷蘭人一籌，不幸全數被殺，而荷人托了高個金髮的日耳曼人種的福，被選用送到京師充做儀衛。這些人此時覺得倒楣，到後來身著中國古代的盔甲，執刀背箭的站在宮門處當差，每天隨便晃晃就可得到大筆的俸祿，日子過得輕鬆愜意之極，各人又覺得很是幸運。張偉此舉，亦使得後來大批出使中國的歐人為之驚詫，這卻也是後話了。

處置了這批荷蘭俘虜之後，知道城內並無漢人居住，漢軍為了避免無謂死傷，便開始以艦隊轟城。與野戰火炮不同，軍艦上的火炮最大的裝備有六十多斤重炮彈的巨炮，每一顆炮彈發射出去，射在城內，就可擊毀數十幢脆弱的房屋。因城內荷人經營多年，不少土人都受了荷人影響，建築風格仿照歐式，此時轟擊夷平，倒也省得日後費事拆除。

此次炮轟一夜未停，軍艦上的火光不停閃爍，城內潛伏躲藏的土人不住奔逃四散，再也容身不住。到了第二天天明，漢軍在近岸重新整隊征伐，城內一時竟搜尋不到敵蹤。

李侔腳踏著滿地的死人屍骨，在炎熱天氣裏，看著那些屍身漸漸變色，屍斑慢慢呈現，鮮血處處，趴滿著叮食的蒼蠅，在這樣的環境下巡視全城，委實不是一件愉快的事。

「傳令下去，讓陳威帶著幾個校尉，往城東方向搜尋土人，留下一萬個健壯土人苦力，隨時掩埋屍體。」

見傳令兵依命而去，李侔苦笑回頭，向李岩道：「大哥，這差事做的。看看這些人，跟個毛猴子似的，乾巴巴，又黑又瘦，居然也拿刀弄槍的，這不是尋死麼！」

李岩悠然道：「一將功成萬骨枯，你不必以此事爲念。況且，你現下只看到他們死的淒慘，卻忘了他們殺害我大漢子民時候的凶暴了？人啊，就是這樣的奇怪之物。刀斧加於別人之身時，兇暴殘酷，然則被別人刀斧加諸自身時，卻又是顯得可憐膽怯。二弟，做名將不但要會打仗，還得心狠！況且，戰爭不過政治之延續，陛下的話，你要記住。若是不懂政治，你始終不過是一個衝鋒陷陣的莽夫罷了。」

知道兄長是一片好意，正在點醒自己，李侔心中感念，答道：「是。這陣子，我是有些心魔，感覺殺害平民，有些太過酷烈。現下想想，不以土漢互鬥，就沒法上岸大殺特殺，不這樣大殺特殺，無以敉平土人對漢人的反感和惡意。」

他揚起下巴，看著不遠處又有黑煙裊裊升起，知道是遠伐的漢軍發現土人，正在燒殺，因冷笑道：「這些混帳王八蛋，過去他們不事生產，專門眼紅漢人。大哥，咱們在這兒和他們耗上半個月，殺上幾十萬，殺得他血流成河，殺得他看到漢人就叫爺爺，殺得他見了漢人膝蓋就軟，殺得他們再也不敢和咱們作對！」

「你這麼想，就對了。不過，此事不可大事聲張。我估計，陛下從國內派來的援兵最少還需一個月才能到此。咱們就在此等候，先縱兵大殺半月，然後時間充裕，可以招撫流亡，安頓漢民。等國內援兵一到，咱們不但不能告之實情，還需告訴他們，死傷的土人和漢人乃是因互鬥而死，我們不過是在攻入之初，殺過一些，那也是爭戰之際的無奈之舉。至於參與其事的將官和士兵，亦需嚴加訓斥，不使胡說。我料想，這種事他們就是偶爾與人說了，也不會有人相信。」

他豎起一根手指，向李倧鄭重道：「總而言之一件事，你不可將此事公諸於世；就是萬一事機洩露，亦不可將責任推諉給別人，一力承擔下來，可保你無事。」

李倧知道此事嚴重，忙凜然而立，答道：「是。大哥你教訓的極是，我一定聽從教誨。」

「很好。此處已沒有我什麼事，李俊那邊究竟如何，我也很難放心的下，我已尋好了一艘商船，送我到呂宋去。這會兒，就可以動身了。」

見李倧要說話阻止，李岩擺手笑道：「不必勸。千里長席，也有吃完的一天，你此時事業如日中天，陛下對你很是信重，好生做，為咱們李家爭光。至於我，呂宋那邊一切從頭開始，說起來是方圓百里之主，其實一切草創，不過去主持，實難放心。」

說到此處，他又低聲向李倧道：「或者我也要在封地大殺大伐，鎮住那些不服的土人。總而言之，你將來若是不得意，還有一個退路才好。」

說罷，握住李倧雙手，向他凝視片刻，方才轉身按劍而行。李倧停在原地，呆呆地看著兄長離去，過了半晌，方才轉身起步，往城內行去。

自此，李氏兄弟分道揚鑣，李岩乘坐小型商船，一路回到呂宋。到封地之後，招攬流民，整飭封國軍隊，設官立府，鼓勵農桑；除此之外，還要經常帶兵平亂，將那些作亂的野人剿滅屠盡，直至三四年後，封國才算有了規模，真正的安定下來。

李侔當日在爪哇縱兵大殺，一連十幾日屠戮當地土人，高於車輪者皆誅滅不赦。無數土人聞風而逃，直至水澤山野、人跡不至的蠻荒之地方敢停歇。自此一日數驚，聽到有稍大的響動便全族落荒而逃。待後來出使的的使團全數撤走，由國內派來的三營六千漢軍鎮守爪哇，在島上立東州府，設安東都護府，統管爪哇全島之時，方才派官設府，招撫安頓漢人之餘，亦允准這些土人重新出來耕作爲民。

豈料這些土人被嚇壞了膽，回到原處的不足十分之三四，大半土人寧願身死森林，重新成爲野蠻部落，也不願回到平原熟地耕作。其間又有不少出來偷襲漢人，漢朝政府爲了對付這些生番部落，也很費了心力，直至十餘年後，方才安定。那些重回故地的土人全數被打散重編保甲，改變衣飾，著漢服，改變宗教、文字、語言，方才能得到政府的關照保護。那些不願者，只得委身爲奴，沒有土地房屋，艱難度日。

當是之時，爪哇島上是南洋各島馬來土人居住最多，最密集之所，人口已有三四百萬之多，經此一役，當時身死者已是甚眾，後來流落逃亡，葬身水澤山林的更不在少數。又有漢化及內地漢人遷移至此，待幾十年後，州府林立，漢朝政府在此設立過百州縣，又有數十封國之時，漢人和漢化的土人已占了絕大多數，其餘諸島亦多半如此。南洋一地，終徹底落入中國之手。

尾聲

張偉觀察片刻，心中激動。在回到明朝二十年間，他就是偶爾抬頭仰望天空，也只是為了戰事擔心天氣。此時由這碩大的望遠鏡裏看到了夜空中遙遠的星空，倒令他立時想起未來時的時光。

時間荏苒而過，一轉眼已是漢興十五年。

自擊破滿洲，攻克北京，滅亡明朝之後，恍惚間十幾年的時光匆忙而過。漢興二年起，新漢王朝在張偉的決策之下，開始有組織有目的的往海外移民擴張。

漢興二年夏，擊破南洋葡人、荷人，滅除南洋六國，兩百多萬平方公里的土地盡歸漢朝。

漢興二年秋，漢朝使團抵達倫敦。龐大而又華美典雅的中國式寶船及幾萬中國人的服飾打扮立時驚動整個歐洲。無數歐洲人議論紛紛，既驚奇於中國的強大武力，又被遠別於西方文明，卻又一樣燦爛輝煌的文明所折服。

張偉諭令隨團出訪的戲班、雜耍、各式不同的中國特色工藝品、古董、書籍，甚至是僧、道、儒生，都使歐洲各國受到了前所未有的衝擊和震撼。

與一般人不同，所有的歐洲政治家都被中國人的科舉制度所震驚。與張偉新封諸侯，意圖豎立起不同於中央政府絕對權威的地方政治力量時，歐洲卻被僵化的純權貴參政而苦。在他們看來，這個古老龐大的帝國以絕對公平的方法開科取士，以很少的代價取得了穩固過萬里疆域統治的成果，這簡直是人類有史以來最了不起的成就，其核心精神和價值，並不在古羅馬和希臘的全民議會之下。

在這次使團的影響之下，當時世界上最偉大的哲學家勒內•笛卡兒隨同使團返回南京，意欲實地考察中國的政治與文明史的發展過程。因其盛名，受到了張偉親至南京碼頭相迎，握手迎接的禮遇。在他到來之後，有不少歐洲哲人與科學家聞風而至，全數被安置在大漢學院之內，受到了極其隆重的禮遇和款待。

而在這些人到來之後，學習中國文明的同時，亦將自身的學說和文明特色帶往中國。一個人的影響微不足道，就是笛卡兒那樣的大哲學家，亦是如此。而在張偉有意的扶持之下，全國各地原本供奉孔子的學館全數改爲接待歐人，在優厚的待遇和好奇心的驅使下，中國內地大江南北除了源源不斷跑來這個強大的帝國傳教的傳教士外，跑來中國學習與傳播知識的洋人越來越多。

在越來越多普通人，而不是具有學識和名聲的歐人到來之後，中國政府卻突然變得小氣，這些普通的歐人不但得不到傳說中免費的盛宴款待，連房屋也沒有半間。因爲傳說中的中國遍地黃金，珠寶玉飾都鑲嵌在路邊做爲普通的飾物，這些數以萬計的歐人到來之後，才發現現實與理想之間的差距。痛苦之餘，只得接受中國政府的「好意」，以各自之長，或是成爲技師，或是成爲教師，那些有點武勇之氣的，就被派往奴兒干都司或是蔥嶺之東，爲中國開疆闢土去了。

這次東西洋交流的大潮，直待五六年後，才慢慢平歇。隨同使團或是緊隨其後來到中國的幾萬歐人多半都是有識之士，比之那些出海尋求財富的流氓或是平民要來的好些。在政府的支持允准下，可以通過各種管道講學著書，其影響之大，使得整個中國的學界爲之震動和恐懼。

原本的小規模交往成爲大規模的往來，那些藍眼金髮的洋鬼子一個個出現在自己眼前，也會識文斷字，甚至有不少是彼國知名的「大儒」，這樣的現實衝擊力，是無法用書籍和報紙宣傳來達到的。在此影響下，亦有不少中國人前往歐洲實地考察當地的經濟與文化實情，待考察歸國後，影響力卻又比純粹的歐人來得更加深刻，廣遠。

漢興三年，開往呂宋南方海域的船隊成功發現了後世的紐西蘭、澳洲等島。因爲其荒涼無人，路途遙遠，政府並無立刻開發的打算。只是在沿海地區構築城堡，派兵守衛，每兩年一換。國內的重刑犯人，流放到那幾個孤島上任其生死。

四年，國家廢除都察院與刑部，改刑部爲法院，都察院爲廉政署，一個專門斷案，一個專門肅貪。原有的職權或是歸於靖安部，或是劃歸議院。與後世的按行政區域劃定法院與反貪部門的做法不同，法院與廉政署分設巡迴法院和行廉政署，或是一個機構兼理幾個行政區域，或是一個行政區域因其

需要而多設機構，只是依需要而設，不受當地政府甚至內閣的干涉。

同時，加強和改變了郵傳部的功能。新設交通部，管理全國各地的道路養護與馬車收費，凡修路造橋之事，悉歸交通部。而郵傳部則放棄交通營運，專業營運郵件和各式包裹，業務甚至遠達澳州。與此同時，開始發行郵票並開設郵傳銀行，負責幫客戶轉帳和管理財物。

五年，皇長子出閣讀書，皇次子降生。萬騎大將軍張瑞在原唐朝安西都護府西一千里處，擊破奧斯曼土耳其汗國的六萬大軍，降者十餘萬。奧國的穆拉德六世大恐，遣使求和，中國允其和約。奧國除了喪失了大股強兵，卻沒有割讓半寸領土，這令其全國上下大爲滿意，從此與中國的關係大好。

張偉的這一政策令全國上下大爲不解，一方面孜孜不倦地在學術和文化上與西方交流，對待歐洲各國的科學家如同上賓；一方面卻在海上與各國爭雄，經常發生爭戰，英國與荷蘭往北美的航線多次被中國截斷，宣戰成了歐洲各國與中國習以爲常的外交遊戲。

因爲並沒有實質性的說法，這一國策在張偉身後便開始中止，除了與宗教狂熱國家奧國的往來漸漸疏遠，與歐洲各國的交往卻日漸密切。

六年，皇帝突發重病，整個國家爲之震怖。皇長子年未弱冠，張偉手下的猛將們雄心勃勃，內閣並無約束軍隊的權力，若是突發事變，國家未必能承受這樣的重創。

七年，張偉病癒後，開始整斥軍隊。除了加強兵部在兵員、裝備、經費等各項約束力外，設立樞密府，將參軍會議併入，每一軍種各有兩名樞密使執掌，凡有調動軍隊的命令，需要皇帝的命令與所有樞密使的同意簽押，軍隊方能調動。除此之外，調動百人以上軍隊的命令，視爲謀反。

八年，萬騎在中亞大破韃靼，並與俄國數百騎遭遇，萬騎上將軍李倖並不請示，將敵騎盡數射殺。事後稟報樞密院，樞密使周全斌意欲處之軍法，被張偉阻止。自此之後，漢軍凡遇俄人，悉數斬殺。

九年，被趕入西北之地的李自成在與張獻忠的爭鬥中失敗，率十餘騎至玉門關，叩首請降。張偉對這個歷史上有名的闖王很有興趣，著人將他帶到南京，親自問話。到了談話的最後，李自成突然質問皇帝，漢軍十幾萬人停在玉門關外，卻不肯入關討伐。到後來，漢軍由外蒙草原繞道西進，包圍張李二人，亦不肯加以消滅。十餘年間，張李二人在當地爭鬥不止，百姓被驅趕如豬羊，當真是白骨暴於野，千里無人煙。李自成就是因爲心地不如張獻忠狠毒，方才敗在其手中。

面對李自成的逼問，張偉只大笑答道：此事朝廷自有考量，爾不必多言。既然張獻忠荼毒百姓至此，朕派兵剿滅就是。因而派兵，旬月間張部覆滅，因其人及其部下慘酷至泯滅人性，張偉詔命不准受降，全數誅滅。

十年，禁全國婦女纏足。

十一年，諭令全國士紳書生一體納糧完稅，全國至海外各州計畝徵收糧稅，改丁銀爲從田畝徵收，有田納賦，無田者免賦。凡有抗命不從者，徵收其地，發其全家至夷州。

在此嚴令之下，無有人敢違抗詔命。然而士林間非議甚多，張偉一概不理。有沂州書生吳可讀在

南京宮城外服毒屍諫，張偉命人厚葬，然而詔令始終不改。

十二年，海內晏然，群臣奏請皇帝封禪泰山。皇帝下詔，凡進言者，一律罰俸一月。

十三年，諭令重建北京，修補破損的北京宮室，詔命允准官民百姓身家清白者入內觀閱。

同年，允准各省、都護府依當地情形，在不違反中央憲法前提下，自己制定法例。各公侯封國，亦如此例。

十四年，何斌之國。周全斌、張鼐等人緊隨其後。

原本在內心深處並不想之國的開國勛戚紛紛之國，實因在封國內部，等若君王。再加上封地經營多年，富庶不下中原。開國眾將或是有病，或是年老，愈覺政事軍務繁蕪，紛紛之國。

同年，呂宋省六十餘公侯伯子男貴族會議，推立何斌爲議長，決斷各封國事務。呂宋省總督風聞其事，上奏請求皇帝制止其事，張偉留中不問。與此同時，內地各省的議院亦漸漸由當地的退職官員和名人士紳充任，能量大增。

漢興十五年秋十月初一，西方紀元一六四八年，開始以周召共和紀年。是年爲大漢紀年第二千四百八十九年，並指令此日爲國慶日。

十月初五，經過由退職首相、尚書、法院大法官，再有伯爵以上的貴族一致同意，依皇帝繼承法的規定，命令現任內閣首相寧完我奉金冊金寶，冊立皇長子爲皇太子。

同日，皇太子行加冠禮。

皇帝在忙碌一天後，終於有了空閒的時間。自天啓四年，西元一六二八年回到明朝之後，張偉就很難有休息的一天。此時整整二十年時光過去，他已人到中年，精力大不如前。急急的冊立教養成功的皇長子爲太子，爲他處理一些日常瑣事，也未嘗不是爲了偷懶而想的歪招。

在最後一批致賀的官員出宮之後，興致頗高的皇帝不顧天色，執意乘坐馬車往紫金山上而去。

至山頂天文臺後，天文臺執事官，大漢學院的不朽學者伽利略親自相迎，在他身後，是數百名對天文和物理學有興趣並願意深入學習的中國學生。

「大賢，你八十多歲的人，何苦如此。朕雖是皇帝，卻大不過宇宙星辰。」

伽利略自十年前來到中國，因喜歡這裏在宗教和學術上的自由學風，再也不肯返回歐洲。他原本應該在一六四二年逝世，心情愉快之下，居然又多活了這些年。

聽得張偉的客套，他也鄭重答道：「世俗的君王確實比不上宇宙的浩瀚，不過君主沒有宇宙一樣寬廣的胸懷，也不能使科學家專心研究天文。這一點，陛下是値得我親自出門迎接的。」

「好了，新宇宙的發現者，帶朕看看你的新發現吧。」

在伽利略的引導下，張偉來到當時最先進的天文望遠鏡前，觀測著伽利略新發現的木星衛星。原本他十幾年前就該有些成就，因到中國一事，耽擱了這一天文學上的進展。

張偉觀察片刻，心中激動。在回到明朝二十年間，他就是偶爾抬頭仰望天空，也只是爲了戰事擔心天氣。此時由這碩大的望遠鏡裏看到了夜空中遙遠的星空，倒令他立時想起未來時的時光。

「不知道是否能返回原有的時間呢……」

心裏感慨一句，卻並沒有過度沉迷於這種思維之中。他轉頭看往伽利略身邊的一眾學生，發現一個白人小童面色沉靜，甚至稍嫌木訥，不如其餘學生那樣在自己身旁奉迎。

因好奇問道：「你是誰，這麼小小年紀，爲何在此？」

那小孩先是一驚，繼而答道：「我隨著全家遷來中國，從小就在這裏啦。因爲喜歡看星星，每天都上山來觀景的。」

「喔，你叫做什麼名字?從哪裡來？」

「艾撒克・牛頓。來自大不列顛的林肯郡。」

張偉先是吃一驚，然後大笑。直至半晌過後，方向那小孩笑問道：「有蘋果砸中你的頭麼？若是沒有……朕以後每天都令人用蘋果砸！」

說罷，也不管那小孩是否嚇呆了，大步下山，在這山下的皇宮之中，尚有許多政務等著他決斷，無論如何，由自己創造的這個歷史進程不容中斷。

因爲，這畢竟是令人愉快的過程啊。

（全文完）

新大明王朝 ⑧戰國無雙 (原書名：回到明朝做皇帝)

作　　者：淡墨青杉
發 行 人：陳曉林
出 版 所：風雲時代出版股份有限公司
地　　址：105台北市民生東路五段178號7樓之3
風雲書網：http://www.eastbooks.com.tw
官方部落格：http://eastbooks.pixnet.net/blog
信　　箱：h7560949@ms15.hinet.net
郵撥帳號：12043291
服務專線：(02)27560949
傳眞專線：(02)27653799
執行主編：朱墨菲
美術編輯：吳宗潔

法律顧問：永然法律事務所　李永然律師
　　　　　北辰著作權事務所　蕭雄淋律師
版權授權：蔡雷平
初版換封：2014年8月

ISBN ：978-986-352-037-5

總 經 銷：成信文化事業股份有限公司
地　　址：新北市新店區中正路四維巷二弄2號4樓
電　　話：(02)2219-2080

行政院新聞局局版台業字第3595號
營利事業統一編號22759935

定 價：280元　特價：199元

國 家 圖 書 館 出 版 品 預 行 編 目 資 料

新大明王朝 ／淡墨青杉著. — 初版.—
臺北市：風雲時代，2014.04-
冊；　公分. —

ISBN 978-986-352-037-5 (第8冊：平裝)

857.7　　103004418